The Elusive Lord Everhart
by Vivienne Lorret

秘密の恋文は春風と

ヴィヴィアン・ロレット
岸川由美[訳]

JN157456

ライムブックス

THE ELUSIVE LORD EVERHART
by Vivienne Lorret

Published by arrangement with Avon Impulse,
an imprint of HarperCollins Publishers
through Japan UNI Agency, Inc., Tokyo

秘密の恋文は春風と

主要登場人物

カリオペ・クロフト……………………………貴族の令嬢
ゲイブリエル・ラドロウ………………………エヴァハート子爵
グリフィン・クロフト…………………………カリオペの兄
ディレイニー……………………………………グリフィンの妻
パメラ・ブライトウェル………………………カリオペのいとこ
ミルトン・ブライトウェル……………………パメラの夫。男爵
レイフ・デンヴァーズ…………………………ゲイブリエルの友人
ルーカン・モントウッド………………………ゲイブリエルの友人
ヒースコート公爵クリフォード………………ゲイブリエルの父
ヒースコート公爵未亡人………………………ゲイブリエルの祖母
ヴァレンタイン…………………………………ファロウ・ホールの執事

1

〝終わり……〟

その言葉が持つ力は、どんなときでもカリオペ・クロフトの心をとらえた。

ため息をこらえて、最後のページをもう一度読み直す。それからさらにもう一度だけ。そのあと小さな本を胸に押し当てて、ロングコートを縁取る毛皮越しに物語を自分の胸へとまっすぐ送り込んだ。これでこのお話は終わり。そして、この〝終わり〟にふさわしい〝はじまり〟だったわ、と心につぶやく。

読後感に浸ったまま、カリオペの視線は馬車の窓の外を漂い、雪が積もったリンカンシャー州のなだらかな丘陵を眺めてから、向かいの座席でうたた寝をする兄夫妻のもとへ戻った。ふたりは結婚してもうじき半年になる。兄のグリフィンは新妻のディレイニーを抱え込んで頭に頬をのせ、彼女のほうは夫の肩に身を預けていた。

兄は熊みたいな大いびきをかいているし、兄嫁のほうは開いた口からよだれを垂らし、兄の厚手のコートを濡らしているけれど、それに目をつぶれば、夫婦愛に満ちた微笑《ほほえ》ましい光景だ。

兄がこうして幸せな結婚生活を送れているのも、ひとえにわたしの尽力のたまものね。カリオペはつながれたふたりの手を見おろして、満足げに口もとをほころばせた。

妹が夏の嵐のさなかにディレイニーを置き去りにしたことにも、兄はいつの日か感謝するだろう。永遠に続きそうだったふたりの恋の駆け引きに幕を引いてあげたのだから。完璧なハッピーエンドを迎えるためにはちょっとした試練はつきものだと、すべての偉大な恋愛小説が教えてくれる。

現実世界では、〝ふたりはすえながく幸せに暮らしました〟という結末には、残念ながら滅多にお目にかかれないけれど。

カリオペは最後にもう一度本を抱きしめてから、旅行鞄《かばん》の中にしまった。そのとき、手袋をはめた指が鞄の内側に縫いつけてある秘密のポケットをかすめた。つかの間動きを止めて、こんなところで中身を取りだしても大丈夫か考える。

見るのはこれで最後だからと、カリオペは自分に約束した。ポケットの中にあるものを秘密にしてきたけど、それはいつも繰り返している言い訳だ。ポケットの中にあるものを秘密にしてきた五年のあいだに、〝これで最後〟が何度あったかを考えると、自分でも情けなくなるほどだ。

脈が速くなった。どくどくと鼓動が耳に轟《とどろ》いて、月の女神の力で永遠の眠りについているギリシャ神話の美青年、エンディミオンでさえ、あまりのうるささに飛び起きてしまいそうだ。カリオペは兄夫妻が起きないかと、馬車の向かいの座席をちらりと見た。

よかった、まだ眠っている。これで最後だから……。

カリオペは息を吸い込むと、鞄の中から宝物を静かに引きだして、薄い紙を慎重に広げた。大切に保管されてきたその紙は、四角いリネンを紅茶で染めたかのように黄ばんでいる。

いとしい人よ。

ぼくは難破した船だ！

ただの一瞥《いちべつ》があれほどの力を振るうことができるのだろうか？　いいや、一瞥ですらなかった。最初きみは背中を向けていて、ぼくに見えたのは濃いはちみつ色の巻き毛が美しいうなじの曲線に流れ落ちるうしろ姿だけだったのだから。口づけするように肩に触れる金髪を目にして、ぼくの唇はうずいた。

名前すら知らないまま、ぼくははじめて知る感情に衝撃を受けて、立ち尽くした。あの瞬間のぼくは、大海原をさまよい続けたあとでようやく陸地を発見した航海者だった。ふたりのあいだを隔てる岩礁も目に入らず、どんな距離でも飛び越えて、きみのかたわらへ行くことだけを求めた。きみが振り返ってまなざしをこちらへ向け、魂を奪われたぼくに気づいてくれるよう願った。

ああ、だが潮の流れがふたりを近づけるよりも先に、きみはその微笑みを別の誰かに向けてしまった。まぶしく輝くきみの横顔は、嫉妬の刃でぼくを串刺しにする一方で、この心に希望の錨《いかり》をおろした。きみのまなざしの中には、内側から輝く情熱はかけらも見えなかったからだ。ぼくの視線の先にたたずむ女性は、何かを求めながら、その切望を胸にしまっていた。

ぼくと同じように。

愛する人よ。そう、これは愛だ。きみを思うとこの血管を駆けめぐるものは、愛以外の何ものでもない。この思いは錨のごとく揺るぎなく、ぼくをきみへとつなぎ止める。きみは綱であり、船であり、海であり、ぼくを岸へと導く灯火だ。きみの名前は海の妖精セイレーンの歌声のごとくぼくの心を魅了し、結婚という岩礁に身を投げだすようささやきかける。きみこそがぼくの運命なのだと！

軽々しい告白ではないのをわかってほしい。これまでの人生への決別を意味するのだから。けれども、別の人生をきみと――きみひとりと――歩みだすことを思うと、嵐の海のように激しく揺れるぼくの心は穏やかに静まる。

ぼくを見つけだしてくれ、セイレーンよ。いとしい人よ。きみの岸へと呼びよせてくれ、ふたりが永遠に結ばれるように。

きみにこの心を捧《ささ》げる。

カリオペはほうっと息を吐いた。手紙の最後にたどり着くと、いつも心臓がまるまる一拍止まる。

差出人の署名があるはずの部分は手紙がちぎられていた。それが偶然なのか、それともわざとそうしたのかは、カリオペにはわからない。三日月形の破れ目は、何年も彼女の指になぞられて、茶色くなっている。そこにあったはずの名前を知りたいという気持ちは、この手紙をもらって五年経《た》ったいまも変わらない。

だけど、願ったところでなんになるだろう。星屑《ほしくず》の丘がひとつできるほど、〝差出人の名前を教えてください〟と流れ星に願いをかけてきた。

どんなに願っても、失われた五年の月日は戻らない。

手紙を受け取ったばかりの頃なら、この差出人のためにすべてを投げ捨てていた。便箋に綴《つづ》られた言葉でカリオペは恋に落ちたのだ。まるで自分の物語の表紙がはじめてめくられたかのように、胸の奥底に秘めていた夢が現実となり、物語がはじまるのを感じた。

それは小説の中でしか知らないたぐいの情熱で、あのとき抱いた強烈な感情は、いまだにうまく理解できなかった。手紙をもとどおりにたたんで秘密のポケットに戻す手が震えてしまう理由もだ。

手紙を旅行鞄にしまうのと同時に、グリフィンが身じろぎしていびきが止まった。

カリオペは慌てて鞄から手を引っ込めた。幸いにも、兄は彼女に注意を払っておらず、妻に回した腕を伸ばして窓をのぞき、曇ったガラスを手でこすっている。

「そろそろスタンプトンだな」外の景色から目を離さずに、グリフィンは静かに告げた。

「スコットランドへ北上する途中で、われわれのいとこの見舞いに立ちよってはどうだろうか。ロンドンを出発する前に、オーガスタおば上から手紙をもらった。パメラとブライトウエルは、ファロウ・ホールに滞在しているそうだ」

ブライトウェル。それはカリオペのいとこに当たるパメラが結婚したばかりの相手で、カリオペは五年前、例の手紙をもらったあとに、彼からの求婚を断っていた。

グリフィンは言葉を切ると、妹に視線を向けた。兄はあの手紙のことを知っている唯一の人だった。ミルトン・ブライトウェルとの結婚を拒んだときに、カリオペはほかに愛している人がいるのと泣きじゃくりながら打ち明けた。

〝そして彼女の選択は、哀れな結末を招いたのでした〟カリオペの心に住んでいる語り手が、いやみったらしくからかった。

カリオペは兄にうなずきかけて、話を続けるよううながした。ブライトウェルのことを話題にされても、気にしていないふりをして。

「どうやらブライトウェルの友人たちが、最近ファロウ・ホールに居を構えたらしい。それで、静かな田舎に滞在するよう勧めてくれたようだ。その……パメラの回復のためにと」グリフィンは思わせぶりに眉をあげた。

以前、指に棘《とげ》が刺さったとき、パメラは二週間床に伏してスプーンひとつ持ちあげようとせず、けがをしていないほうの手も頑として動かさなかった。自分のことを女王様だと思い込んでいるんじゃないかしらと首をかしげたくなる行動をたびたびとるのだ。だが、彼女をお后様にと求める王子様は現れず、公爵も、侯爵も、伯爵も、子爵も、彼女を娶《めと》りたがらなかったので、パメラは最終的には男爵夫人に落ち着いた。温厚な性格のブライトウェルは、彼女の気まぐれにもつき合ってくれ、ふたりはまさに理想の夫婦となった。少なくとも、パメラにとっては理想の夫だ。

カリオペは唇をすぼめた。「馬車で事故に遭ったのはひと月以上も前でしょう。それにお母様がオーガスタおば様から聞いた話では、パメラにけがはなかったはずよ」

「ああ。ぼくもパメラを診断した医者に手紙を出して確かめた」グリフィンは険しい顔つきだが、どこか愉快そうだ。「パメラはすっかり回復していて、頭のほうさえしゃんとすれば、いつでも帰宅できるそうだ」

なるほどね、とカリオペは納得した。パメラは甘やかされるのが好きなうえに、ちょっぴりおつむが弱いのだ。

カリオペは噴きださないように気をつけた。「そのお医者様は、パメラのことは事故の前からご存じだったの？」

「いいや」まじめそのものの顔で返されて、余計におかしさが増した。

「手厚く看病されているかぎり、わたしたちのいとこはベッドから出てこないんじゃないかしら」

「確かにな」グリフィンはうなずいた。「もっとも、オーガスタおば上は、これ以上娘のそばにいてやることができないそうだ。おば上の手紙によると、ファロウ・ホールには獣のように凶暴な犬が一匹いて、そいつがおば上の大事なペキニーズたちを襲おうとするものだから、早々にスプリングウッド・ハウスに戻らなければならなくなったらしい」

おばのオーガスタは、自分の保護下にある生きものはなんであれ甘やかし、そのせいで話を誇張しがちなことで知られている。よって、〝獣のように凶暴な犬〟というのが、どの程度のものかは定かではない。カリオペ自身、〝このかわいいワンちゃんたちにあなたのタルトをかじらせてあげてちょうだい〟と言われて断ったら、動物虐待だと非難されたことがあるぐらいだ。

「世話をするおば様がいなくなれば、パメラもすぐに退屈して、リンカンシャーから出ていくわよ」

「ぼくも同じ結論にたどり着いた」そう言いながらも、兄の声にはかすかに迷いの響きがあった。

兄の悩みを察知して、カリオペは顔を曇らせた。生来面倒見のいいグリフィンは、伯爵である大おじの跡を継ぐことが確実になるよりも前から、自分の一族を遠い親戚に至るまで見守っている。カリオペの直感が当たっているのなら、兄はいま、いとこの様子を確かめる義務感と、妹への気づかいのあいだで葛藤しているのだ。

パメラにとって、おそらくブライトウェルは最高の夫だ。それはわかっていても、自分の夫になっていたかもしれないのだと考えずにはいられなかった。五年前のあの夜、バースで〝ごめんなさい〟と返事をする代わりに、〝はい〟と答えていたらと。

正しい決断をしたのかと、カリオペはいまもときおり思い返しては悩んでいた。

息を吸い込んで、兄が決して口にすることのない問いかけに返事をした。「結婚式以来、パメラに会っていないわ。こうしてリンカンシャーまで来ていることだし、ファロウ・ホールに立ちよらないほうがおかしいわよ」

「本当にそれでいいのか」カリオペが力強くうなずくと、グリフィンは続けた。「では、明日は少し予定を変更して、数時間だけ立ちよろう」

そうと決めると、グリフィンは妻へ顔を向け、鳶《とび》色の巻き毛に唇を押し当てた。「そろそろ目を覚ます時間だよ、ミセス・クロフト」

兄がささやく言葉は心からの愛情に満ちている。カリオペは赤面した。

なんだかのぞき見をしているようで、カリオペは慌てて体を折って足もとに手を伸ばし、真鍮《しんちゅう》製の足温器の温度を確認した。やわらかなリメリック手袋にはなんのぬくもりも伝わってこなかった。蓋を開けてみると、石炭はすべて燃え尽き、中には細かな灰が積もっているだけだ。蓋を閉めて、分厚い羊毛の毛布を膝にのせ直し、座席の横に置いていた毛皮のマフに手を伸ばした。

馬車の曇った窓の向こう側には、厚ぼったい灰色の雲に覆われた銀世界が広がっている。田舎の雪景色は壮観なはずだった。なのに、カリオペは不意にこう感じた。寒々として、わびしげで……孤独だと。これが物語の場面なら、遠くの山にぼんやりと古城が見えるところだろう。もっとも、ロンドンとエジンバラを結ぶグレート・ノース・ロードは枯れ木や葉の落ちた灌木《かんぼく》が突きだした、轍《わだち》のついた雪景色に囲まれていて、もの寂しげな雰囲気では負けていない。

常緑樹の木立も見えるが、いまの憂鬱な気分には似つかわしくなかった。カリオペはもうしばらく物思いにふけるために、雪をまとった緑の葉の美しさからは目をそらした。だって、雪の重さにうなだれる枝を見てしまえば、橇《そり》遊びを連想せずにはいられないし、澄み切った冬の大気の中を橇ですべりながら、雪屑が頬にキスするのを想像したら、哀愁に浸ることなんて絶対にできないでしょう。

ため息が窓ガラスを曇らせ、外の景色をすっかり隠した。やっぱり、ブライトウェルの求婚を断るべきではなかったのかもしれない。彼と一緒にいるのは好きだったと心から言えた。いつか結婚を申し込まれるだろうと思うようになったのは、彼と知り合ってすぐのことだ。あの手紙さえなければ、それに自分がこんなにも夢見がちな性格でなければ、ブライトウェルとふたりで人生を歩んでいただろう。

だが、カリオペは結婚の機会が指のあいだからこぼれ落ちるのを止めなかった。ずっと一緒に橇に乗ってくれる相手ができたかもしれなかったのに。

これが物語のヒロインなら、心を奪った手紙の書き手を見つけだして結婚し、すえながく幸せに暮らすはずだ。

残念ながら、現実にはそうはいかなかった。あの美しい手紙を書いた男性はいまだに見つかっていない。カリオペは彼を探すために、書き手の特徴に当てはまる社交界の紳士たちをひとり残らずノートに書き込み、当てはまらない人たちまで記入した。

あの手紙の書き手なら、これらの特徴を備えているはずだと、カリオペは考えていた。

一　詩人の魂
二　情熱的な性格
三　切望の滲《にじ》むまなざし
四　結婚の意思
　　もしくは少なくとも……。
五　インクのついた指

カリオペはダンスのパートナー全員にそれとなく質問し、女性たちにはその兄や弟、甥《おい》っ子、もしくは息子について尋ねた。するとおかしなことに、誰も彼もが書き手の特徴に当てはまる気がした。それはたぶん、カリオペが世の中を理想的な目で見すぎていたせいだろう。少なくともあの頃はそうだった。

恋文の書き手がほかの女性にも手紙を送るまでは。

社交界を騒がせた〝カサノヴァの恋文〟がはじめて公になったとき、カリオペの心は打ち砕かれた。彼女と同時期に社交界デビューしたほかの女性たちのもとに、次々と同様の手紙が舞い込んだのだ。その数は全部で六通。カリオペは自分が受け取った手紙を秘密にしていたが、ほかの女性たちは違っていた。六通の手紙はあちこちの客間を巡回して読みあげられ、そのたびに淑女たちはため息をつき、顔を扇であおぎ、失神する者まで出た。

カリオペはほかの手紙をすべて自分の目で確かめた。彼女がもらったものとは異なって、心を揺さぶる激しさに欠けているものの、筆跡の特徴はどれも一致した。

手紙の書き手は女たらしなのだと気づいたのはそのときだった。彼は女性の心をもてあそんで楽しんでいるのだ。そして、ブライトウェルの求婚に応じなかったのは過ちだったことが、いやというほど明白になった。

そのあと、カリオペはくよくよと考えた。もしかすると正体不明の差出人は、わたしをもう一度よく観察して、考え直したのかもしれない。鼻は大きすぎるし、眉毛はまっすぐだし、唇はぽってりと分厚くて、茶色い瞳はありきたりだと、欠点をいくつも見つけたのだろう。確かに、美人でないのは認めるけれど、額は丸みがあって金髪の生え際へときれいな曲線を描いているし、耳は小さすぎず、ちょうどいい大きさだわ……。そんなふうに自信のあるところを並べてみても、たどり着く結論に変わりはなかった。

彼にとって、カリオペは特別ではなかったのだ。

その現実を受け入れると、はじめての社交シーズンは味気なくなり、胸に芽生えた愛という甘い感情は、苦々しいものに変わった。壊れやすい心をふたたび傷つけられるのを恐れて、カリオペは結婚をあきらめた。

五年の歳月が流れて、いまや完全に婚期を逃したが、それでもまだ彼の正体を知りたかった。けれど、それは彼との結婚を望んでいるからではない。

ええ、全然違う。

カリオペはあの卑劣な男の正体を社交界にさらし、心を傷つけた償いをさせることを求めていた。

いつの日か、その機会がめぐってきますように。


エヴァハート子爵ゲイブリエル・ラドロウは、ソファのクッションにどさりと腰をおろして歯を食いしばった。ふくらはぎに巻きつけてある添え木がいちいち邪魔になる。足首を骨折してひと月になるが、いまだにうずく傷の痛みと、脚を圧迫する添え木と、不快さではどちらが勝るか決めかねた。

いまいましい。これはもう一杯酒が必要だぞ。

二枚の添え木にはさまれた脚に手を伸ばしてふくらはぎをさすりながら、ゲイブリエルは友人が口にした提案に返事をした。「お断りだね、モントウッド。きみの賭けに乗るのはネギを背負ったカモだけだ。きみはその気になったら、絶対に負けることはない」

「同感だ」レイフ・デンヴァーズがうなずく。暖炉の火が投げかける明かりが、角張った顔の上に影を落とした。グラスを当の男に向ける。「ぼくはきみが賭けをするところは何度も見ているんだ、自分からカモになる気はないね」

その魅力で知られるルーカン・モントウッドは、ふたりの言葉は気にも留めず、新たな酒瓶から抜いたコルク栓を火の中へほうった。暖炉の前に寝そべっているやせた大型犬は——この数週間はそこを自分のわが家にしている——身じろぎひとつしない。

琥珀《こはく》色の瞳の上で黒い眉を吊《つ》りあげ、モントウッドは高価なスコッチのラベルをじっと見た。そして満足げな笑みをゆっくりと浮かべた。

それが高価な酒であることをゲイブリエルはよく知っていた。自身の父親、その名も高きヒースコート公爵から酒の値段のことで小言を食らったのだ。父の説教はこれまで息子が繰り返してきた数々の軽率な選択にまでおよんだ。〝公爵家の跡継ぎともあろう者にあるまじきことだ〟

父のくどくどしい話には慣れているゲイブリエルは、以前なら気に留めもしなかった。ところが、かつては右の耳から左の耳へと抜けていた父の言葉が、近頃は頭にしっかり届くようになりはじめていた。まったく、煩わしいことだ。

「それでは、われわれの客人の出発を祝って——」

「今日はブライトウェルの姑《しゅうとめ》が出ていってくれて、ほっとしたよ」乾杯の言葉をさえぎってデンヴァーズがぼそりと言う。

モントウッドは邪魔など入らなかったかのように続けた。「家賃の安いファロウ・ホールと、裕福な友人たちに乾杯」

「そしてキャンキャンと足首に噛《か》みついてくるあの犬ころたちも厄介払いできたことに乾杯」デンヴァーズはグラスの縁を酒瓶にぶつけ、指の幅一、二本分を新たについでもらった。

実際、三人とも酒の分量をはかるのはやめていた。いまや大事なのはついだ量《フィリング》ではなくて、こぼさなかった量《スピリング》だ。

フィリングにスピリング？　ゲイブリエルは円天井を縁取る凝った装飾をあきれ顔で見上げた。これはよからぬ兆候だ。昔から、酒を飲みすぎると韻を踏みはじめる。かつては鯨のように酒をがぶがぶ飲んでも、そう簡単には酔いが回らなかったものだが。

それもこれも祖母であるヒースコート公爵未亡人のせいだとゲイブリエルは考えていた。社交界で最も恐れられているドラゴンから四六時中にらまれているうちに、すっかり酒に弱くなった。なんとも情けない。

だが、ふるまいを正しなさいという祖母の命令に従わないわけにはいかなかった。さもなければ父からの仕送りを打ち切らせると、祖母に脅されたのだ。〝一シリングたりとも渡さないようにさせますよ！〟まあ、生活費として毎年手にしている六〇〇〇ポンドは別としてだが。それでも実に見事な脅迫で、孫に対してそこまで厳しくなれることには感心する。

リンカンシャー州の自然の中に引きこもったおかげで、ゲイブリエルはようやく自分を取り戻すことができたのだ。立派な跡取りらしくふるまうのはもうじゅうぶんだった。もともと跡を継ぐ気はなく、父を満足させるためだけに従っていたが、それもそろそろ重荷になっていた。

モントウッドがグラスの縁まで酒を満たし、ゲイブリエルはすぐにそれを掲げた。「ファロウ・ホールに乾杯！　この屋敷の中を花嫁や赤ん坊がうろつくことは永遠にないよう祈って！」

ほかのふたりの独身男たちが声を合わせる。「乾杯！」そして杯を傾けた。

デンヴァーズは口に届く前にグラスを傾けてこぼしそうになり、ふらふらとよろけて、背後にあった詰め物入りの肘掛け椅子にどすんと尻を落とした。だが、腕をまっすぐ伸ばして酒は一滴もこぼさず、ひゅうっと口笛を吹く。

ゲイブリエルは酔っ払いの仲間入りをした友に敬礼した。

モントウッドはふたりのグラスに酒を満たして回った。同じくらい酒を飲んでいるにしては手つきが安定している。「嘆かわしいことに、花嫁ならすでに屋敷にひとりいる」

「ぼくの花嫁ではないし、ぼくの花嫁なんていうものは未来永劫《みらいえいごう》に存在しない」安堵《あんど》感を滲ませてゲイブリエルは続けた。「ブライトウェルは――」いまこの場にはいない哀れな男だ。「花嫁というお荷物を抱えて困っていた。そこでぼくは旧友とその妻にここに滞在するよう助け船を出したわけだ」

「馬車の事故が起きてからひと月経ったぞ」デンヴァーズの指摘は不必要なものだった。言われなくとも、ゲイブリエルは重々知っていた。事故が起きてからどれほど経ったのかも、客人たちが東翼に滞在してどれほどになるのかもだ。なぜなら、そこは彼自身の寝室に近すぎるからだ。そのため、ゲイブリエルはこの北塔でほとんどの時間を過ごすようにしていた。

ここ数週間は地図の間が安息の地だった。壁には額縁入りの地図が飾られ、ゲイブリエルがすでに探検した場所もあれば、いまだ未踏の地もある。部屋の奥にある螺旋《らせん》階段は中二階へと続き、そこには書物や旅行記がぎっしり並んでいた。膨大な数の海図もあり、それを調べるのを彼は楽しみにしていた。

冒険の虫がうずうずし、新たな旅に出たくてたまらなかった。英国をあとにして、船上で潮風に顔をなぶられたい。逃避こそ、ゲイブリエルが最も得意にしていることだ。彼はつねにおのが責任と罪悪感の一歩先を逃げていた。

「だが」モントウッドが不吉な声をあげた。「医者はレディ・ブライトウェルの――」咳払いする。「頭がしゃんとするまではベッドで休ませるよう勧めている」

ゲイブリエルは笑い声をあげた。「レディ・ブライトウェルと知り合ってからまだ日が浅いが、どうも彼女の脳みそは小鳥のそれと同じ大きさのようだ。ベッドに寝ているだけで彼女の知性が向上するのなら、もう一杯スコッチを飲めば、ぼくの酔いもさめるってものだろう」

「確かにそうだ！」ソクラテスの至言を耳にしたかのように、デンヴァーズがうんうんとうなずく。

モントウッドは空になったグラスを目に当て、大きな片眼鏡をのぞくようにゲイブリエルをじろじろと観察した。「おお、ついに謎が解けたぞ！　エヴァハートが結婚しない理由は、知性ある女性を花嫁に求めているからだ」

ゲイブリエルは顔をしかめた。花嫁だの結婚だのと、耳障りな言葉を聞いていると、父の説教が頭によみがえる。〝いつまで遊蕩《ゆうとう》にふけっているつもりだ。おまえも社会における自分の立場を顧みるべき頃合いだ。博打《ばくち》や探検旅行、それに女にうつつを抜かして、ぶらぶら遊び歩くのはやめるんだ。ちゃんとした令嬢を見つけて結婚し、責任ある大人になれ〟

だがその代償は？　父がそうなってしまったように、魂の抜け殻同然の男になる危険を冒せと？

「一生結婚などするものか」ゲイブリエルは必要以上に声を荒らげたが、友人たちはどちらも大笑いしている。

「そいつは無理だ！」モントウッドが断言する。「きみは跡取り息子だからな。結婚する義務がある」

ボクシングであればストレートパンチの部類に属するせりふながら、それをかわすのに慣れているゲイブリエルは平然と肩をすくめた。「跡取りなら弟がいる」まだ一三歳のクライヴであれば、父が手塩にかけて完璧な公爵候補に育てあげる時間はたっぷりある。

これでこの件は解決だと、ゲイブリエルは琥珀色の液体を揺らしながら、もうひとりの友をグラスで指した。「三人の中で結婚する義務があるのはデンヴァーズひとりだ。きみはひとり息子だろう」

デンヴァーズの笑みが薄れた。「まあね。だが、ぼくの場合は是が非でも結婚しなければいけないわけじゃない。父はぼくに受け継がせようにも爵位は持っていないし、家柄も上流社会の中ではさしてぱっとしない。きみたちとは事情が違うんだ。それに、きみのいとこのるのだと言って、ゲイブリエルはにやりとした。

ラスバーンがぼくの妹と結婚したから——」妹を奪われたと非難するかのようにゲイブリエルを指し返す。「両親に孫の顔を見せる役目は妹にまかせるさ。もうすぐひとり目が誕生することだしね」

デンヴァーズの甥か姪の誕生を祝福するために、いささかろれつの怪しい歓声があがった。

「ラスバーンとその妻、そして生まれてくる赤ん坊に乾杯！」

次に気づいたときには、ゲイブリエルは空になったグラスの底をのぞき込んでいた。モントウッドがただちに気を利かせて、酒を満たしてくれる。ゲイブリエルは脚がクッションから落ちないよう気をつけて、ソファの角に背中をもたせかけた。先日、ラスバーンが妻と居を構えたホーソン・マナーを訪ねたときのことを思い返す。いとこは絵に描いたように幸せそうだった。

ゲイブリエルは添え木にはさまれた脚をぼんやりと搔《か》いた。「結婚という輪縄は、ラスバーンの首にぴったりはまったようだ」

「ああ、そうだ。そしてこれからもはまったままでいる」デンヴァーズのきっぱりとした声は、本人はまだまだ妹離れができていないのをにおわせた。自分の家族のこととなると、彼は野生の動物さながらに保護本能をむきだしにする。デンヴァーズをよく知る者は、彼が敵と戦うための爪を隠し持っていることを心得ているが、ほかの者たちは彼を腑抜け野郎《スタッフ・アンド・フラッフ》と見なしていた。

スタッフ・アンド・フラッフ？　ゲイブリエルは自分のグラスをじっと見おろした。これを最後の一杯にすべきかもしれないな。

「デンヴァーズ、そういえばきみも、自分から輪縄を首にはめて喜んでいなかったか」モントウッドはソファから身を乗りだすと、それぞれのグラスにどぼどぼと酒をそそいだ。どうやらゲイブリエルだけでは飽き足らず、もうひとりの友人までからかうつもりらしい。「なのにきみの婚約者は、その縄をほどいて、金持ちのアメリカ人の首にはめ直した」

「そう、だからこそ結婚は二度とごめんだ」デンヴァーズは少しばかり舌をもつれさせて宣言した。ふらふらと立ちあがって暖炉へ進み、しゃがみ込んで犬をなでてやる。「なあ、女はみんな金目当てに結婚するんだよな」

犬は尻尾を振って同意した。

レイフ・デンヴァーズが祭壇にぽつんと置き去りにされた日のことは、忘れられるものではなかった。花嫁となるはずだった女性は、かつての植民地から来ていた毛皮商人に目移りして海を渡ってしまったのだ。モントウッドも、友人の古傷をふたたび開いたりしなければいいのに。

「そのとおりだ」モントウッドは自分のグラスを満たした。「では、三人で独身の誓いを立てようじゃないか」

「賛成！」デンヴァーズが炉棚に手をついて立ちあがる。

賛同を得て、モントウッドはグラスを高く掲げた。「女にわれわれの絆《きずな》を壊させはしないとここに誓う」

三人は杯をあおった。

「われわれに、いや、きみたちに恋い焦がれる女性たちは――」言い直してデンヴァーズとゲイブリエルを順に指さすモントウッドの琥珀色の目は、蛇使いを思わせた。「この独身男たちの聖殿の門前で朽ち果てる運命にある」

「ファロウ・ホールに乾杯！」

彼らの友人ナイツウォルド卿《きょう》は賭け事好きで、長年のあいだにこの屋敷を含む無数の賭け代を手に入れていた。その彼も最近ついに身を固め、子宝を授かることがいまは一番の願いだが、ファロウ・ホールという名は、ここに生息する鹿《ファロウ》に由来する一方で不妊《ファロウ》の意味もあり、そのため屋敷を手放したいと考えるようになった。ナイツウォルド卿はエヴァハート、デンヴァーズ、そしてモントウッドの三人にわずかな賃料でこの屋敷を使わせ、いずれはそのうちのひとりが買い取ることを期待していた。だが、ゲイブリエルとその独身仲間たちは、いまのところは借家暮らしに満足している。

「そうだ、ちょっとしたお遊びに、三人で賭けをしようじゃないか」今夜のモントウッドはいつになくよくしゃべった。ピアノを演奏するときは別として、普段の彼は三人の中で最も目立たないようにしているのだが。「一番最初に結婚した者に罰金をうんと払わせるんだ」

「罰金に乾杯！」デンヴァーズがグラスに残っていた酒を飲み干す。

「〝うんと〟とはどれほどだ？」自分で尋ねたのははっきりわかっていたのに、その口調は懐疑的で厳格ですらあり、ゲイブリエルは父が背後にいて声をあげたのかと思わずうしろを見た。錯覚だと頭をぶるりと振る。とはいえ、モントウッドはいやにさりげなく話題を賭け事へ戻しており、ゲイブリエルとデンヴァーズが賭けに応じるよう仕向けている気がしてならなかった。

モントウッドはカードテーブルについたいかさま師のごとくにやりとした。「そうだな、忘れられないような賭けにしたい。なにせきみたちふたりが相手だ、ここは派手にやろうじゃないか」

それを聞いて、デンヴァーズが暖炉の前から引き返してきた。黒みがかった瞳は急に明晰《めいせき》さを取り戻している。「きみたちを結婚の罠《わな》にはめるとなると、よほどの大金を得られるんでなきゃ割に合わないね」どうやら賭けに反対する気はないらしい。デンヴァーズにはずっと目をつけている屋敷があり、それを手に入れられるのなら、右の脚一本ぐらい喜んで差しだすことはふたりとも知っていた。

「では、きみがグレイソン・パークを購入できるだけの金額ではどうかな」モントウッドは持ち前の魅力を発揮して友の説得にかかった。自身の家族からは勘当されたも同然の身でありながら、この魅力のおかげでモントウッドは社交界に受け入れられているのだ。「エヴァハートのほうは……まあ、きみは移り気だからな、きみがやりたくなったことがなんでもできるだけの金額ってことにするか」

ゲイブリエルはむっとした。当てもなく漂う浮き雲という、彼が世間に見せている仮面をはがされたわけでもないのに、なぜか腹が立つ。その理由は自分でもわからないが、モントウッドにやり返さなければ気がすまなかった。「そう言うきみは、あの謎の借金を返済できるだけの金額がほしいんだろう？」

　モントウッドが返した笑みは魅力に欠け、白い歯が見えるばかりだ。「ご明察だ」

　ゲイブリエルは底なし沼の深さを足で探るかのように、賭け金の額を確かめた。「じゃあ、一〇〇〇〇ポンドか？」

「話にならないね！」モントウッドは鼻で笑った。「きみたちふたりを相手に、たったそれっぽっちの賭け金じゃ、やる気さえ湧かない。最低でもその五倍だ」

「おいおい、五〇〇〇〇ポンドかい？　ぼくの一年分の収入に当たるぞ」デンヴァーズは信じられないとばかりに笑い声をあげてから、深々とお辞儀をしてみせた。「それではいっそ、摂政皇太子《プリニー》のように一万ポンドほどお賭けになってはいかがでしょうか、閣下？」

「ふむ、悪くはないな。一万ポンドなら、賭けのしがいがあるってものだ」モントウッドはいかにも計算高そうに目をきらりと光らせた。「それに、そもそも誰も心配する必要はないだろう。三人とも絶対に結婚はしないと宣言したばかりだ」

　絶対に。その言葉が持つ拘束力にいまさらながら気がつき、ゲイブリエルは咳払いした。

「賭けをするなら、期間を設定してはどうかな。たとえば……一年ではどうだ？」

「ますますもって悪くない」モントウッドは低いテーブルにグラスを置いて、手を差しだした。「では、これで決まりだ」

「その前に、賭けの条件をはっきりさせよう。なにせ大金だ」デンヴァーズはみるみる酔いがさめた様子になり、乱れた黒髪を指で梳《す》いた。「これから一二カ月のあいだ、われわれ三人は互いに競い合い、最後に残った独身男が勝者となる——これでいいんだな」

「単純明快で非の打ちどころがない」モントウッドが力強くうなずく。すぐにでも握手を交わしてこの賭けを成立させたいのをなんとかこらえているのが見て取れた。

モントウッドとのつき合いから何か学んだことがあるとすれば、それは、条件は前もってすべて確認しておくべきだということだ。「最後に残った独身男が一万ポンドを手にするわけだから、ぼくはきみたちふたりからそれぞれ五〇〇〇ポンドをもらえばいいんだな。それで間違いないか？」ゲイブリエルが尋ねた。

「誰が金をもらうかはともかく」モントウッドの微笑がこの挑戦を受けて立つことを伝える。

「計算としては合っている」

デンヴァーズは眉根をよせた。「最後に残るのがひとりだけとはかぎらないぞ。勝者がふたりの場合はどうするんだ？」

「それもそうだ」モントウッドは顎をなでた。「一年後、独身がふたりだった場合は賞金を山分けにする。負けたひとりは一万ポンド全額を支払うんだ。これならしびれるほど魅力的な賭けになる」

ああ、ずいぶんと危険な賭けだ。

「これは言うまでもないが」モントウッドは続けた。「そのあいだは婚約および結婚の約束をすることも禁止だ。体面が傷つくたぐいの女性との交際も禁ずる。例を挙げると、社交界にデビューしたての淑女に、多少とうが立った独身女性、修道女、その他もろもろだ」最後の言葉に小さな笑いがあがる。

「この賭け以前に結婚の約束をしていた場合は？」ゲイブリエルはデンヴァーズにしかと目を据えて問いかけたが、その答えを知る必要があるのは彼自身だった。ゲイブリエルがかつて浅はかな若者であったことを、友人たちはいっさい知らない。五年前、ゲイブリエルはひと目で恋に落ちた。というか、落ちたと思い込んだ。

落ちた？　いいや、あれは落ちるなどという生やさしい感覚ではなかった。ぼくは真っ逆さまに転落した。足もとから地面が消え、無限に落ちていくかのようだった。そしてある夜、彼女への思いに酔いしれて、手紙で結婚を申し込んだのだ。

もしまだ彼女があの手紙を所持していて、それが世に出るようなことになれば、賭け金を失うだけではすまない。これまでの自由気ままな暮らしは終了だ。

ゲイブリエルの父親は、これ以上探検旅行に資金を出すことも、息子のスキャンダルに耐えることも拒絶している。ゲイブリエルの愛する祖母は、公爵家の体面を何よりも重んじており、またも祖母を失望させることはできなかった。

賭けで一万ポンドの損失？　そんなことになれば大きなスキャンダルになるのは必至で、公爵家の面目は丸つぶれだ。

だが、もしも勝った場合は？　一万ポンドあれば、自分の探検隊を結成できる。

「デンヴァーズの婚約者はほかの男と結婚済みだから、あの婚約はもう関係ない。求婚した相手がまだ未婚だったなら、デンヴァーズには結婚の意思があるものと受け取れるが」モントウッドはさらりと言ったあと、ゲイブリエルに視線を転じて目をすっと細くした。「それとも……いまの質問はきみ自身のことだったのか？　ふわふわと雲のように漂うきみの心をつかんだ知性ある女性が、まさか本当にいるのか？」

手紙で結婚を申し込んだことを打ち明けるのなら、いましかなかった。

だが、友ふたりの性格と、ミス・カリオペ・クロフトに再会する可能性を——彼女が手紙の差出人の正体を突きとめる可能性も含めて——天秤《てんびん》にかけると、ここで告白する必要はないように思えた。

好奇心が強すぎる友人たちに自分から告白して、わざわざからかいの種を提供してやることはないだろう。「もちろん、いないさ」

「それでは紳士諸君」モントウッドはにっと笑った。「これで決まりだ」

ゲイブリエルは真っ先に手を差しだした。何ひとつ問題はないと、心に自信をみなぎらせて。

2

馬車が大きく揺れ、カリオペは本のページからはっと顔をあげた。窓の外の景色ががくんと傾くが、すぐにもとに戻った。ファロウ・ホールへと続く道の途中で、車輪がくぼみに落ちたようだ。幸い、馬車は問題なく進み続けた。

向かいの座席では、グリフィンが折りたたみ式の屋根をステッキで押しあげ、御者に声をかけていた。その隣で兄嫁が二度目のうたた寝から目を覚ます。

「いやね、また眠ってしまったわ」ディレイニーはあくびをしつつ言った。鳶色の髪はすっかり寝乱れている。「これでは英国一退屈な旅の友ね。ごめんなさい、カリオペ。ご両親たちとバースへ行くよりずっとすてきな旅になるわ、なんて約束しておきながら、これまでのところ手紙に書くほどのことは何もしてあげていないわね」

「すてきな旅ならもう満喫しているわ。スコットランドへ行くのも、この道を通るのも、はじめてなんですもの」カリオペはうなずいて兄嫁を安心させた。「見たことのないたくさんの景色について、妹たちへの手紙に書いてあげられるわ」

兄夫妻が道中ずっと眠りっぱなしだったとしても、バースへ行くより心は軽かった。あの街に戻れば、ブライトウェルの求婚を断ったときのことを思いだすだけだ。ひとつの物語の終わりが、すてきなはじまりをもたらしてくれるとはかぎらないという、明快な戒めを。

「それに」カリオペは続けた。「お兄様は大いびきをかくってことも妹たちに報告できるのよ。これから何年もお兄様をからかえるんだから、妹全員を合わせた分と同じ重さの金に値するわ」

「確かに、熊かと思うような大いびきですものね」ディレイニーはすみれ色の瞳をいたずらっぽく輝かせて笑い、ほてった頬に落ちた巻き毛を指で押し戻した。「でも、わたしにはとても心地よい響きなの。こんな冬の日に洞穴の奥からあのいびきが聞こえてきたら、怖い熊さんではなさそうだなと思うでしょうね」

屋根を戻したグリフィンは、いかにも憤慨したふりをして鼻を鳴らした。「冬眠中の熊を起こす者は、襲われるのを覚悟することだ」両手をあげて妻をくすぐろうとするが、彼女の腹部に目を落としてぴたりと静止する。兄の顔に広がるまぶしい笑みは、これまでカリオペが一度も見たことのないものだ。グリフィンは妻をくすぐる代わりに、彼女の手を取りあげてキスをした。「いまはやめておこう。このところきみが眠ってばかりなのには、理由がありそうだからね」

ディレイニーは頬を明るく染めた。空いているほうの手を自分の腹部に置いて、義妹に微笑みかける。カリオペは即座にぴんときた。

赤ちゃんができたの？

「まだはっきりとは言えないのよ」その質問が聞こえたかのようにディレイニーが答える。「お義父様とお義母様はこの知らせにきっと大喜びするでしょうけど、いまはここだけの秘密にしてね」

「ええ、もちろんだわ」カリオペは大きくうなずいて満面の笑みを浮かべ、さらにもう一度うなずいた。これぞ完璧なはじまりだ。「妹のオーガスタおば様よりも先に孫ができたのを知ったら、お母様は天下を取ったように得意がるわよ」

そのとおりだと知っている三人は、声を合わせて笑った。

空想好きなカリオペは、抱っこした赤ん坊に本の読み聞かせをする自分の姿を想像し、読んであげたい本を頭の中の本棚に並べはじめた。

その本棚には、すでに何冊も本がしまってある。もともとは自分の赤ん坊のために選んでいた本が……。

「カリオペ」グリフィンに呼びかけられて、曇った窓から視線を引きはがす。兄に目を向けると、いまや馬車の外に立って、妹がおりるのを手伝おうと腕を伸ばしていた。

カリオペは自分の目をこすった。「もうファロウ・ホールに到着したの？」ほんの一瞬前まで、兄夫妻に赤ちゃんができた話をしていたはずだ。なのにもう到着しているの？

「また心がどこかへさまよっていたようだな」兄が眉間にしわをよせる。カリオペは普段からぼんやりしがちで、心配した母が何かの発作ではないかと医者に診せたところ、単なる空想癖と診断されたのだ。

カリオペはかぶりを振った。「一日中馬車に揺られたあとで急に冷たい風に当たったから、頭がぼうっとしたみたい」

馬車からおり立つなり、立ち尽くした。玄関前の段で待っているのはブライトウェル卿その人だ。黒い玄関扉を背にして、青白い顔と白い服がくっきり浮かびあがった。彼とこうして会うのはパメラの結婚披露宴以来だ。

「ブライトウェル」グリフィンが挨拶した。「また会えてうれしいよ。急に立ちよって、迷惑ではなかったかな」

ブライトウェルは額に落ちた髪を払いのけて、グリフィンとディレイニーにうなずきかけた。「屋敷のあるじたちも、いいときに来てくれたと喜ぶはずだよ」

屋敷のあるじたちというのは、目下ファロウ・ホールに住んでいる三人の紳士のことだろう。カリオペ自身は、レイフ・デンヴァーズとルーカン・モントウッド卿とはほとんど面識がなかった。だけど、エヴァハート卿とは……。

昔々、カリオペの友だちの輪の中にはエヴァハート卿もいた。だが、彼女がブライトウェルの求婚を断ったあの夜、エヴァハートはカリオペと友だちでいるのをやめた。

「車輪に不具合があるとデンヴァーズが言っているのが聞こえたが」ブライトウェルは、少し離れたところで馬車の車輪を調べて御者と話しているレイフ・デンヴァーズを身振りで示した。「きみたちのためには、簡単に修理できるよう願うものの、ぼくの妻のためには、しばらく足留めされることを願うよ」

ブライトウェルはカリオペに視線を移した。その瞬間、五年前の求婚のことを、まだお互いに忘れていないのがはっきりと感じられた。肩の筋肉がこわばり、彼女は旅行鞄の持ち手を握り直した。

「ミス・クロフト」ブライトウェルはいつもの笑みを浮かべた。「きみも一緒だったとはうれしい驚きだ。パメラも大喜びするだろう」

「こちらこそ、歓迎してくれてうれしいわ、ブライトウェル――」敬称をつけて言い直す。「ブライトウェル卿」五年前、彼はカリオペの友人で、ただの〝ブライトウェル〟だった。友だちの輪の中では誰も堅苦しい敬称は用いない。でもいまは気安く呼ぶことはできなかった。それに、名前に敬称をつけることで、自分の選択を忘れずにいられる。

わたしは彼よりも一通の手紙を選んだ――その結果、心を粉々にされた。

螺旋階段をあがるゲイブリエルの額から汗がしたたり落ちた。一段一段片脚で跳びあがるのがこれほどきついと知っていたら、ウサギのようにぴょんぴょん跳ねる練習を日課に加えていたのだが。考えてみれば、剣術にもボクシングにも片脚で跳ねる動きはない。ゲイブリエルは腹違いの妹レイナに対して不意に畏敬の念を覚えた。妹は屋敷の部屋から部屋へとよくスキップしている――その現場を母親に目撃されないかぎりは。

「街を離れてたったの数カ月で、ひどいありさまだ」開いたままの地図の間の戸口から、聞き覚えのある声が響いた。だがそれはモントウッドのものでもデンヴァーズのものでもない。

ゲイブリエルは耳を疑って、階下へと首をめぐらせた。「クロフト？」

「そう、ぼくだ」グリフィン・クロフトが返事をする。「ジェントルマン・ジャクソンのボクシング・クラブで最後にきみとやり合ったとき、尻餅をつかされただろう。その仕返しに、いきなり訪ねて、きみをびっくりさせようと思ってね」

「それなら大成功だな」ゲイブリエルは段上で向きを変え、一段ずつおりはじめた。クロフトは友人というより、ボクシングの練習相手だ。実際、彼が正式にゲイブリエルを訪問するのはこれがはじめてだ。おまえを殺してやると脅迫してきた男と、そうそう仲良くできるものではない。

普段、ゲイブリエルは縁起など気にも留めないが、ゆうべ酔った勢いで無謀な賭けにのったばかりで、しかも彼が抱えている不安にはクロフトの妹が深くかかわっている。まさか、これは凶兆ではないだろうな。

ただ、相手の訪問理由は明白だった。「いとこの見舞いか」

クロフトは部屋の中へ入って、そんなところだと身振りで示した。「どのみち家族でスコットランドへ行く途中だ。挨拶もしないのは冷たいだろう。それに……わがいとこのことはよく知っている。ぼくが様子を心配したのはきみたちのほうだ」

家族で。ゲイブリエルの耳に入ったのはその言葉だけだった。額の汗がすっと冷たくなるのがわかる。〝家族〟というのはクロフトの妻ひとりを指すのか？　それとも、妹たちも同行しているのか？

クロフトの愉快そうな表情がにわかに曇る。「ひどい骨折なのか？　顔が真っ青だぞ」手を貸そうと進みでる相手を、ゲイブリエルは手を振って制した。

「たいしたことはない。あと二週間もすれば添え木をはずせる予定だ」片方だけ履いたブーツの靴底を金属製の踏み板に響かせて段をおり、平気なところを見せる。「ここへは奥方と一緒に？」

クロフトが返事をするより先に、デンヴァーズがずかずかと入ってきた。「モントウッドに来客だと知らせに行ったら、またしても雲隠れだ」

「モントウッドはぼくのにおいを嗅ぎつけると、脱兎《だっと》のごとく逃げるのさ」クロフトが言った。「そして、自分の身がかわいければ、そうし続けるべきだ」

デンヴァーズは笑い声をあげた。「おかしなことに、そう言うのはきみがはじめてじゃないな。嗅ぎタバコの箱の蒐集《しゅうしゅう》を趣味にしている者もいるが、モントウッドの趣味は既婚男性の敵意を集めることのようだ」マホガニー製の飾り棚へと歩みより、アイリッシュ・ウイスキーを三つのグラスにそそぐ。「だがね、根は悪い男じゃないんだよ」

クロフトは会釈してグラスを受け取った。「自分の妻を寝取られそうになったら、その考えも変わるだろう」

「だったらぼくは心配いらないな」デンヴァーズはゲイブリエルにうなずきかけ、ソファの前にある楕円《だえん》形のテーブルに彼の分のグラスを置いた。「それにエヴァハートもだ」

「ああ」ゲイブリエルは相槌《あいづち》を打ちながらも、喉が干上がるのを感じた。酒でうるおしたいが、最後の二段を飛びおりて、テーブルまで片脚で跳ねていけるだろうか。運悪く、ステッキはテーブルの横に置いたままだ。

クロフトは自分のグラスを傾けた。「ふたりとも一生独身を貫く気か。たいした自信だ」

「実は、独身の誓いを立てたんだ」デンヴァーズが飾り棚に引き返しながらつけ加える。

「まあ、賭けをした、と言い換えることもできるな」

「まさかモントウッドの話にのせられて賭けをしたんじゃないだろうな」クロフトは、目の前にいるふたりがモントウッドに言いくるめられたことを瞬時に当ててみせた。ひとりの男からもうひとりの男へと視線を移し、あきれたように首を振って笑いだす。「きみたちふたりのために、たいした金額ではなかったことを祈るよ」

デンヴァーズは肩をすくめた。「賭けと言っても、トランプ賭博と違って運任せじゃない。するか、しないかを自分で選択するだけさ」

それは言葉にすると単純明快な事実に聞こえた。これなら誰でもなるほどとうなずくだろう。

しかし、クロフトはふたたび首を横に振った。「だったらきみは、息をするか、しないかを選択できるのか?」

ゲイブリエルはごくりとつばをのんだ。

クロフトが何を言わんとしているのかは手に取るようにわかった。五年前のぼくに、恋に落ちるか、落ちないかという選択肢はなかった。少なくとも当時はそう感じていた。幸い、二度とあんな愚かなまねをする心配はない。クロフトがそれを強制的に禁じたのだ。

あのとき、ゲイブリエルたちはヴォクソール庭園にいた。クロフトは妹を連れて夜の催し物を案内し、ゲイブリエルとブライトウェル、それにいつもの友人たちも一緒だった。一行が花火に気を取られている隙に、クロフトはゲイブリエルを脇へ引っぱり、仲間の目の届かないところまで連れていった。〝エヴァハート、きみはぼくの妹の心を傷つけた。その報復にこの手で殺してやることもできる〟クロフトは殺意をむきだしにしてささやいた。〝ぼくの家族を傷つけた者には、一〇倍の仕返しが待っている〟

自分が思わずあとずさりしたのを、ゲイブリエルはいまも覚えている。〝なんの話だかわからないが〟

〝手紙の話だ。そう、あの手紙だ〟クロフトがゲイブリエルの喉をつかんだのはそのときだ。〝署名がなければ正体がわからないと思ったのなら大間違いだ。きみは妹の心をもてあそんだ。ほかの若い女性たちに恋文を送ったのと同じやり方でだ。不道徳的かつ猥褻《わいせつ》な意図をもって淑女を誘惑したと、きみを訴えることもできるんだぞ。有罪となれば、きみは前科者のしるしを体に焼きつけられ、死ぬまでその烙印《らくいん》を背負うことになる。それほどの汚名を公爵家にもたらしたいか？　きみはそれを選択するのか？〟

〝きみの妹と……結婚して償おう〟ゲイブリエルはつばをのむことができずにかすれ声であえいだ。意識が朦朧《もうろう》として、自分が何を言っているのかよくわからなかった。要するに、自分の死と引き換えに、独身生活の死を申し出ていたわけだが。

〝淑女の心をいたぶって楽しむような男に妹をくれてやれと？　誰がそんなことをするものか〟クロフトはゲイブリエルの喉をさらに絞めあげた。〝二度と手紙を書くな。そして妹の前から姿を消せ〟

五年も経つというのに、ゲイブリエルはあのときの寒気をふたたび感じていた。無意識のうちに首巻き《クラヴァット》の下に指を差し入れて喉をさする。忘れようにも、自分を脅した当の相手が同じ部屋にいては難しい。「結婚といえば——もちろん、きみの結婚のことだが——奥方と一緒にここでひと休みしていってくれ」

「そう言ってもらえるとありがたい」クロフトは愛想よく返した。「馬車の車輪の修理に数時間ほどかかりそうだから、今夜は泊めてもらうよ」

ゲイブリエルはほっと気をゆるめた。どうやらカリオペ・クロフトが同行している心配はなさそうだ。レディ・ブライトウェルの母親も、クロフト一家はバースへ行くと話していた。おそらく、ここにいるのはクロフト夫妻だけで、あとは全員ファロウ・ホールからはるか遠くにいるのだろう。やれやれ助かった。

そう安心して、ゲイブリエルは最後の段をおりようとした。

「ああ、ここには妹もひとり来ているんだ」クロフトは何気なく言い添えると、空になったグラスをそばのテーブルに置いた。

ブーツの踵が最後の段を踏みはずし、ゲイブリエルは仰向けにひっくり返った。螺旋階段の傾斜が急だったおかげで、鉄製の手すりに背中をぶつけただけだったが、思わず小さなうめき声が漏れた。

　立ちあがるのに手ぐらい貸せばいいものを、デンヴァーズはこっちを見てぽかんと口を開けている。

　結局、そこで片手を差しだしたのはクロフトのほうだった。「手を取ってくれ。ソファへ行くのを手伝おう」ゲイブリエルの腕を取って自分の肩に回す。普段はボクシングで殴り合い、過去には脅されたこともある相手に情けをかけられるのは気まずかった。

　ゲイブリエル自身、ボクシングの練習相手によりによってクロフトを選ぶ必要はないとわかっていた。だが、毎週自分を殴らせるのは一種の償いだ。

「きみも体力が落ちたものだ」見くだしたようなクロフトの口調は、ふたりがリングの上ではライバルであることを明確に告げていた。「まあ、これまでだってきみはぼくにはとうていかなわなかったが」

　言い返してやりたいものの、ゲイブリエルは相手のさっきの言葉に動揺していた。「妹さんが来ていると言わなかったか？」身をすくめたときには口から言葉が出ていた。いかにも気になっているみたいに尋ねるとは、酔って韻を踏むよりもなお始末が悪い。これではクロフトの妹たちの名前をすべて挙げ、そのうちの誰かと問いただすのと大差なかった。

　だが、カリオペではない可能性はまだ残っている……。

　ソファまでたどり着き、クロフトはゲイブリエルの腕を肩からおろして体を引いた。「ああ、きみは会ったことがあるはずだ」あたかもデンヴァーズに気を使うかのように説明する。

「何年か前のことだが」

クロフトはわざと焦らしているのだと、ゲイブリエルは気がついた。さっさと名前を言え！　そう怒鳴りたいのをこらえ、テーブルに置かれた自分のグラスに手を伸ばす。「何年か前？　となると……」

「一番上の妹、カリオペだ」クロフトが向けた冷たい視線には、明らかに警告の色が浮かんでいた。「いまはいとこの相手をしているはずだから、そろそろ救出してやろう。それでは夕食のときに」ドアへと向かい、最後にひとことつけ加える。「これだけ広い屋敷の中を、客の相手をするために片脚で移動するのは大変だろう、エヴァハート。どうか気を使わないでくれ。われわれのせいで、きみの体に烙印のような傷跡が残ることにでもなったら大変だ」

クロフトの姿が見えなくなったあとも、彼の脅迫はゲイブリエルの耳に残っていた。手が震え、ウイスキーの表面に琥珀色のさざ波が立つ。カリオペがファロウ・ホールに？　賭けの約束を交わしてからまだ二四時間も経っていない。運命の女神はどうやらぼくをあざ笑っているらしい。

「きみが動揺して言葉を失うとはね」こちらをまじまじと見てデンヴァーズが言った。「きみは言い返しもしないで、クロフトにやり込められていた。舌をどこかに置き忘れてきたのかと思ったほどだ。ようやく何か言ったかと思えば……」言葉を切ってじっと見つめ、口の端を徐々に吊りあげる。「きみはクロフトの同行者を知りたがった。おや……顔色が悪いぞ、わが友よ。まるで思い悩んでいる男の顔だ」

デンヴァーズの顔に浮かぶ表情は見覚えのあるものだった。〝トランプのエースを持っているんだろう〟と、カードテーブルで探りを入れてくるときの顔つきだ。友に勘ぐるのをやめさせなければ。抜け目のないぎらぎらとした輝きをデンヴァーズの目からぬぐい去る必要がある。「きみが見ているのは、ゆうべ飲みすぎた男の顔だ」

「ひょっとすると——」デンヴァーズはにやりとした。「大金を失う寸前の男の顔かもな」

「モントウッドみたいな口ぶりだぞ。賭けのせいで目がくらんでいるんじゃないのか」厳格な響きはまたも父親の声にそっくりで、ゲイブリエルは顔をしかめそうになった。「まさかきみがぼくを罠にはめようとするとはね」

「きみのほうこそ、ちょっとカマをかけられただけで、こうも簡単に引っかかるとはね」デンヴァーズは高らかな笑い声を壁に響かせて、部屋から出ていった。

ゲイブリエルはふうっと息を吐いた。予期せぬ客人の来訪にすっかり驚かされた。あらかじめ知っていれば、自分の持ち札をデンヴァーズに読まれることはなかったのだが。自分に残された選択肢は平静を装うことだけだった。今夜ひと晩、普段どおりに過ごすぐらい造作もないはずだ。

明日になれば、クロフトたちは出発する。そして一万ポンドとぼくの生活を脅かすものはなくなる。

「パンをひと口分だけお願いしようかしら」弱々しい声でパメラは頼んだ。「パンの耳は取り除いてね。小さくしてちょうだい、わたしの舌の上にちょうどのるぐらいに。両面にバターを塗ってもらえたら、きっと喉を通ると思うの」

カリオペは辛抱強く自分に言い聞かせた。みんなが夕食の席に着いているあいだ、いとこの世話をすると自分から申し出たんでしょう。テーブルをはさんでブライトウェルと顔を合わせるのは気が重いから。

いとこにだらだら文句を言われ続けて、すでに一時間が過ぎていた。スープをスプーンにすくって差しだせば、〝わたしの舌には熱すぎるわ〟と言われ、冷ましてやると、〝冷えすぎておいしくない〟と言われ、パンの真ん中はやわらかすぎ、端っこのほうは硬すぎ、ワインは甘すぎ、チーズは塩辛すぎ、タルトはぼそぼそしすぎていると言われた。

「ええ」カリオペは歯を食いしばって笑みを作った。「パンにはたっぷりバターを塗らなければね」

パメラ女王は、枕を積み重ねてバラ色のシルクの生地を広げた上に背中を預けた。白っぽい金髪には同じくバラ色のリボンが編み込まれている。視界に入るものは、すべていとこの心を慰めるよう配慮されていた――ベッドの上掛けはワイン色のヴェルヴェット、ベッドの支柱に結ばれた錦織りのカーテンもおそろいの色だ。足もとには豪華な毛皮がかけられ、両脇を折りたたんだペンブロークテーブルの上には白目のゴブレットにホットワインが用意されている。暖炉では炎がぱちぱちと音を立て、炉棚の上には丘で戯れる白い子羊たちの絵が飾られていた。

それでもパメラの不満は尽きないらしく、その証拠にため息を漏らした。「あの娘が夕食の給仕を手伝いに行ってしまったのは本当に残念。もっとハープを聴きたかったのに。心が安らぐ音色でしょう」

カリオペはぞっとした。部屋の隅にある金色のハープは弦に赤い血がついている。つまり、メイドのネルは指から血が出るまでハープをつま弾《び》かされているということだ。「あなたも知ってのとおり、わたしはハープの弾き方は知らないの。だから、これぱかりは役に立てないわ」小さな笑みを浮かべて、声に非難の色が滲むのを隠す。「それに、ネルも少しは休ませてあげないと」

いとこはふんと鼻を鳴らした。「わたしが弾いてほしいと言っているのよ。この屋敷の人たちだって、あの子をわたし専属のハープ弾きにしてくれたっていいでしょうに」

カリオペはぽかんと口を開け、小さくしたパンをスプーンから落としそうになった。「お抱えのハープ奏者がいるお屋敷なんて聞いたことがないわ」

「ああ、わたしたちはなんてみじめな世界に住んでいるのかしら」パメラは悲しげに言うと、涙の浮かぶ目でカリオペを見上げて首を横に振った。「胸がいっぱいで、もう何も喉を通らないわ」

カリオペはバターを両面に塗った極小のパンへと視線を落とした。腹立たしさのあまり、スプーンを持つ手に力がこもる。背中を向けてスプーンをトレイに置いた――バターつきのおいしいパンはすでに口の中だ。捨てるのはもったいないし、いとこにこき使われてお腹はぺこぺこだ。「じゃあ、気分転換に旅の話をしましょうか。ロンドンからの道中でさまざまな景色を目にしたのよ」

「もう体を休ませなくては」パメラはささやいてまぶたを閉じた。自分の話でなければどれも退屈らしい。「ハープの調べを聴くことができないのなら、慰めとなるのは夢だけだわ。わたしのもとへ舞い込んできた手紙のことは、明日話してあげるわね」

いとこがどんな手紙を受け取ろうと、なんの興味も感じなかった。正直なところ、明日の日の出とともにここを出発するのがいまから待ちきれない。「その時間があるかどうかわからないの。たぶん、あなたが目を覚ます頃には、わたしたちは馬車に揺られているわ」

「あれはきっと例の手紙のひとつよ」いとこはカリオペの言葉が聞こえなかったかのように続けている。「あなたも覚えているでしょう、何年か前に社交界を騒がせた一連の手紙を。なんと呼ばれたのだったかしら。キューピッドの恋文？　いいえ、違うわね……」

カリオペの心臓は動きを止めた。

その手紙だけは無視することができない。わたしのいとこは彼からの手紙を受け取ったの？

そんなことはあり得なかった。新たな手紙はもう何年も報告されていない。あの手紙の書き手は亡くなったか、恋文を受け取ったほかの女性と結婚したのだろうと、カリオペは結論づけていた。そして数カ月のあいだ、灰色かラヴェンダー色の服ばかり着て、初恋の終わりを密《ひそ》かに悼んだのだった。

「カサノヴァの恋文」カリオペはささやいた。震えが体を駆けおりる。

「そうそう、それよ。そう呼ばれていたんだったわね」パメラは両腕をあげ、当然カリオペが上掛けを引きあげてくれるものと待っている。「すぐに出発しなければならないなんて、残念だわ。あの恋文にはびっくりさせられたのよ。確か、これまで既婚女性で手紙を受け取った人はひとりもいなかったでしょう」

そんな話はカリオペも聞いたことがなかった。認めたくはないものの、興味を引かれた。その話をもっと聞かせてくれるなら、いとこのしもべにだって喜んでなろう。

カリオペはベッドの上に身を乗りだし、パメラの胸もとまで上掛けを引きあげてやった。

「いまなら時間があるわよ。あなたは疲れているでしょうから、どこに手紙があるか教えてくれれば……わたしが読んで聞かせてあげるわ」

「まあ、うれしい。あなたはとてもいいお世話係になれるでしょうね」しもじもの娘相手に話すかのような口ぶりだ。

カリオペはむっとしそうになるのをこらえた。「ありがとう。読み聞かせは得意なの」

「あいにく、あの手紙は母がどこかへしまったわ」パメラはヴェルヴェットを両手でなでつけた。「わたしの静養のさまたげになると心配したの」

「しまってある場所がわかるなら、わたしが行って探してくるわ」

「たぶん使用人が知っているでしょう」部屋の奥へと指を向けて、パメラはまぶたを閉じた。

「ああ、体に無理をさせすぎたわ。もう休まなくては。ねえ、あなたのいとこのために、ここに滞在することを考えてみて」

ここに滞在？　いとこに奉仕するために？　絶対にお断りよ。

そんなことをすれば、いずれブライトウェルと会話を交わさなければならないことは明らかだ。

この屋敷に残るつもりはないが、一方で、小説のヒロインみたいに激しい願望がカリオペの胸を焦がしてもいた。パメラがもらった手紙を見ることができるなら、魂を差しだしてもかまわないと。

廊下に出たカリオペは、抑え込んでいた鬱憤を爆発させて、うめき声をあげた。すると、くくっと笑い声が聞こえた。廊下の奥にレイフ・デンヴァーズがたたずみ、壁に取りつけられた燭台《しょくだい》へと頭を傾け、両切り葉巻《チェルート》に火をつけている。

「いとこぎみとの再会を楽しんだかい、ミス・クロフト？」笑みを浮かべてチェルートを吸い、先端を鮮やかなオレンジ色に光らせる。

はしたないところを見られた恥ずかしさに、カリオペは喉に手を当てた。「ええ……でもおしゃべりしすぎて、喉が嗄《か》れてしまって」ごほんごほんと空咳《からせき》をして、さっきのうめき声を取りつくろおうとする。

相手が浮かべた笑みは、ごまかされていないことを告げていた。それでもデンヴァーズは話を合わせてくれた。「喉をうるおすものをあげよう。ついておいで」チェルートで廊下の角を曲がった先を示す。

「気がついたら、こんな時間になっていて驚いたわ」カリオペは言った。「夕食はとうに終わったんでしょうね。兄とお義姉《ねえ》様はまだ居間にいるかしら?」

「少し前に自分たちの部屋へさがったよ。街の話題やボクシング、それに結婚の喜びについて根掘り葉掘りきかれたものだから、疲れたようだ」彼はそう茶化して、煙の輪をふっと吐きだした。

レイフ・デンヴァーズとはあまり面識がないけれど、独身主義者だというのは知っていた。彼が婚約者に逃げられた事件は、その一年後にカリオペが社交界デビューしたときも、誰もが知っている一大スキャンダルだった。デンヴァーズは格式張った社交の場には滅多に顔を出さないので、これまで直接話をする機会はほとんどなかった。だからカリオペが紳士たちの特徴を記したノートにも、デンヴァーズに関する記載はない。

レイフ・デンヴァーズ……そうね。波打つ黒髪に、頬から顎にかけての輪郭をすっきりと見せる短めの頬ひげと、彼の容貌は恋愛小説の主人公たるにふさわしいものだ。もっとも、婚約者に捨てられたあとで、あれほど情熱的な恋文を書けるものかは疑わしかった。けれど、直接質問できるこの機会をみすみす逃すことはない。

「いとこが手紙をもらったそうなの」カリオペは相手の様子を盗み見て、胸に秘密を抱えているそぶりはないか観察した。いまのところ、デンヴァーズは顔色ひとつ変えていない。「もう一度読みたがっているんだけど、どこにも見つからなくて」

「ずっと不思議に思っていたんだ、ミス・クロフト……」彼は両開きのドアへとカリオペを案内した。部屋の入り口で立ち止まり、解けない謎を与えられたかのように彼女を見て困った顔をする。「女性は――一部の紳士もそうらしいが――同じ手紙を何度も何度も読み返すのが好きだろう。だが、何度読んでも書いてあることは変わらない。なのに手紙を読み返す理由が、ぼくにはさっぱりわからないんだ。綴りの間違いを見つけたり、他人の文章のあら探しをねちねちとやるのが趣味だというのなら、まだわかる気はするけどね」

カリオペは笑いだした。「わたしの手紙を受け取る人がそんな趣味の持ち主ではないよう祈るわ。さて、あなたは大切なことをひとつ見落としているわ。美しい手紙は蛹《さなぎ》のようなものよ。読み返すたびにひとつひとつの言葉が蝶となって舞い、読む者の心を楽しませてくれるわ」

レイフ・デンヴァーズは首を横に振った。「顔を合わせて話をするほうが手っ取り早い」きっぱりと断言するその声を聞いて、カリオペは心の中で彼をカサノヴァ候補からはずした。

彼は詩人の魂を持ち合わせていない。
二　彼のまなざしに切望はまったく滲んでいない。
三　結婚の意思はかけらもない。
四　力強い声は、その胸に情熱が潜んでいることを感じさせるけれど、それはわたしに向けられたものではない。

指にインクがついているかは確かめるまでもないわね。

カリオペは話を戻した。「あなたの言うとおりね」うなずいてみせる。「だけどわたしのいとこのように、絆を確かめるために手紙を読み返す者もいるわ。それは心と心の会話のようなもので、離ればなれになっていても続けられるの。だから、いとこのために、どうしてもあの手紙を見つけなきゃ」

部屋の中で何かが床に落ち、大きな音を立てた。「くそっ」すぐに悪態が続く。

レイフ・デンヴァーズは部屋の中をのぞき込んで小さく笑った。「どうやらエヴァハートがまた何かやったらしい。このところ彼はやたらと不器用になってね」

エヴァハートの名前を聞いて、カリオペはどきりとした。彼がこの屋敷に住んでいることは知っているのに、いまさら何を慌てているの。でも、やっぱり落ち着かない。最後に会ったとき、彼はブライトウェルの求婚を拒んだことで、わたしを非難した。早い話、エヴァハートはわたしをきらっている。

「きみは彼を知っているんだったかな？」デンヴァーズは先に部屋へ入るよう身振りでうながした。その顔に浮かんだ笑みはどう見ても悪魔のものだ。「ああ、もちろん知っているね。ぼくとしたことがうっかりしていたよ」

デンヴァーズのことはよく知らなくても、大家族の中で育ったカリオペは、いたずらを企《たくら》んでいる者の顔つきならよく知っていた。ただ、相手がいたずらを企む理由には心当たりがない。

「ええ、エヴァハートとは知り合いよ」五年前にバースで別れて以来、カリオペに対するエヴァハートの反感が薄らいでいるかどうかはわかりようもなかった。彼女は不安を覚えながら部屋に入った。

当のエヴァハートは巨大な犬を相手にバゲットを引っぱり合っていた。やせた灰色の犬はぎょっとするほど大きく、低いうなり声まであげている。だが、うれしそうに尻尾を振っているところを見ると、凶暴な性格ではなさそうだ。

一方、バゲットの反対端を引っぱるエヴァハートは、背中を折って本気で歯を食いしばっている。短めに切られた亜麻色の前髪の下で、黄褐色の眉根はくっつかんばかりだ。形のいい鼻と高い頬骨、それに顎は花崗《かこう》岩のように硬そうで、輪郭のはっきりした唇の横では皮膚が引きつり、三日月形のしわがうっすらと現れている。怒っているときでさえ、彼は文句なしに英国一の美男子だ。世界一ですらあるかもしれない。

すぐにそんなふうに思ってしまうところが、夢見がちな性格の悪いところなのだろうけれど。

犬対人間の戦いは続き、双方に引っぱられているにもかかわらず、バゲットは驚くほどの耐久性を見せた。エヴァハートの肩と腕、そして背中の引き締まった筋肉は、ダークブルーの夜会服を着ていてもはっきりとわかる。さらに下へと目をやると、紫色を帯びた灰色の膝丈ズボン《ブリーチズ》越しに太股の輪郭がくっきりと浮かびあがり、ふくらはぎは――。

片方の脚をはさみ込む添え木を見て、カリオペははっとした。

「けがをしているじゃない」意図したよりも大きな声をあげていた。そのせいでエヴァハートは注意がそれて手から力が抜けた。

犬はすかさず後退してバゲットを奪うと、勝ち誇ってぶんぶん振り回してみせた。両者のあいだの床には銀の大皿とナイフ、それにブルーチーズの大きな塊が落ちている。

「エヴァハートは少し前に片脚を骨折してね」レイフ・デンヴァーズが笑いながら言った。

「しかし、これではきみに夜食をふるまえないな」

カリオペは部屋の奥にいる男性から目をそらすことができなかった。さっきまで不安でどきどきしていたのに、いまは体の機能がすべて停止したかのようだ。息ができず、心臓の鼓動は止まっている。もうまばたきもできない。彼女はただそこに立ち尽くし、添え木から青緑色の瞳へと視線をあげた。五年前に彼の友人、ブライトウェルからの求婚を拒んだとき、青緑色の目はカリオペに対する非難に満ちていた。いまそこに非難の色はないものの、同じくらい強烈で、彼女には名づけることのできない感情を湛《たた》えている。

「ミス・クロフト」エヴァハートはこわばった低い声で挨拶した。いらだたしげにデンヴァーズをにらみつけたあと、ふたたび視線を彼女へ戻す。「いとこぎみが元気そうで安心したかい？」

カリオペはうなずいた。その単純な動作のおかげで、心臓がふたたび動きはじめ、肺が広がった。「ええ、みなさんのおかげよ。パメラが夫婦でゆっくり静養できる場所を提供してくれて、本当にありがとう。それも、あなた自身が療養中のときに」

「いや、これはたいしたことはない。もう痛くもないし、煩わしいだけだ」エヴァハートは手を払ってみせた。「部屋を散らかしていて申し訳ない。それに、デンヴァーズの言う〝夜食〟もごらんのとおりのありさまだ。夜はみんなでここに集まり、バゲットとチーズを楽しむのがいつの間にか習慣になっていてね。バゲットのほうは勧められたものではないが、チーズはなかなか――」

チーズという言葉を聞くなり、犬は大きな塊に飛びかかり、もののふた口でぺろりとのみ込んだ。そのあとはごちそうさまと感謝するかのように、エヴァハートの手に鼻をこすりつける。

「こいつはチーズが好物なんだ」エヴァハートは犬の耳のうしろを掻いてやり、肩をすくめた。その声はもはやこわばっておらず、友人と話すときの気さくな口調になっていた。こんな彼のほうが、非難がましい彼よりもずっとすてきだ。

カリオペは口もとに笑みを浮かべた。「そのようね。名前はなんて言うの？」

「いまのところ四つある。ボリス、レジナルド、ジェイムズ、それにブルータス。最後の名前はきみのおば上がつけたものだ。自分の飼い犬の近くにいるのを見つけるなり、このけだもの《ブルート》だと宣言した」

金切り声でそう叫ぶおばの姿が目に浮かんだ。おばはなんでもかわいがりすぎて、結局は相手をだめにしてしまうのだが、その点、ボリス・レジナルド・ジェイムズ・ブルータスは足るを知っているらしく、耳の裏を掻いてもらうだけで満足げな様子だ。口の端から舌を垂らして、尻尾をぱたぱたと床に打ちつけている。「犬のほうはどの名前が気に入っているのかしら？」

「どれもだめらしい」エヴァハートが言った。「ぼくはドッグと呼んでいる。こいつにむかついたときだけは、公爵《デューク》だ」その発言は彼が父親であるヒースコート公爵とうまくいっていないことをうかがわせ、カリオペはあえて何も言わなかった。エヴァハートの目と口もとに浮かんだ険しさが、それを裏づける証拠だろう。

「ミス・クロフト」すぐ横でレイフ・デンヴァーズが声をあげたので、カリオペはびくりとした。彼も部屋にいたのをすっかり忘れていた。「こいつはボリスって顔だと思わないかい」

カリオペはエヴァハートからやっとのことで視線を引きはがし、返事をする。「どの名前がお気に入りか、呼びかけてみたら？」

「ところがだよ」デンヴァーズはやれやれと首を振った。「どの名前で呼びかけても、こいつはちっとも反応しない。みんなで四つの名前を順番に試したものだから、こいつに犬の名前ひとつ覚えられないあほうだと思われたらしい」

カリオペは笑い声をあげた。「じゃあ、デュークが一番ぴったりかもね」

「そう呼んでも知らんぷりだ」彼女を見つめたまま、エヴァハートの苦笑いは物憂げな微笑に変わった。宝石のようにきらめく青緑色の瞳にとらえられ、カリオペは自分がいまどこにいて、何をしているのか、一瞬で忘れた。

エヴァハートのまなざしが持つ魅力を思いだすのは五年ぶりだった。紳士たちの特徴を綴ったノートでは、彼の瞳に関する記述だけで四ページを費やした。カサノヴァ候補の筆頭に挙げていた時期もあったけれど、ブライトウェルとの件でエヴァハートに厳しく非難されて、ばかな勘違いだったと思い知らされた。彼は自分の友人のために、仕方なくカリオペと友だちづき合いをしていたにすぎなかったのだ。

その思い出がエヴァハートのまなざしの呪縛を破り、カリオペはわれを取り戻した。ぱちぱちとまばたきしてあとずさりする。

「明日の朝ここを出発する前に、わたしもいい名前を思いつくかもしれないわ。それでは、おやすみなさい」デンヴァーズにうなずきかけ、エヴァハートには簡単なお辞儀をして、二度と視線を合わせないまま急いで部屋をあとにした。

カリオペは自室へ戻る途中で、パメラの手紙についてエヴァハートに尋ねるのを忘れていたことに気がついた。

カリオペ・クロフトのうしろ姿から視線を引きはがしながら、ゲイブリエルは自分が冷静な態度を保っていることを確かめた。〝いとこのために、どうしてもあの手紙を見つけなきゃ〟と彼女がデンヴァーズに話す声が廊下から聞こえたときは、すっかり泡を食った。

カリオペに宛てた手紙のことは忘れたかった。どの手紙のことも忘れたい――パメラに書いたものはとりわけだ。ぼくはこれまで自由気ままに暮らしてきた。そしてこれからもそうあり続ける。

いまこの瞬間も、デンヴァーズがこちらのふるまいと表情を観察しているのはわかっていた。ゲイブリエルはカリオペとの再会を無事に切り抜けてほっとしているのが顔に出ないよう気をつけた。〝きみはとある顔の癖で感情が読める〟と、モントウッドとデンヴァーズの両方から言われたことがあるのだ。ふたりともそれがどんな癖かは明かそうとしなかったので、ゲイブリエルはそれが出る前に友に背を向け、たいしてかわいくもない犬をなでてやった。

「おまえのせいで夜食が台なしだ、ドッグ」最後にもう一度首の横をなでてやる。バゲットはたいして惜しくもないが、ブルーチーズのほうは優秀な執事が食料庫から出してくれたものので、ポートワインによく合った。

犬はひとしきりなでてもらうと、暖炉の前に行った。ゲイブリエルの文句は微塵《みじん》も気にしていない様子で、くるくると三度回って床に寝そべった。

デンヴァーズは、ソファの向かいにある椅子の肘掛けに尻をもたせかけた。「正直、どうも怪しいと思ってきみをミス・クロフトと対面させてみたんだが、どうやらぼくの勘ははずれたようだ。さっき兄のクロフトと会ったときは、きみは明らかに動揺していた。ところがいまは別段変わった様子は見られなかった」

「ぼくがおたおたするのを期待していたのか?」安堵感が胸に広がったが、表にはそれをいっさい出さないようにした。「言っただろう、きみは賭けのせいで目がくらみ、ありもしないものが見えているんだよ。ぼくが動揺した様子だったと言うのなら、それは最後にミス・クロフトと会ったときに、いささか気まずい別れ方をしたせいだ。友人が袖にされて、ついい彼女にきつく当たってしまってね。ミス・クロフトが来ていると聞いて、あのときの態度を非難されるのはごめんこうむりたいと思っただけだ。きみも知っているだろう、ぼくは頭をさげるのは苦手でね」

「確かにな」デンヴァーズはこの説明に納得したようだ。「ミス・クロフトがそのときのことを引きずっていなくてよかったな。まあ、きみの存在自体、忘れていたのかもしれないが」

いいや、とゲイブリエルは心の中で否定した。カリオペは忘れていなかった。こちらの視線をまっすぐ受け止める様子からそれはわかった。「デンヴァーズ、きみは獲物を追いかける狩人《かりゅうど》だと思っていたが、いまは餌をぶらさげてぼーっと待つ釣り人だ」ゲイブリエルは冷笑した。「狙う相手を変えたほうがいいんじゃないか」

「まいったな、これではぼくの面目が立たないぞ。そうだ、美しいミス・クロフトを餌にして、今度はモントウッドを狙ってみるか。彼女とふたりきりにさせて——」デンヴァーズはぴたりと言葉を止めた。その顔がにやにやと笑い崩れる。

しまった。こらえる間もなく顎の筋肉がぴくぴく動くのをゲイブリエルは感じた。これがその癖か？　まともに考えることができなかった。口説き上手のモントウッドがカリオペとふたりきりでいる光景が頭から消えない。

いいや、これが現実になることはない。そうはさせるものか。

「それでは、ぼくはこれから釣りの計画を立てるとしよう」デンヴァーズは深々とお辞儀をしてみせた。

「舟や網に穴を開けられないよう気をつけることだ」ゲイブリエルは警告した。「この賭けは楽しむためのもので、客人の名誉を傷つけるためのものではない。それを忘れていないだろうな？」

デンヴァーズは返事をする代わりに、愉快そうに笑って部屋を立ち去った。

4

「本当にごめんなさい、ブライトウェル。あなたとは結婚できないの」

ブライトウェルの青白くて平凡な顔がこわばるのをカリオペは見つめた。求婚を断られたのだから、当然の反応だ。彼はそれ以上追求せずにその返事を受け止め、カリオペをテラスに残してランダル庭園の冷え切った闇の中へ消えた。このところ彼女がずっと上の空でいるのに気がついていたのかもしれない。あの手紙を受け取って以来、カリオペはぼんやりしがちだった。

舞踏会場へ引き返す前に、手袋に覆われた手で頬が濡れていないか確かめた。涙はひと粒もこぼれていない。こんなときは、わっと泣き崩れるものなのに。ブライトウェルを拒むのは心が引き裂かれる思いだったと涙で証明すべきなのに。けれど、大切な友を傷つけたことへの悲しさは感じるものの、それ以上に、求婚を断る理由をきかれなかったことに安堵していた。

だって、一通の手紙に恋してしまったから結婚はできません、なんて言える？

カリオペは物思いにふけったまま、入り口に垂らされた薄い仕切り幕を分けて進んだ。ダンスを楽しむ人たちでひしめき合う会場から、軽やかな調べが流れてくる。ヴァイオリンとチェロの旋律に、淡い色のシルクのドレスが奏でる衣擦《きぬず》れの音が重なり、なぜかどうしようもないほど寂しさをそそった。空っぽの心が痛い。このむなしさを愛で埋めてくれる男性にそばにいてほしい。

気がつくとエヴァハートが目の前に立っていた。許可も求めずにカリオペの手を取り、ワルツへと引っぱっていく。

ダンスをするような気分ではなく、カリオペは放してとひと声あげて、エヴァハートを会場に置き去りにしようとした。なのに、相手の強烈なまなざしが彼女を黙らせた。それは足もとの地面を揺さぶって、彼女を地の底に突き落とさんばかりの目つきだった。カリオペは視線をそらすことができなかった。

それまでエヴァハートとは友人同士というより、同じ友だちの輪に属しているだけの間柄だった。彼はみんなには気さくに接して笑みを絶やさないのに、カリオペに対してだけは違っていた。彼女に向けられるまなざしには、つねに非難の色が浮かんでいたのだ。たぶん、カリオペが友人のブライトウェルの気持ちに応える気がないことを見透かしていたせいだろう。

視線をからませて体を重ね合わせ、流れるようにフロアを進む。まわりの人たちはみんな消えてしまったかのようだった。演奏が終了したとき、カリオペはつかの間エヴァハートの腕の中にたたずんだ。開いた唇から荒い吐息が漏れる。彼はいまにもキスをしそうに見えた。

舞踏会場の真ん中で彼が――。

カリオペははっと目を開けた。

息を切らして体を起こし、室内を見回す。金色の錦織りのカーテンがかかったベッドも、サテン地の上掛けも、見慣れたものではない。ここはどこなの。混乱していると、不意に記憶がよみがえった。ああ、そうだった。ファロウ・ホール、パメラ、ブライトウェル、エヴァハート、それに……カサノヴァが書いたかもしれない新たな手紙。

またこんな夢を見たのもそのせいだろう。夢というよりも、記憶の底から浮かびあがった思い出の断片に近い。最後の部分だけが、現実とは食い違っている。

バースでブライトウェルの求婚を断ったあと、エヴァハートに手をつかまれてワルツを踊ったのは事実だ。でもダンスが終わったときの彼の強烈な目つきは、キスではなく、いまにも叱責を浴びせるかに見えた。あの夜、彼が発した唯一の言葉がその印象を肯定した。〝きみはブライトウェルのために涙ひとつ流さなかった〟

エヴァハートの言葉は非難の矢となってカリオペの胸に突き刺さり、ブライトウェルのためには流れなかった涙が、そのときになって目をちくちく刺激するのを感じた。

エヴァハートはいつでもみんなにやさしかった。だが、カリオペに対しては別だ。ブライトウェルにふさわしくないと思われていたのだろうか。実際にそうだったわよね、とカリオペは自分をあざけった。ブライトウェルにふさわしいのは彼を愛している女性だ。誰かさんみたいに、手紙ひとつで心を惑わされる女性ではない。だから、あのときもカリオペはエヴァハートの非難をすなおに受け止めて舞踏会場を去り、あとで泣き崩れたのだった。

そして過去の自分の愚かさをいまも引きずっている。

ベッドのカーテンを開くと、暖炉では薪《まき》の燃えさしがまだ暖かな輝きを放っていた。夜が明けるまで、あと数時間ほどありそうだ。空腹感まで目を覚まし、トーストしたパンと温かな紅茶を要求してきた。ぐうと鳴る腹部を手で押さえたものの、それでおさまらないのはわかっている。横になったところで、きっと寝つけないだろう。夕食を食べていないから、胃の中は空っぽだ。こっそり厨房《ちゆうぼう》へ行って……そのあとでベッドに戻ろう。

カリオペは肌触りのいいフランネルのナイトガウンの上にショールを巻きつけ、分厚いウールの長靴下をはいて、寝室から抜けだした。廊下に出ると、壁の燭台はすべて火が消えていた。おそらく執事のヴァレンタインが消したのだろう。手に蠟燭《ろうそく》を持っていなければ、ゆうべ地図の間で遭遇した、灰色の犬につまずいていたところだ。大きな犬はカリオペの部屋の前に敷かれた細長いペルシャ絨毯《じゆうたん》の上に寝そべり、彼女があっと小さな声をあげても頭をもたげただけだ。まるで夜中に女性がびっくりするのには慣れているかのように。

「こんばんは、ボリス・レジナルド・ジェイムズ・ブルータス」カリオペはびくびくしているのが声に表れないように祈りつつ、親しみを込めて呼びかけた。気性の荒い大型の動物は、恐怖のにおいを嗅ぎつけると興奮するというのは本当だろうか？　これが物語の一場面なら、廊下の奥からヒーローがさっそうと現れて、危険なけだものから守ってくれるところだけれど。

もっとも当のけだものは、カリオペの挨拶にもつまらなそうな顔で、前足の上に頭を戻した。犬が女性客に対してここまで無関心になるほど、ファロウ・ホールの放蕩者たちは普段から女性を屋敷に連れ込んでいるのだろうか。どうやらヒーローの出番はなかったらしい。必要なのは、犬が気に入る名前を思いつく人間だ。

カリオペは、エヴァハートが使っていた呼び名を思いだして犬を見おろした。確かに、なにごとにも無関心な公爵然としているわね。「こんばんは、デューク」

反応は期待していなかったが、犬は耳をぴくりと動かして尻尾を振った。この名前が気に入ったとまでは言えなくても、きらいではないようだ。

カリオペがしゃがみ込んで耳のうしろを掻いてやると、犬は尻尾をいっそう速く振った。

「厨房への道順をあなたに尋ねてもわからないわよね」

デューク・ボリス・レジナルド・ジェイムズ・ブルータスは彼女の手をなめたあと、ティーカップの受け皿ほどもある四つの足をついてのっそりと起きあがった。廊下を進んで振り返り、ついてくる気があるのか、それともばかみたいにそこに突っ立っているのか、と問いかけるかのように鼻を鳴らす。

またもお腹がぐうと音を立てた。これだけ大きな犬なら、きっと知能も高くて厨房へも案内できるんでしょう。カリオペはあとをついていくことに決めた。

大階段をおりて広間を抜け、廊下を進んで客間の前を通り、何度か角を曲がったところで犬はぴたりと止まった。彼女の前にあるのは見覚えのある両開きのドアだ。地図の間。

「ここは厨房ではないわよ」カリオペは小声で文句を言った。

デュークは知らん顔で床に沈み込み、灰色の巨大なパイ生地みたいに広がった。もう。人の期待を裏切った罰に、公爵《デューク》の称号は取りあげようかしら。

カリオペは片手で胃を押さえて、厨房はどっちだろうと考えながら、思わずふうっとため息をついて……持っていた蠟燭の火を吹き消してしまった。自分の愚かさにあきれてもうひとつため息をつく。

これで闇の中に閉ざされた。広間を通ったときも、壁の蠟燭はすべて消されていた。知らない屋敷で、何かにつまずくよりも先に、火打ち石と打ち金を見つけだせる確率は、あったとしてもごくわずかだ。

「あなたにプロメテウスって名前をつけたら、蠟燭にともす火を持ってきてくれるかしら」

最後に犬の姿が見えた場所を見おろす。そのとき、ドアの下の隙間から、かすかに光が漏れているのに気がついた。中が明るいということは、蠟燭に火をともせるだけの火種が暖炉に残っているということだ。

カリオペはドアノブをつかんだ。だが、固くて動かない。

不意にドアが内側に引かれ、カリオペは前のめりになって転びかけた。驚きすぎて声も出ず、膝を床に打ちつける寸前で、力強いふたつの手が彼女の肩をとらえた。

「ああ、ありがとう。わたし――エヴァハート！」

相手はぎょっとして顔をこわばらせている。

カリオペの体は凍りついた。バースの舞踏会場で見せた反応を再現したようだ。エヴァハートと視線がぶつかった瞬間に彼女の心臓と肺は動きを止め、口を開けたまま全身が硬直し、まばたきも、身動きもできなくなった。加えて、ふたりの体は不適切なほど接近していた。ナイトガウン姿の未婚の女性が――たとえ厚手の生地だろうと――真っ暗な屋敷の一角で、紳士とふたりきりでいることは不適切に違いない。しかも相手は名うての女たらしで、そのうえ上着もクラヴァットも身につけていなかった。開いたシャツの胸もとからのぞくやわらかそうな金色の胸毛が、その事実をことさらに強調する。

カリオペはごくりとつばをのんだ。「こんな時間に人がいるとは思わなくて……屋敷は寝静まっていたし、わたしは……その、お腹がすいて……そうしたらこの犬が……でも蠟燭が消えて……火をもらいに来ただけなの」肺に残っていた空気を一気に吐きだして説明した。酸欠で頭がくらくらし、失神してしまいそうだ。

これまで失神したことは一度もなく、新たな経験には少しだけ興味があった。すでにエヴァハートが肩を押さえているから、床に倒れ込む心配もない。それにいま意識を失ってしまえば、エヴァハートの邪魔をしたことも、夜中に寝室から抜けだしたことも、そのほかどんな理由でも、彼に叱責されずにすむ。

だが、いくら待っても失神しそうになかった。カリオペは心臓がふたたび動きはじめるのを――どくどくと乱れてはいるが――はっきり感じた。肺がふくらんで縮み、呼吸を再開する。

エヴァハートはまだ彼女を押さえているが、大きな両手は肩から少しだけ下へ移動し、腕のつけ根をつかんだ。これまで男性には触れられたことのない脇の下に、指先が潜り込む。敏感な肌が目覚めてくすぐったかった。やわらかなフランネルの上で、彼の親指がくるくると小さな円を描く。

「いまの話では、きみが夜明け前に屋敷の中をさまよい、男と犬を惑わせている説明にはならない」しゃがれた声でエヴァハートが言った。無愛想な態度は予想していたとおりだ。彼はカリオペの口もとへ視線を落とした。

エヴァハートが目の前にいるのを急に意識して、カリオペは目をしばたたいた。彼の吐息は甘く、ホットワインを飲んでいたかのようにクローヴとシナモンの香りがする。暖炉の明かりが、顎と唇の上にうっすらと伸びた金色のひげを輝かせた。そこに指先をすべらせたいというばかげた衝動が彼女の体を走り抜けた。

相手の唇がまっすぐ引き結ばれたのを目にして、カリオペはわれに返った。青緑色の瞳を見上げると、そこには強烈さが戻っている。いまにも彼女を揺さぶるか、叱責するかしそうだが、どちらも願いさげだ。

彼を惑わせているですって？　まさか。「そんなつもりはまったくないわ」

エヴァハートは自分の言葉を裏づける証拠を探すかのように、彼女の顔をじっくりと吟味した。「きみは髪をおろしている」

　奇妙な会話の流れにまごつき、カリオペは視点を変えれば理解の助けになるだろうかと、小首をかしげてみた。だめだ、エヴァハートの顔を斜めから見上げてみたところで何もわからない。でも、彼のまつげがとても長く、眉と同じで色味が髪よりも濃いのはわかった。

「わたしの髪は細くて、飾り櫛《くし》で留めてもすぐに逃げてしまうのよ」

「いかにもきみの髪らしい」

　カリオペは眉根をよせ、エヴァハートの言葉が意味するところを考えた。「それは、わたしも部屋から勝手に逃げだしたということ？　寝室から出てはいけないと言われた覚えはないわ」

「それなら、ぼくが言っておこう」エヴァハートの声が低くやわらかなものに変わった。だが、非難の色は少しも薄れていない。「屋敷の中をうろついて、眠っている者たちの邪魔をしてはいけない」

　カリオペは鼻を鳴らした。「あなたが安らかな眠りを楽しめるよう、喜んで部屋に戻るわ。その手を離してくれたらね」

「それはできない」彼の唇が思いがけずゆっくりと広がる。失神しやすいたちなら、気を失ってしまうほど魅力的な笑みだ。あいにく、カリオペはそうではないけれど。「きみによりかかって体を支えているものでね」

「まあ」エヴァハートが足を負傷していることを忘れていた。見おろすと、彼は片膝を曲げ、反対の脚一本で立っている。そんな姿でさえ彼はたくましく見え、船の舵《かじ》を取る片脚の海賊のようだった。

〝ぼくははじめて知る感情に衝撃を受けて、立ち尽くした。あの瞬間のぼくは、大海原をさまよい続けたあとでようやく陸地を発見した航海者だった。ふたりのあいだを隔てる岩礁も目に入らず……〟

突然カリオペの脳裏に手紙の一節がよみがえった。やめなさい、と自分を叱りつける。絶対にだめよ。エヴァハートの目の前に立ちながら、空想の世界へさまようわけにはいかない。赤恥をかいて耐え忍ぶのにも限界がある。

カリオペは急いで部屋に引き返したい一心で、体の向き変えて彼の隣に回り込み、引き締まった腰を抱きかかえた。相手のたじろいだ視線を無視して一歩踏みだし、前へ進むようながす。「おびえる必要はないわ、エヴァハート。あなたが歩く手伝いをしているだけよ。父の介添えで慣れているの」

それとこれとは別だというのは、カリオペにもわかっていた。手脚にぞくぞくと震えが走った。不快な感覚ではなく、それどころか心地よくさえあった。いまはふたりの格好がどれほど不適切で親密かは考えたくない。脇に当たるエヴァハートの体がどれほど温かくて、引き締まっているかも。カリオペはただ彼をソファまで移動させて、一刻も早く出ていきたかった。

エヴァハートが彼女の肩に腕を回して従う。「手伝っている？　違う、きみはぼくが朝まで眠れないようにしているんだ」

感謝の言葉ひとつないのね。「それは逆で、あなたがわたしを惑わせているんじゃないかしら。そもそもわたしがこうしているのは全部あなたのせいよ」腹立たしげにふんと息を吐き、手伝うのは不本意であることを——本当はそうでもないけれど——示す。

「そうは思わないね」エヴァハートは歯噛みして言った。

「いきなりドアを引いたのはあなたでしょう。それに、そんな格好をしているじゃない」胸もとを見せて淑女の視線を奪うのは不適切もはなはだしい行為だ。これまで読んだどの本も、男性の胸もとを間近に目にする心の準備にはならなかった。

エヴァハートがくくっと笑う。その声を聞いて、望んでもいないのにカリオペの全身に小さなさざ波が走った。「ぼくがどんな格好をしていると？」

「自分でわかっているでしょう」おもしろがられるのは不愉快だった。こちらは彼のせいでどきどきしているのに。かつては同じ友人の輪の中にいて、形の上だけでも友人同士だったことをエヴァハートは忘れてしまったらしい。相手が友人なら、誘惑したりはしないものだ。

「女たらしの放蕩者という評判は本当だったようね。わたしのことまで誘惑しようしているみたいで、びっくりするわ。これまでわたしには非難がましい目ばかり向けてきたでしょう。もっとも、いまもその目には非難の色がたっぷり滲んでいるけれど」ずばずばと言い切ったあとで、カリオペは自分の大胆さに息をのんだ。結婚市場から長らく遠ざかっているせいで開き直り、胸につかえていたことをすべて吐きだしてしまった。

エヴァハートは何も言い返さない。

カリオペは体がほてって頬まで熱くなった。「心配しなくていいわ、エヴァハート。あなたがわたしをきらっていることは重々承知しているから」

ゲイブリエルは息を詰めた。この拷問は限度を超えている。

ぼくはここにカリオペ・クロフトがいる夢を見ているだけに違いない。いまこの瞬間にも目が覚めて、誰もいない地図の間のがらんとした空間が見えるはずだ。脇腹に密着しているやわらかな体も、歩くたびにかすかに揺れる彼女の胸もとも、ぼくの残酷な想像力が生みだした幻想にすぎない。「ああ」

「ああって、それだけ?」カリオペが顔をあげる。細い眉をくっつけるしぐさから、怒っているのが見て取れた。茶色い瞳は月光のもとの濡れた砂浜のように光っている。いいや、彼女の気分を考えると、浜辺に落ちる稲光のように、と表現すべきだろうか。額の真ん中から波を打って流れ落ちる深みを帯びた金髪が、カーテンみたいに頬にかかって揺れている。それをひと房手に取って、自分の唇へと持ちあげたいと、ゲイブリエルの手はうずいた。やわらかな巻き毛の感触を確かめ、ローズウォーターとミントの香りを吸い込みたい。彼はその衝動を抑え込もうと拳を握りしめたが、すぐに自分の行動のばかばかしさに気づき、声をあげて笑いそうになった。

カリオペのそばに立つのは五年ぶりだ。ましてや彼女に触れること自体、ダンスのときに何度かあるだけだ。拳を握るだけで自分の欲望を抑えられると、ぼくは本気で思っているのか？

ゲイブリエルはかぶりを振った。「きみをきらってなどいない」

「気にしているわけではないわ。あなたに好かれようときらわれようと、わたしはわたしだもの」カリオペはソファへ近づいたところで足を止め、彼の腰に回した腕をおろした。

カリオペのそういうところが昔から好きだった。彼女は自分は自分だという自信を全身から発散していた。自分の心を、そして何が好きで何がきらいかを知っていて、まわりの者たちに左右されることがなかった。ゲイブリエルの心の片隅には、カリオペがブライトウェルと結婚していればよかったと悔やむ気持ちがあった。手の届かない存在になっていれば、かつてこの胸を占めていた理解不能な切望にも――それはいまだに消えていないようだが――終止符を打てただろうに。

「五年前、あなたの友人を傷つけるつもりはなかったの」不意にカリオペが言い添えた。まるでゲイブリエルと同じことを考えていたみたいだ。五年も会っていなかったというのに、以心伝心で通じ合っているのだとしたら、残酷な皮肉だ。

それとも、ブライトウェルの求婚を彼女が拒絶した事実は、ふたりのあいだでずっとわだかまっていたのだろうか。

「でも、最終的にはあれでよかったことはあなたも同意するでしょう」カリオペは続けた。「わたしでは、ブライトウェルを幸せにはできなかった」

なんとばかげた意見だ。「どうしてきみではブライトウェルを幸せにできなかったんだ？」

「彼を愛していなかったからよ」

カリオペはあっさりと即答した。そのあまりに簡潔な返事に、ゲイブリエルはなぜ断言できるのかを尋ねる前に思わず言い返していた。「きみは愛というものを知らないんだ」愛は苦しみだ。犠牲だ。そして自分が欲するものを目の前にしながらも手に入れることはできないと悟ることだ。愛に降伏したら最後、すべてを失うのはわかっている。

「愛についてなら理解しているわ。あなたには決して理解できないほど深くまで」カリオペは小鼻をふくらませて息巻いた。「それに、あなたから非難されるのは今夜はもうたくさんだわ」

ゲイブリエルは考えもせずに手を伸ばし、カリオペが出ていこうとするのを引き止めた。彼女の腕のつけ根をふたたびつかんで、温かな脇の下に指先を忍び込ませる。自分を抑えきれずに、ゲイブリエルはほんの少しだけ彼女の肌を愛撫《あいぶ》した。五年の時を経ても、彼女を間近にすると触れずにはいられない。

「きみを誘惑しているとなじったかと思えば、今度はきみを非難していると責めるのかい。できればどちらかひとつにしてほしいね、ミス・クロフト。誘惑と非難をいっぺんにするのは、さすがに難しい」

「そうかしら？」カリオペは反抗的に顎をぐいとあげた。「あなたはわたしが現れたあとも、乱れた服装を整えようとは一度もしなかったわよね。むきだしになっている胸もとが、ちょうどわたしの目の高さにあることに気づいているんでしょう。いやでもあなたの……男性的なところが目に入ることに」ごくりとつばをのむ。「それに……わたしの思いすごしでなければ……あなたはいま、わたしの腕をなでているわよね？」

くそっ、そのとおりだ！　そしてゲイブリエルはさらに多くのことを欲していた。痛いほど鋭いうずきが全身を満たし、彼はカリオペをさらに引きよせた。自分を止めることはできなかった。

「わたしはあなたがソファへ行くのに手を貸しただけなのに」カリオペが話すと、ゲイブリエルのむきだしの胸もとに吐息がかかった。「いま、あなたはわたしの腕をつかんで引き止め、強烈なまなざしと厳しい言葉の両方を浴びせている。誘惑と非難の両方をいっぺんにできる人がいるとすれば、それはあなたよ」

ゲイブリエルは彼女を見おろし、キスをしたい衝動に抗《あらが》った。体を硬直させて、頭をそれ以上一ミリたりともさげないようにする。

いまキスをすれば、カリオペから逃れることができなくなる。そして、ぼくの人生は永遠に変わってしまう。その事実は船の舳先《へさき》で北極海から吹きつける強風のようにゲイブリエルの頬を打った。

「ミス・クロフト」欲求が心の中で逆巻いているにもかかわらず、ゲイブリエルは驚くほど穏やかに切りだした。「誰かに指摘されたことはないかい？　きみは想像力が豊かすぎると」

カリオペは顔を平手で叩《たた》かれたかのように蒼白《そうはく》になった。ゲイブリエルの手のひらの下で彼女の体がこわばるのが感じられた。「またも誘惑と非難を同時に行ったわね。おめでとう。

あなたはわたしを引きよせる一方で、傷つけるのにも成功したわ」

ゲイブリエルはどんどん自制心を失っていた。「ぼくは非難など少しもしていない。きみ自身がぼくに偏見を抱いているんじゃないか」

「偏見を抱いているのはわたしではないわ」カリオペはひと息に言った。豊かな胸が上下して、彼女もゲイブリエル同様、不適切な服装であることをいやがうえにも強調する。ナイトガウンだけなら、脱がせるのはたやすい。「もうやめましょう。お互いに相手のことをどう思っていようと関係ないわ。数時間後にはわたしはいなくなるのよ。ふたりとも偏見でも、非難でも、豊かすぎる想像力でも、そのまま持ち続ければいいんだわ――それぞれ別の屋敷でね」

「〝誘惑〟を加えるのを忘れているよ」ゲイブリエルはカリオペをつかむ手をゆるめると、肩から喉へと指先でゆっくりたどり、ナイトガウンを縁取る細かなフリルの上のなめらかな肌をそっとかすめ、自分の言い分を証明した。「これはきみへの警告だ。この屋敷にふたたび足を踏み入れることがあれば、そのときはきみの身に何が起きようと、ぼくは責任を取れない」

カリオペは両手をあげ、ひんやりとする手のひらを彼の胸板に押し当てた。「責任を取ってもらう必要はないわ」彼を突き飛ばして、くるりと背を向ける。

不意を突かれてバランスを崩し、ゲイブリエルはソファの上に仰向けに倒れ込んだ。添え木にはさまれた脚が跳ねあがり、低いテーブルの端にぶつかる。ナイフで刺されたような鋭い痛みが走り、食いしばった歯の隙間からうめき声が漏れた。カリオペが心配して振り返るのを期待して、彼は苦痛にゆがんだ顔をあげた。

彼女は背中を向けたままだ。そして火のともった燭台をつかむと、ゲイブリエルをひとり残して出ていった。

5

「今朝は足取りが重たげね」パメラは化粧台の前で、白っぽい金髪をメイドのベスにブラシで梳かせながら、ぽつりと言った。

カリオペはあくびをこらえて部屋の中を動き回り、いとこのためにアクセサリーを出すふりをして、こっそり手紙を探していた。眠気が押しよせて、どうしても足を引きずってしまう。室内履きがずしりと重く、足の裏から根っこが生えて、ファロウ・ホールが立つこの土地に根付こうとしているみたいだ。

「長旅の疲れが出たんだと思うわ」夜明け前に屋敷の中を探索したこと、それにエヴァハートと遭遇したことはいとこに教える必要はない。結局、寝室に戻ったあとも一睡もできなかった。彼はほかのみんなにはいつもやさしいのに、なぜわたしにはいじわるばかりするのだろう。

そんなことをいつまでも気にする自分が、何よりいやでたまらなかった。

「ええ、よくわかるわ。長患いが人を疲れさせるのとおんなじね」パメラは髪を梳くのはもう結構と身振りでベスに伝えると、女王のように片手を垂らして差しだした。ベッドまで連れていってちょうだいという無言の命令らしい。「わたしもとっても疲れやすくて」

かわいそうなネルは、すでに部屋の片隅でハープをつま弾かされていた。指先に細い布がぐるぐる巻かれているのに気がつき、カリオペはなおさらこのメイドが気の毒になった。

「少しのあいだ使用人たちをさがらせて、ふたりでおしゃべりしましょう。あなたが疲れてしまう前にね」手紙のことをより詳しく聞きだせるように。「わたしもあと少しで出発よ。こうしているあいだにも、兄は馬車を点検しているわ」

「母がここに滞在していたあいだも、長くおしゃべりをするのはつらく感じていたの」いとこはため息をついて、ベスがぽんぽんとふくらませた枕に背中を沈めた。「ねえ、もっとこにいてちょうだい。あなたは未婚なんですもの、誰か待っている人がいるわけじゃないでしょう」

カリオペは歯を食いしばった。

胸の奥の大釜でどす黒い感情がぐらぐらと煮え、いらだたしさが肌を焼き、胃袋の底で不満がくすぶる。

その手紙の差出人が本当にカサノヴァなら、彼はパメラの心をもてあそんでいるのだ。カリオペの心をおもちゃにしたあと、ほかの女性に——ほかの女性たちに——さっさと心を移したのと同じように。ブライトウェルの結婚についてはこれまで気にしていなかったが……。

いまはブライトウェルもカサノヴァも、パメラを求めているようだ。そしてカリオペは誰からも求められていなかった。こんなふうに考えるのは、自分がいやになるほどくだらない。

ブライトウェルを拒絶したのはカリオペ自身なのだから。

そんな考えを頭から追い払い、カリオペはやるべきことに気持ちを集中させた。手紙を見つけだして目を通し、謎の差出人の正体に結びつく手がかりを探すのだ。特徴的な筆跡に加えて、これまでの手紙はすべてロンドンから出され、ウエストミンスター局の消印が押されていた。消印と日付がわかったところで、差出人の正体がわかるとはかぎらないけれど、候補者が住む地域の手がかりになるかもしれない。

「まあ、もう時間がないわ」カリオペはいとこをせかそうとした。

パメラは口を尖《とが》らせた。「ねえ、あなたはここに残ればいいでしょう。手紙のことをまだ話していないわ。既婚女性であの恋文を受け取ったのは、わたしがはじめてだってことは言ったわよね」

カサノヴァは本当にそこまで移り気なのだろうか。その手紙はひょっとすると、人の関心を集めたいといういとこの願望が生みだした幻想かもしれない。「ねえ、それがあの一連の恋文のひとつだとどうして言い切れるの?」

「ほかの恋文と同じで、書きだしは〝親愛なるパメラへ〟だったわ」眉間にしわをよせて考え込み、ぼんやりとした目つきになる。「でも、手紙を受け取ったほかの人たちの名前はパメラではないから、同じ書きだしとは言えないのかしら」

よくある手紙の書きだしだ。けれど、〝いとしい人よ〟からはじまる手紙はカリオペのものだけだった。〝親愛なるマリアンへ〟が二通目で、〝親愛なるペチュニアへ〟が三通目。

〝親愛なるベアトリスへ〟が四通目。〝親愛なるジョアンナへ〟が五通目。〝親愛なるガートルードへ〟が六通目。〝親愛なるホノリアへ〟が七通目。そして〝親愛なるパメラへ〟が八通目候補だ。恋文を受け取った女性たちの多くは、いままでは結婚している。

もしかして、その中のひとりはカサノヴァの正体を突きとめて彼と結ばれたの？

「署名はあった？」署名がなかったり、その部分が破られていれば、差出人がカサノヴァであるさらなる証拠となる。

「もちろんなかったわ。あなたってほんとに物覚えが悪いのね。彼は恋文に署名をしないのよ」パメラはくすくす笑ったあと、臣下を見くだす女王のように唇をすぼめた。「ああ、でもあなたはカサノヴァの恋文を受け取っていないんだから、覚えていないのは当然ね」

署名はなかった。それでは、手紙は本物なの？　パメラは本当にカサノヴァから恋文をもらったということ？

カリオペも手紙を受け取ったことを知っているのは、兄のグリフィンひとりだ。言葉で彼女の心を盗んだ泥棒を見つけだす手伝いをしてほしくて打ち明けたのだが、兄は用心するよう妹に忠告した。〝名前を明かさないのは卑怯者《ひきょうもの》だ〟兄はそう言って、ブライトウェルが彼女に好意をよせていることを忘れないよう念を押した。

「ええ」カリオペはつぶやいて、もう一度室内にそわそわと視線をめぐらせた。その辺に無造作に置かれていて、かえって見落としているかもしれない。手紙が近くにあると思うだけで落ち着かず、どこにあるのかわからないのがいやだった。ある日突然舞い込んできた手紙に心を奪われるような経験は二度と繰り返したくない。「だから……その手紙を自分の目で見てみたいの」

「お母様がしまったのよ」パメラは悲しげに嘆いた。「きっと娘が熱烈な恋に落ちるのを心配したのね」

カリオペは無理に笑ってみせた。「そんなことはないわ。あなたは新婚で、ご主人と熱烈な恋に落ちているんですもの」

パメラの視線がさまよう。「とにかく、わたしもあの恋文をもう一度読み返したいわ。お母様は、象牙の持ち手がついた小物入れの中に手紙をしまったのよ。刺繍《ししゅう》道具とリボン、それに耳飾りとシルクの扇と一緒にね。わたしが落ち着いて静養に励めるようにしたかったの」

「象牙の持ち手がついた小物入れね」カリオペは外にある馬車と、スコットランドまで残り一日の旅について考えた。わたしは選択をしなければいけない。難しい選択を。

「ええ、金の縁取りで、内側に鏡がついているの。結婚の贈り物にミルトンからもらったものよ」パメラは目を伏せさえしなかった。夫からもらった結婚の贈り物の中に、見知らぬ男からの恋文がしまわれているのに平然としている。「見つけるのはそう難しくないはずだわ」

〝ぼくを見つけだしてくれ、セイレーンよ……〟五年前、カリオペはできるかぎりのことをしたが、カサノヴァを見つけることはできなかった。そしていま、新たな機会がめぐってきた。この不届き者の仮面をはぎとって、正体を暴く新たな機会が。

残る質問はひとつだけだ——彼を探すために、これ以上自分の人生を犠牲にしてもいいのだろうか？

客人一行の出発を待ちわびて、ゲイブリエルはステッキをつかむと玄関広間へ向かった。出発までまだ時間はあるが、荷物が積まれて馬車の用意はできているだろう。

今朝は悪夢にうなされて眠りから覚めた。夢の中では、ナイトガウンをまとったカリオペ・クロフトが目の前にたたずみ、緑色の小さな種子を差しだした。ゲイブリエルが受け取るなり、種子は芽を出して太いつるを伸ばし、彼の腕や脚、喉に絡みついて、生家のブライア・ヒースにずるずると引き戻した。

いま思い返しても体が震える。あの屋敷には二度と戻りたくなかった。過去を振り返るのはごめんだ。はじめてカリオペ・クロフトに出会ったときから、犬のようにどこまでも心につきまとう恐怖のことを考えるのも。

とにかく、いまはこの賭けに勝つ必要があった。最低でも、負けるのは回避しなければ。

玄関扉のそばでクロフト夫妻がデンヴァーズとブライトウェルと歓談しているのを見て、ゲイブリエルの胸に安堵感が広がった。秘密を握る邪魔者たちが出発しさえすれば、五年も前に書いた手紙のことでぼくが頭を悩ませる必要はなくなる。すべてがもとに戻るまであと少しだ。

「きみがいなくなるのは残念だ、クロフト」ゲイブリエルは近づきながら声をかけた。ステッキによりかかり、折れている足にかかる負担を減らす。「一本脚でも、きみに勝てることを証明したかったんだが」

クロフトはにやりとした。「本音を言うと、きみが五体満足なときでも、パンチをお見舞いするのはどうも心苦しくてね。たとえ脚が一二本あったとしても、ぼくが相手では、きみはリングに立ち続けることはできないだろうな、エヴァハート」

いつもながらの言葉の応酬に、ゲイブリエルは自分の世界が普段どおりに戻ったことを確信した。「今度ボクシング・クラブで顔を合わせたときに、きみの思い違いを正すのが楽しみだ」ステッキを左手に持ち替えて、クロフトに右手を差しだす。ボクシングの練習相手を長年務めるうちに、脅されたことがあるのにもかかわらず、彼に対して好感を抱くようになっていた。クロフトはつねに家族を第一に考え、自分を偽ることがない。いまも堂々と手を取って力強く握りしめてくる相手に、ゲイブリエルは敬意を覚えた。「おや、ずいぶんなよなよしているな。男は結婚すると変わるという噂《うわさ》は真実らしい」

「愛を得た男は怖いものなしになるという噂か？　ああ、それはまったくもって真実だ」クロフトは一笑すると、ゲイブリエルの骨がきしむまで最後にもうひと握りしてから、手を放した。

「いいぞ、そのとおりだ」ブライトウェルが大きく拍手する。色味の薄い金髪がそのはずみで額にだらりと落ちた。ゲイブリエルにとって、もともとブライトウェルとのつき合いは、カリオペのそばにいる時間を少しでも長引かせるための口実にすぎなかった。手紙の一件と、それに続いてブライトウェルが彼女に求婚を断られたことで、ゲイブリエルはふたりの仲を掻き回したうしろめたさに駆られた。償いのために本当の友人になろうと心を決めて、ブライトウェルをインド旅行に——実質的にはどちらにとっても傷心旅行に——誘ったのだった。

ぼくの心も次の探検旅行で癒えるだろう。ゲイブリエルはそう期待していた。

「紳士のみなさん、そこまでにしてくださいな」ディレイニー・クロフトが笑いながらたしなめた。「おふたりが立派なライバル同士だというのはようくわかりました。でも、そろそろ出発しないと、ヴァレンタインがロープを持ってきて、玄関広間にボクシングのリングを作ってしまうわ」

「そいつはいい考えだ」玄関扉の横に控えている執事に向かって、デンヴァーズは手を振った。「ロープを持ってきてくれ。エヴァハートがノックアウトされるのは見物《みもの》だ」

「ひとつ忘れているぞ、わが友よ」ゲイブリエルは声をあげた。「ぼくが首の骨でも折れば、一万ポンドを手にするチャンスもふいになる」

「ああ、ヴァレンタイン、いまの頼みは忘れてくれ」デンヴァーズは舌打ちしてそう言った。もっとも執事のほうは自分の定位置に立ったまま微動だにしていない。この若者たちがファロウ・ホールに居を構えてからの短いあいだに、ヴァレンタインは彼らの軽口を聞き流す名人になっていた。

「賭けのことは夫から聞いたわ」ディレイニーが言った。「モントウッドを相手に賭けをするなんて、無茶なことをしたものね」

ゲイブリエルは肩をすくめ、モントウッドが背後から観察していないかと振り返りそうになるのをこらえた。失うものを考えると、あんな無謀な賭けはすべきでなかった。「そういえば、あのいかさま師はどこに？」

「クロフトの拳が届かない安全な場所にいるんだと思うよ」ブライトウェルがにこにこと答えた。クロフトの拳も、モントウッドの賭けも、自分には関係のないことだと高みの見物を決め込んでいるようだ。妻の静養のためにこの屋敷へ来てからというもの、ブライトウェルはゲイブリエルにも結婚を勧めていた。むろん、それにはレディ・ブライトウェルが馬車でけがをすることになった理由が大きく関係しているのだが。

ゲイブリエルはこの事態を招いた責任の重さが腹にずしりと響くのを感じた。

ディレイニーはやれやれとため息をついた。「モントウッドも、心配する必要はないのに。夫はいつまでも根に持つような人ではないわ」

根に持つような人ではない？　ゲイブリエルは笑いを嚙み殺した。

クロフトは低いうなり声を漏らした。険しい表情は、その点に関して妻ほど確信していないことをうかがわせる。その後ゲイブリエルに向けられた視線には、警告の色がありありと表れていた。ボクシングの練習相手であろうとなかろうと、クロフトは妹を傷つけられたことをいまも許していないのだ。

それは無理もなかった。ゲイブリエル自身、自分を許していないのだから。やはり、クロフト一行が早く出発するに越したことはないようだ。「そういえば」ゲイブリエルは必要もないのにきょろきょろと広間を見回してつけ加えた。「妹君の姿も見えないな」

「わたしならここよ」当の女性が階段の一番上から声をあげた。幅の広い手すりに手をのせて、カリオペは急いで階段をおりた。途中でマフを落とし、振り返って拾いあげ、ようやく玄関広間にたどり着く。

息を切らしてたたずむカリオペは、白い毛皮で縁取りされたブルーのロングコートをまとい、はちみつ色の巻き毛は早くも飾り櫛からすり抜けて、襟にかかっている。頬はバラ色に染まって瞳はいきいきと輝き、うっすらと開いた唇はゲイブリエルを誘惑するかのようだ。ゆうべはつかの間、その誘いに応じそうになり、彼女とふたりきりになるのがどれほど危険かをゲイブリエルは改めて痛感していた。

カリオペのそばにいるといともたやすくわれを失うことをすっかり忘れていた。いまも、ゲイブリエルはいつの間にか足を半歩踏みだして、カリオペに近づこうとしていた。半歩ですんだのは、自分が何をしているかに危ないところで気づいたからだ。幸い、みずからのふるまいにいちいち気をつけなければならないのもあと少しだった。

カリオペから視線を引きはがしたゲイブリエルは、デンヴァーズがにやにやしているのに気がついた。にらみつけると、友は小さくせせら笑った。

「いとこの具合はどうだ？」クロフトが尋ねる。「ぼくが挨拶に行ったときには、メイドから休んでいると言われたが」

カリオペは体をこわばらせた。肩がわずかにぴくりとしただけだったが、ゲイブリエルの目は見逃さなかった。「ええ、まだ休んでいるわ。それで、目を覚ましたときにここにいてほしいとパメラから頼まれているの。わたしにここに残って、彼女の話し相手になってほしいんですって」

ブライトウェルが咳払いした。「ぼくも先ほど、妻からきみを引き止めるよう頼まれたよ」

それまでブライトウェルは玄関広間の隅に留まっていた。それがいまは一歩踏みだして、全員の注目を集めている。もちろん、ゲイブリエルが注目しているのはカリオペの反応のほうだが。

五年前、彼女がブライトウェルを見つめるのを何度見守ったことだろう？　少なくとも何十回もだ。あの頃はそのつど胸の中が掻き乱されるの感じた。そしてなぜか、いまだにそれを感じる。

「ごめんなさい、パメラがあなたに頼むべきことではないのに……」カリオペの声は小さくなって途切れた。おそらくこの場にいる全員が同じことを考えているだろう。かつて夫が結婚を申し込んだ女性を引き止めるよう頼むとは、パメラはどういう神経の持ち主だろう。

「いいや、ぼくは少しも気にしていないよ」ブライトウェルのまなざしが親しげにやわらいだ。ゲイブリエルはステッキの柄を握る手に力を込めた。「ぼくがもう気にしていないことは妻も知っている。過去は過去だ、ミス・クロフト。ぼくに気を使って遠慮することはない。それよりもいまはきみのいとこの健康が大切だろう」

カリオペは息を吸い込んでうなずいた。「そうね。あなたの言うとおりだわ、ブライトウエル卿」

「それはどうかと思うが」激しい剣幕で反論する自身の声がゲイブリエルの耳に響いた。その荒々しさは形相にも表れているらしく、驚いた視線がいっせいに向けられる。かまうものか。これ以上カリオペにブライトウェルとの会話を続けさせたくなかった。いとこの健康のためだろうと、彼女をここに留まらせたくない。カリオペが近くにいると、ぼくは愚かなまねをしてしまう。彼女には即刻去ってもらうぞ。「クロフト、まさかきみだって自分の妹をわれわれのもとに残していこうとは思わないだろう」ぼくのもとには。

「きみは他人の家族を心配する前に、自分の家族を心配すべきだろう、エヴァハート」クロフトの声には、ヴォクソール庭園でゲイブリエルを脅したときと同じ響きがあった。

それみたことか、これぞクロフトが〝根に持つような人である〟絶好の例だ、とゲイブリエルは胸の中で皮肉をつぶやいた。クロフトはいまもゲイブリエルを破滅させることができるのだ。五年におよぶ贖罪《しょくざい》により、許されることを期待していた。しかし、こうしてクロフト兄妹と向き合うと、自分が書いた手紙が彼らの記憶から薄れていないのを思い知らされただけだった。ゲイブリエルの記憶から薄れていないのと同じだ。

「とにかく」ディレイニーがその場を取りなした。「カリオペにはお付きのメイドがいるんですもの。加えて、ここにいるのは彼女のいとこ夫妻、それに独身宣言をしている三人の紳士でしょう」

「ぼくもひとことといいかな」デンヴァーズが指を立てて言葉をはさむ。「賭けの条件で、ぼくたち三人は未婚女性とかかわってはならないと決められている。だからミス・クロフトは極めて安全だよ」

「きみのは余計なひとことだ」ゲイブリエルはデンヴァーズのすねをステッキで叩いてから、カリオペの兄に向き直った。「クロフト、これが自分の妹のレイナなら、ぼくは決して――」

「エヴァハート卿」カリオペ・クロフトが話をさえぎるようにマフを突きだした。「妹さんが二四歳になったときには、あなたも彼女の行動をひとつひとつ指図することはできないでしょうね。わたしは兄の意見を尊重しているけれど、自分の意見も大事にしているの。それに、わたしのような独身女には、ある程度の自由が与えられているものよ」

〝独身女〟という言葉が、鐘の音のごとく広間に反響する気がした。罪悪感がゲイブリエルの背中に忍びよる。カリオペが独身でいる原因の一部はぼくにある。いや、全部だろうか。あの手紙さえ書かなければ、カリオペはブライトウェルと結婚していた。自分に向けられたクロフトの目が険悪そうに細くなるのに気がついて、ゲイブリエルはごくりとつばをのみ込んだ。

「あなたの妹さんはしっかりとした判断力の持ち主よ。彼女のお兄様によく似てね」ディレイニーは夫の心臓の真上をそっと手で押さえた。そのしぐさで魔法をかけられたかのように、クロフトの視線はたちどころにやわらいだ。

まずい流れだ。

カリオペも兄の変化に気づいたらしく、笑みを広げた。その顔が温かな輝きを放つ。「じゃあ、わたしに決めさせてくれるのね？」

いいや、クロフトが応じるはずはない。ゲイブリエルは頭の中で断言した。

しかし、当のクロフトはうなずいて同意している。

これで頼みの綱は切れた。クロフトの頑固さを当てにしていたのに。

「だけど、滞在を延ばすことを決める前に、ファロウ・ホールに住むみなさんからの招待が必要よね」カリオペはデンヴァーズにちらりと目を向けた。

デンヴァーズは——裏切り者め——ふたつ返事で承知した。「招待するまでもないさ。どうぞファロウ・ホールをもうひとつのわが家だと思って好きなだけ滞在してくれ」

「どうもありがとう、ミスター・デンヴァーズ」カリオペはうれしそうに感謝したあと、ゲイブリエルを横目で見ると、得意げにふんと鼻を鳴らした。「ほんの二、三日出発を延ばすだけよ」

「楽しくなるな、エヴァハート？」デンヴァーズは腕を伸ばして彼の肩をつかんだ。

ゲイブリエルは返事をしなかった。これは悪い夢だ。クロフトが自分の妹をここに残していくはずはない！　前科者の烙印を押してやるとゲイブリエルを脅した当人が、今度は彼を信頼して妹を預けていくことなどあり得ない。

この五年間、ゲイブリエルはクロフトの命令どおり、彼の妹の前から姿を消していた。バースまであとを追ったのは例外だが。なのにその報いがこの無慈悲な仕打ちか？

ゲイブリエルは不《ふ》倶《ぐ》戴天《たいてん》の敵のようにクロフトをにらみつけた。ボクシング・クラブでまた顔を合わせる日を待っていろよ。この次は躊躇なく叩きのめしてやる。「ああ、もちろんだ」歯を食いしばり、頭を乱暴に傾ける。「クロフトの家族は誰でも歓迎する」

「それを聞いて安心した」クロフトは推しはかりがたい表情を浮かべて応じた。「ほかの妹たちにも使いを送って、ファロウ・ホールに遊びに来させよう」

フィービーとアステリアまでここに？　クロフト家の双子の姉妹は、はじめての社交シーズンでは〝恋のキューピッド〟と称して社交界を引っ掻き回し、大ひんしゅくを買っている。これでは無慈悲な仕打ちどころではない。拷問そのものだ。

「グリフィン、からかうのはそこまでにしてあげて。エヴァハートは顔色を失っているわ」ディレイニーのすみれ色の瞳は、懸念よりも好奇心に満ちている。「わたしたちは出発しましょう、ヴァレンタインが本当にロープを持ってくる前にね」

クロフト夫妻は玄関扉へと足を踏みだし、ヴァレンタインが扉を開ける。ゲイブリエルはふたりに続き、従僕に命じて、御者がカリオペの荷物をおろすのを手伝わせた。ディレイニーは使用人専用の馬車の横へ移動して、自分のメイドとカリオペのメイドの両方に話をしだした。

ゲイブリエルは並んでたたずむクロフトに顔を向け、ほかの者には聞こえないよう声を低めた。「クロフト、一体どういうつもりだ？　そもそもぼくがいるのを知っていながら、なぜファロウ・ホールに来た？」妹の前から姿を消せと命じたのはクロフトだ。いまになって命令の内容を変える気なら、ぼくにはそれを知る権利がある。

クロフトは荷物を眺めていた。「ぼくはいとこの見舞いに立ちよっただけだ。それに文句はあるまい？」

「きみは自分の妹をぼくに預けていこうとしているんだぞ」ゲイブリエルはうなるように言った。「せめて自分も滞在を延ばしたらどうだ」

メイドたちと話を終えたディレイニーが、ふたりのほうへ気づかわしげな視線を投げかける。クロフトが大丈夫だと手を振って合図すると、彼女は自分たちの馬車の中に消えた。

「ぼくは家族に対して果たすべき義務があるものでね。きみもたまには自分の義務を顧みてはどうだ」クロフトは平然とした口調で言った。

「たまには？」ゲイブリエルは反則攻撃を食らったかのように相手に食ってかかった。声を荒らげそうになるのを歯を食いしばってこらえる。「この五年間、ぼくはきみへの義務を果たしてきた。義務をおろそかにしているのはそっちだろう」

「お互いに意見が異なるようだな」クロフトはまばたきひとつしない。「ぼくが妹をここに置いていくことにしたのは、親戚への義務を果たすためだ。その判断が間違いであったときみが証明するような事態になった場合には、きみに地獄の業火の熱さを教えてやるよ」

ゲイブリエルはステッキを握りしめた。「覚悟していろよ、クロフト。次にボクシング・クラブで相手をするときは、きみの……家族に気を使って、手加減することはないぞ」

奇妙なことに、この警告にクロフトはにやりとした。「それは楽しみだ、エヴァハート。かねがね気になっていてね、きみはまだ自分のすべてを見せていないのではないかと」

クロフトは自分の発言を説明しようともせずにゲイブリエルの横をすり抜け、妻が待つ馬車に乗り込んだ。

ゲイブリエルは重苦しい気分で屋敷の中へ引き返した。

屋敷に入るなり、カリオペに会釈するブライトウェルの姿が見え、さらに気分が沈んだ。

「妻が目覚めたら、きみが残ってくれることになったと知らせるよ。きっと喜ぶだろう」

「ええ」カリオペの声にはわずかに疲れが滲んでいる。「メグと一緒に荷物を片づけ終わったら、わたしもすぐにパメラのところへ行くわ」

その肩がふたたびぴくりとしたのに、ゲイブリエルは気がついた。まるでいとこのもとへ行くのがうれしくないかのように、カリオペは体をこわばらせている。だったらなぜ滞在を延長することに決めたんだ？

ふたりの会話はそれで終わり、ブライトウェルは広間を横切って東翼へ向かった。

デンヴァーズは、カリオペとゲイブリエルを交互に見て、両手をもみ合わせた。「これから楽しくなりそうだ。きみもそう思わないかい、ミス・クロフト？」

「ええ、楽しいでしょうね」彼女の返事はまるで楽しそうではない。

「失礼、ミス・クロフト。楽しい《メリー》と言ったのかい？　それとも結婚《メリー》って言ったのかな？」デンヴァーズはひとりごとのように続けた。「〝楽しい結婚〟、〝結婚は楽しい〟よく一緒に組み合わせて使われる言葉だから、どっちがどっちかわからなくなりがちだ。そうだろう、エヴァハート？」

ゲイブリエルはうなったが、反論する前に、荷物を抱えた従僕ふたりを従えてカリオペのメイドが玄関広間に戻ってきた。

「それでは」カリオペはゲイブリエルとデンヴァーズに目を向けた。「滞在させてもらうことに、もう一度お礼を言うわ」急いでお辞儀をし、階段をあがって視界から消える。従僕たちの重たげな足音が、嵐の海で船体に叩きつける大波のようにゲイブリエルの胃袋に響いた。

あとにはデンヴァーズだけが残り、ゲイブリエルはこの陰謀家をにらみつけた。「その頭の中にある考えがなんであれ、すべて捨てることだ。自分がばかを見るだけだぞ」

「これは驚いたな、エヴァハート」デンヴァーズは笑い声をあげた。「なんて厳格な物言いだ。目をつぶって聞いていたら、きみの父上が話していると思うところだ」

今度はゲイブリエルが笑うべき番だったが、引きつった笑いになってしまった。「賭けの相手に結婚を強いることはできないし、淑女の体面を傷つけるようなまねも禁じられているんだぞ」

「言われなくとも心得ているさ」デンヴァーズはむっとしてにらんだ。「ぼくだって妹のいる身だ」

その反論にはゲイブリエルも納得した。デンヴァーズはこれでも誠実な男なので、賭けに勝利するためだけに若い女性の体面に傷をつけることはない。となると、残る疑問はひとつだ――デンヴァーズは何を狙っている？

その考えを読んだかのように、デンヴァーズは悪魔さながらに微笑を浮かべた。「一万ポンドのためさ、わが友よ」くるりと踵を返し、楽しげに口笛を吹いて歩み去る。残されたゲイブリエルは明日からの日々に不安を覚えた。

6

カリオペは音楽室の前に立ち、中へ入るか、それとも今夜はこのまま自室にさがるか迷った。この三日間、いとこの気まぐれに振り回され、手紙について話すことさえできずにいた。そのことに水を向けるたびに、パメラはなぜかくたびれてしまうのだ。興味津々なのを隠して話をそちらへ持っていき、遠回しに質問してははぐらかされ、いらだたしさが顔に出ないようにするという一連の繰り返しは、神経を消耗させた。

いとこから話を聞きだそうとするのとは別に、カリオペは屋敷のほかの場所を探索し、本棚に衣装ダンス、ヒマラヤスギで作られた大型収納箱、書き物机、それに戸棚の中を調べていた。発見したのは、腰が抜けそうになったほど巨大な茶色い蜘蛛《くも》が六匹に、シーツ類がしまってある戸棚の隅で子ネズミを四匹、図書室で興味を引かれる小説を三冊、それに屋根裏部屋のフクロウの剝製《はくせい》ふたつだ。

けれども、象牙の持ち手がついた小物入れはひとつも見つかっていない。

前向きに考えるなら、かさこそはい回る害虫は一匹も見つからず、蜘蛛たちは益虫の役目をしっかり務めているようだった。埃《ほこり》が積もっている場所もなく、戸棚に子ネズミたちがいたのを除けば、この屋敷はどこも比較的清潔に保たれていた。使用人たちがきちんと働いている証拠だ。

家政婦のミセス・マーケル、それに執事のヴァレンタインはすべてを整然と管理していた。メイドのネルがハープ奏者としてパメラに独占されているせいで、働き手がひとり欠けているのを考慮に入れたら、なおさらたいしたものだった。たぶん人手をやりくりして、ネルの分はみんなで負担しているのだろう。ファロウ・ホールには家政を監督する女主人がいないのだから、何もかもが驚きに値する。それとも、誰かが女主人の代わりをしているのだろうか?

三人の独身主義者たちの誰かが——自分の屋敷を持つことには全員関心がなさそうに見える——ファロウ・ホールのためにわざわざ時間を取っているのかもしれないと考えると興味を引かれたが、それを確かめる時間はまだ少しもなかった。これまでのところ、あの手紙を探すので手いっぱいだ。

カリオペはうなじをさすった。あちこち探し回ったせいで体中が痛く、特に肩こりがひどい。

そう遠くないところから、廊下の敷物を踏むくぐもった足音が聞こえた。うなじから手をおろして振り返ると、ルーカン・モントウッド卿が近づいてくるのが見えた。黒髪と黒服が背後の影に溶け込み、まるで夜の一部のようだ。兄夫妻の滞在中は一度も姿を見せなかったものの、ふたりが出発してからは、モントウッドはミスター・デンヴァーズとともに屋敷のあるじ役を立派にこなしている。

「ミス・クロフト」モントウッドは噂に高い笑みを投げかけた。「まだ手紙の探索中かい？」

カリオペはどきりとした。「手紙？」

モントウッドの琥珀色の瞳が灯光を浴びて輝く。頬にはえくぼが現れた。「きみのいとこぎみの手紙だよ」

手慣れたいかさま師はみんなそうだが、この紳士は怖いくらいに鋭いとカリオペは思った。モントウッドはつねにまわりを観察していて、ぼんやりしているところは見たことがない。彼には魅力的な側面以外の何かがあり、それが彼女を落ち着かない気分にさせた。

「ああ、あの手紙ね」カリオペはあいまいに手を振った。こっそり探していたつもりだったのに、はたから見るとそうではなかったらしい。もしかして、最初の夜にデンヴァーズと話したことも知られているのだろうか。手紙のことを知っている者がどうかほかにはいませんように。もしもブライトウェルに知られたら……。ああ、彼が傷つくところは想像したくない。「あれは特に大事な手紙ではないの。それにいまは本を探していたところよ。いとこに読んであげようと思って、三冊見つけたわ」

モントウッドは微笑を浮かべたまま、アーチを描く入り口の奥をのぞき込んだ。「音楽室で？」

「いいえ、本を見つけたのは図書室だけど」どうしてそんなことを尋ねるのかしらと小首をかしげ、自分が音楽室の真ん前に立っていることをすぐに思いだした。いけない。手紙を探しに来たのがばれないよう、ここにいるもっともらしい口実を作らなくては。「音楽室には……その……楽譜があるかと思って来たの」

カリオペの表情を観察していたモントウッドはぱっと顔を明るくした。「楽器を演奏できるのかい？」

「演奏よりも、楽譜を読むほうが上手ね」カリオペは白状した。「だから譜めくりは得意なの。楽器のひとつも満足に演奏できないなんて、若い淑女には珍しいでしょう。歌なら、以前はよく披露していたわ」

「なるほど、美声の女神、カリオペの名にふさわしい」

「とんでもないわ」彼女は笑い声をあげた。「音をはずさずに歌うのが精いっぱいだもの。もっとも、あの女神と違って、わたしの歌声を聴いてもカササギには変身しないから安心して」

モントウッドはくくっと笑った。「それでは明日の夕食後に美声を披露してもらおうかな」

カリオペは顔をしかめてみせた。「そして、そのあとはひどい歌を聴かせた罰として、寒々とした屋根裏部屋にわたしを閉じ込めるのね」

「寒々とした場所といえば……」モントウッドはいかにも何気ない様子で話を戻した。その微笑からは魅力よりもしたたかさが感じられる。「北塔はもう調べたかな？　地図の間には手紙類やさまざまな小物入れが置いてあったはずだ」

手紙類や小物入れ？　やっぱり、この男性はかなりのしたたか者だ。どうやら手紙が小物入れにしまわれていることまで知っているらしい。地図の間へ行くよう勧めるのにも何か狙いがありそうだ。とはいえ、屋敷の中でも男性の領域であるたぐいの部屋に、おばがそんな手紙をしまわせるとは思えなかった。「地図の間に？　でも、あの部屋はエヴァハートが使っているんでしょう」

この三日間、エヴァハートの姿はほとんど見かけていない。ステッキがコツコツと床を打つ音、それに片足を引きずる音は耳にしたものの、顔は一度も合わせていなかった。視界の隅で彼がほかの部屋へすっと消えるのにも何度か気づいた。けれどエヴァハートは夕食の席には現れず、夜にみんなでホイストやルーといったトランプゲームを楽しんでいるときも、参加することはなかった。パメラでさえ、夕方になると不思議と元気になり、食事と娯楽の場には顔を出している。やはりエヴァハートがカリオペをきらっていないと言ったのは嘘だったのだろう。

「いいや」モントウッドが返した。「エヴァハートは東翼にある部屋を使っている。特に夜は、ぼくがここでピアノを弾くと、北塔の建物に音が響いてうるさいと文句を言っていたしね。そうだ」ウィンクをして続ける。「ぼくがこれからピアノを弾こう。エヴァハートがまだ地図の間にいたとしても、それでさっさと東翼に戻るだろう。そのあとなら気にすることなく部屋に入れるよ」

カリオペの胸に希望が芽生えた。今夜、手紙を見つけることができれば、一週間以内にファロウ・ホールを出発できる。「ありがとう、モントウッド。ここで偶然あなたに会ってよかった」

ところがその言葉を口にするなり、希望とは別の感情が胸に押しよせた。それは失望感で、エヴァハートにきらわれたままファロウ・ホールを去ることにすっきりしないものを感じた。

「ぼくこそ、ここできみに会えた偶然に感謝するよ」モントウッドは優雅にお辞儀をして、音楽室へと消えた。

ゲイブリエルは地図の間の中二階で、巨大な地図帳を引き出しからなんとか取りだし、広いテーブルの上に広げた。天板を覆い尽くさんばかりの一冊には、南米大陸の地図が収録されている。一万ポンドを手に入れたら、自分で探検隊を結成できる。彼は自分の目で見る景色を、自分の足で踏む浜辺を想像した。何より楽しみにしているのは、砂浜でさまざまな色合いの砂を眺めることだった。浜辺の光景は、とある茶色い瞳をいつも思いださせた……。

ゲイブリエルはバーガンディ色の表紙を手のひらでなでた。一年。たったそれだけ待てばいい。もちろん、モントウッドとデンヴァーズをうまいこと結婚させる必要はあるが。カリオペに滞在を延ばすよう勧めた仕返しに、まずはデンヴァーズに狙いを定めるか。

その考えに満足して、ゲイブリエルは表紙を持ちあげた。ちょうどそのとき、階下から大きな物音が聞こえた。夜も遅いというのに誰だろうか。

彼は片脚跳びで中二階の手すりまで行き、下をのぞいてはっと身をこわばらせた。カリオペ・クロフトだ。

彼女はドアの横にいて、ゲイブリエルには気づかずにしゃがみ込み、脚付き整理ダンスの下をのぞいていた。バーガンディ色のドレスは彼の背後にある地図帳と同じ色合いで、もっと光沢を帯びている。ゲイブリエルの位置からは、背中の真ん中に並ぶ真珠のボタンがよく見えた。肩の曲線の美しさは昔と変わっていない。はじめてカリオペを見たときも、最初に目を奪われたのは肩の美しさだった。深みのある金色の巻き毛がキスをするように肩先に触れるさまにも、うっとりとしたものだ。

ゲイブリエルはごくりとつばをのんだ。これまでのところはカリオペを遠ざけるのに成功している。これ以上彼女のほうから近づかせるわけにはいかない。

「ここで何をしている？」螺旋階段の上から呼びかけると、自分の耳にさえ棘のある声に聞こえた。

カリオペははじかれたように背中を伸ばし、整理ダンスに置かれていた紙の束にぶつかって足もとに落とした。こちらを見上げる彼女の胸もとで、襟ぐりを縁取る白いレースが呼吸に合わせて伸びたり縮んだりを繰り返す。「あなたがここにいるとは思わなかったわ。誰かの邪魔をする気はなかったの」

ゲイブリエルは喉の奥で低くうめいた。邪魔をする気はなかった？　カリオペが屋敷内にいるだけで、ぼくは四六時中ぴりぴりして、彼女がどこにいるのか気になって仕方がないというのに。

階段へ向かいながら、ゲイブリエルはカリオペを観察した。社交界デビューを飾ったときに着ていた淡い色のドレスもよく似合っていたが、深い色味は彼女の肌に温かな輝きを添える。だが、いまの服装はあまりに慎《つつ》ましやかで、若い淑女というより、付き添い役の既婚女性のようだ。

美しい肩を露《あら》わにしたデザインではあるものの、胸もとは鎖骨までしか見えていない。豊満なふくらみを隠すのはもったいないというのに。五年前のドレスは乳白色の谷間を惜しげもなく見せていた。いまも思い返すとよだれが出そうなほどだ。ゲイブリエルの記憶が正しければ、カリオペの左側の胸もとには小さな薄いあざがあった。バラの花びらを思わせるピンク色で、その形は……形は……南米大陸の形だ。

ゲイブリエルはかぶりを振り、自分自身を笑いそうになった。いまも無意識のうちに彼女を求めているのか？

「ぼくはきみに邪魔されてばかりだ」カリオペにというより、自分に向けて言う。

相手はその言葉を無視して背中を折り、散らばった紙束を集めた。「ここにはいろいろなものが置かれていると、モントウッドに言われたのよ。おばがいたときに、パメラのものが間違ってここへ運ばれてきたんじゃないかと思って」

なるほど、これはモントウッドのしわざか。デンヴァーズがおとなしくなったかと思えば、今度はモントウッドだ。蛇のようにずる賢いあの男がいつ行動を起こすのかずっと気になってはいた。これまでのところ、動きを見せたのはデンヴァーズひとりだったが、モントウッドにとってはルールなどあってないようなもので、その点が気がかりだった。

もっとも、この賭けにおいては、ぼくもルールに従うつもりはない。今回ばかりは例外だ。ゲイブリエルは鉄製の手すりをつかみ、これがモントウッドの喉頸ならと強く握りしめてから、階段を一段ずつおりはじめた。途中でふたたびカリオペのほうを見ると、すでに背中を起こし、うなじを手で押さえながら拾い集めた紙束に目を通している。

「どうしてうなじを押さえているんだ？」

カリオペはこちらへ向けた顔をわずかにしかめた。「見ればわかるでしょう」

彼女のむっとした口調に、ゲイブリエルは不思議な親しみを覚えた。カリオペは不機嫌だ。彼女にしては実に珍しい。そしてその姿には愛嬌《あいきょう》があった。もっとも、機嫌が悪いのは首が痛むせいらしく、それを思うとおもしろがってはいられなかった。「屋敷のあちこちを探し回るからだ。いい加減にあきらめたらどうだ」

「もう、みんなに知られているの？」カリオペがつぶやくのが聞こえた。この部屋では音がよく響くことに気づいていないようだ。「わたしの探しものはあなたにはなんの関係もないわ」

むしろ、おおありだ。理由はいくつでも挙げることができたが、彼女に手紙探しをあきらめさせたいのは、ゲイブリエル自身のためだけではなかった。あの手紙は――カリオペ宛の手紙も――永遠に葬られるほうが誰にとっても幸せだった。それに、カリオペが首を痛めてつらそうにしているところは見ていられない。

「ここに滞在してもう何日にもなるのよ。わたしは――その、わたしのい、い、い、とこは、どうしてもあの手紙を見つけたがっているの」カリオペの声には疲労感が滲み、目の下にはくまができている。「それに、ハープからパメラの気をそらせるものが必要なのよ。かわいそうなネルを少しは休ませてあげなきゃ」

罪悪感が胸をちくりと刺し、ゲイブリエルは錬鉄細工で飾られた段に腰をおろした。カリオペが首を痛めている責任の一部はぼくにある。いいや、一部どころではなさそうだ。「ソファの隅にクッションがのっているから、ここに持ってくるんだ」

カリオペはうなじから手をおろすと、愛らしい肩を怒らせた。「いまのは王様からの命令かしら？　人にものを頼むときの言葉ではなかったようだけど。相手が病人ならともかく、人に顎で使われるのはお断りよ」

カリオペみたいにぴしゃりと言い返してくる若い女性はほかにはいなかったな。ゲイブリエルは彼女と離れていた日々を胸の中で振り返った。この五年間、彼女のようにぼくに挑んでくる女性はひとりとしていなかった。誰とつき合っても味気なく、欲求不満ばかりが残った。満たされたいと思っても無理なのはわかっている。カリオペを手に入れることはできないのだから。その一方で、彼女が痛みに苦しんでいるのを見て見ぬふりもできなかった。首の痛みを取り除く方法を知っていればなおのことだ。少しのあいだだけなら、ぼくだって誘惑をしりぞけられるはずだ。

「ソファの隅にクッションがのっているんだ、ミス・クロフト。ぼくがいる場所まで持ってきてもらうことはできないだろうか」

「まだどこか見くだされている気がするわ」彼女は立っている場所から動かずにため息をついた。

「少しばかりの忍耐力を示してもらえれば、そうではないことをきみに見せられるんだが」

カリオペは思案顔で唇をすぼめ、目を細くして彼を観察した。「具体的には何を見せるつもり？」

「きみは忍耐力がないうえに生意気だな」ゲイブリエルは苦笑した。「どうすればいい？ぼくは友情を示そうとしているのに、きみにはそれを受け入れる気がないらしい」

カリオペはブルーの四角いヴェルヴェットを指さしてから、ソファへまっすぐ向かった。

「あなたが友情を示すためにはそのクッションが必要なの？」

胸の中に渦巻いているのは友情ではなく欲情だが、それを打ち明けることはできなかった。

「ああ」ゲイブリエルはクッションの上で止まっている華奢《きやしゃ》な手を見つめて嘘をついた。

カリオペがクッションの角をつまんで持ちあげる。「それなら受け入れるわ」

彼は心臓が乱れた鼓動を打つのを感じた。

ゲイブリエルに視線を据えたままカリオペは部屋を横切り、唇に微笑を浮かべた。その笑みが彼に告げる。〝あなたにきらわれようと、わたしはわたしよ〟

こんな光景を何度想像したことだろう。カリオペのまなざしはぼくひとりに向けられている。そして部屋のドアが開いているとはいえ、ほかには誰もいない。彼女のドレスの背中にはボタンが六つ並んでいるだけだ。それはさっき数えた。髪をまとめている飾り櫛はたったのふたつ。彼女がボタンをすべてはずして肩に髪を広げ、微笑みだけはそのままに、部屋を横切って近づいてくるところを見てみたい。

ゲイブリエルの激しい胸の鼓動は、いまや下半身までずきずきとうずかせていた。

カリオペは階段の下で立ち止まると、戴冠式で王に宝玉を差しだすかのように、両方の手のひらにクッションをのせて持ちあげた。「クッションでございます、閣下」

ゲイブリエルは刺繍が施されたヴェルヴェットを受け取り、自分が腰掛けている段のひとつ下に置いた。脚を大きく開いて、彼女のために空間を作る。「ここに座ってくれ、ミス・クロフト」

「座るの？」カリオペは驚いて目をしばたたいた。「まさかわたしに座らせるために、クッションを持ってこさせたわけではないんでしょう？」

「いいや、そのつもりで持ってきてもらった。ぼくに背中を向けて座ってくれ」クッションをぽんと叩く。「さあ早く。今度はぼくの忍耐力のほうが尽きそうだ」

彼女は警戒の目を向けている。「あなたの友情と引き替えに、わたしは高い代償を払わされるんじゃないでしょうね」

「心配しすぎだよ。とんぼ《ドラゴンフライ》が飛んでいると聞いて、ドラゴンが襲ってくると慌てるようなものだ」ゲイブリエルは舌打ちをしてたしなめた。「首が痛むんだろう。ぼくはそれを楽にする方法を知っている。ただそれだけだ」

カリオペは断ろうとして首を振り、すぐに痛そうに顔をしかめた。それで考え直したらしく、クッションを見おろしてから、ゲイブリエルを見上げる。「首の痛みを楽にしてもらうには、あなたに背を向けてクッションに座る必要があるのね」

ゲイブリエルは片手を差しだした。彼女がそうすることをどれほど熱望しているかを、自分の鼓動がどれほど高鳴っているかを、相手に気づかれないよう願いながら。「ぼくは友情のしるしとして手を差し伸べているだけだ、ミス・クロフト」

カリオペはためらいながら彼の手のひらに自分の手を重ねると、一段目に足をのせた。彼女の冷たい指も、ゲイブリエルの中で燃えさかる炎を鎮めてはくれない。手を引かれて、カリオペは一段、二段とあがった。三段目でくるりと背を向けて腰をおろす。

ゲイブリエルは彼女の体を太股ではさみ、ほっそりとした曲線を描くうなじと肩を見おろした。不意に熱い興奮が駆けおりて、下半身が反応する。だが、カリオペが背中をそらしてよりかかりでもしないかぎりは、気づかれることはないはずだ。

カリオペの肩に両手を置き、肌と肌が直接触れる歓《よろこ》びにうめき声を漏らしかけた。相手のほうは若干反応が異なり、体をこわばらせている。やっぱりやめるわという彼女の言葉が、いまにも聞こえてきそうだ。

ここでカリオペを怖《お》じ気《け》づかせてはいけない。「中国の按摩《あんま》という療法は、きみも聞いたことがあるだろう」安心させようとして言ったが、かすれた低い声は飢えているかのようだ。

ゲイブリエルは彼女の首へと手をあげ、うなじの骨の両脇を親指でゆっくり押していった。

「いいえ、聞いたことがないわ」カリオペは少しだけ体の力を抜いた。細い後れ毛が彼の親指をくすぐる。

「何世紀にもわたって道教に伝わる療法だよ」ゲイブリエルの声は低く、弱々しい。まるで最後の息を吐きだすかのようだ。その一方で、脈打つ股間には勢いよく血潮が流れ込んでいた。彼女に触れるなんてとんでもない考えだった。

そして、それを考えついたことにゲイブリエルは心から満足していた。

彼は指先で鎖骨の縁をかすめて細い肩をつかみ、親指で円を描いた。

カリオペがかすかに〝あっ〟と吐息のような声を漏らし、ゲイブリエルの股間で硬くなっているものがさらに膨張する。彼の変化に気づいたのか、カリオペはふたたび体をこわばらせた。「エヴァハート、あなたはわたしを誘惑しようとしているの？」

「ぼくがその気なら」ゲイブリエルはくくっと笑い、軽口を叩くふりをした。「女性にそんな質問をさせる間は与えないよ」それが嘘なのは自分でもわかっている。彼女を誘惑したかった。ゆっくりと時間をかけて。

この五年間、カリオペの肌に触れたいと思い焦がれてきた。一度触れさえすれば満足できると、さっきはちらりと思いさえした。だが、それは思い違いだった。

真珠のボタンに誘われて、ゲイブリエルは肩甲骨の上部をそっともみほぐした。吐息まじりの声がふたたびあがる。ただ今度は、彼の熱い両手の下で、カリオペは体をこわばらせなかった。

「小説ではよくある――よくあるんですって」彼女は慌てて言い直した。「若いヒロインが誘惑されていることに気づいたときには、すでに手遅れになっていることが」

女だてらに本好きなのだと、カリオペはうっかり口をすべらせたが、それは前から知っていた。カリオペに惹《ひ》かれた理由のひとつであり、今日も彼女が図書室のドアの奥へと消えるところをゲイブリエルは目撃していた。

彼女をもっと見たいという衝動を抑えることはできなかった。ゲイブリエルは細い廊下の先に使用人専用のドアがあるのを見つけると、そこからこっそり図書室に入り、衝立《ついたて》の裏から彼女を眺めた。カリオペは本棚を調べては、次々と本を手に取って開いた。どの本も目を通すのは最後のページのみで、彼女は気に入った本を見つけると、それを胸に押し当ててほっとため息を漏らした。その吐息にまざる切望なら、彼もいやというほどよく知っている。物語がハッピーエンドで終わるかどうかを、彼女は確かめていたのだろう。カリオペは気に入った本を三冊見つけるのに一時間以上かけていたが、ゲイブリエルは退屈するどころか、その一分一分を楽しんだ。

いまこうして彼女とふたりきりでいることもだ……。

カリオペは気持ちよさそうにして、頭を前に垂らした。狂おしい欲情がゲイブリエルの体を駆け抜けたものの、この甘い責め苦を急いで終わらせる気はなかった。

「誘惑されているのに気づかないなんて、ぼくには想像できないね」身を乗りだしてカリオペの髪の香りを吸い込む。ローズウォーターとミントのほのかな香りが立ちのぼり、ゲイブリエルの鼻腔に広がった。「若いレディは、頭の中でいつも理性の声ががみがみと言っているものじゃないのか?」

なめらかなぬくもりの上ですべる自分の指の動きを、ゲイブリエルは目で追った。しなやかな肌はやさしくもみほぐされて、うっすらと色づいている。ずっと想像するだけだったが……これでわかった。夢見ていたのと同じように、もしかするとそれ以上に、カリオペの肌はやわらかい。

「好奇心の声も聞こえるものよ」よほど心地がいいらしく、カリオペの声はかすれている。「それに、わたしたちは学ぶために生まれてくるものでしょう? あなたがこのすばらしい療法を学んだように」

それに、好奇心はおとなしくさせられないときもあるものだ。

それ以上我慢するのは無理だった。誘惑をしりぞけることができるなどと、ぼくは本気で思ったのか? 「そのとおりだ、ミス・クロフト」

もう一瞬も待つことはできず、ゲイブリエルは頭をさげて彼女のうなじに唇を押し当てた。

7

カリオペはびくりとした。とろけていた背骨を、頭のてっぺんから矢で貫かれたかのようにまっすぐに伸ばす。「い、いま……キスをしたの？」

「キス？」エヴァハートは愉快さと驚きがまざった声で、背後から問い返した。「おいおい、ぼくはきみの首と肩が楽になるよう、もみほぐしているだけだろう。不適切な意図はない。人差し指に中指、薬指、それに小指はここだ」それぞれの指で肩の上を叩いてみせる。「そして親指はここ」首のつけ根の筋肉が凝っている箇所に、彼は親指を押し込んだ。

カリオペは声をあげないようこらえた。でも、小さなあえぎ声は漏れたかもしれない。肩こりを治すこの療法は何世紀も前からあるとエヴァハートは話していたが、彼女はこれまで聞いたことがなかった。けれど、やめてほしいとは少しも思わなかった。

「何かがうなじに当たるのを感じたわ。あれは絶対に指ではなかったわよ」反論したものの、声に力が入らない。腹立たしい気持ちになるのは難しかった。肩だけでなく、ありとあらゆる部分を彼の両手でまさぐられているかのように、体に心地よいざわめきが広がっていく。

「きみはうなじに唇が触れる感覚を経験から知っているのか？」エヴァハートは今度は手の

ひらのつけ根を使って、彼女の肌をもみはじめた。

カリオペはまたも声が出そうになるのをこらえた。「いいえ、そうではないけど、違いぐらいわかる――」

「いいや、わからないね」彼はあっさりと断じた。「うなじに唇が触れる感覚を知らないのなら、たとえ本当にキスをされたとしても――ぼくはしていないが――きみにはわかりようがない。ほら、さっきみたいに頭を前に垂らしてくれ。力むと首を痛めるよ」

ああ、なんて気持ちいいの。エヴァハートの指使いについて、耳にしていた噂はどれも本当だった。舞踏会で未亡人たちが扇の陰でささやく言葉に耳をそばだてるのは慎みがないけれど、ひそひそと交わされる話ほどおもしろく、忘れることができない。

だけど、いくらわたしの想像力が豊かとはいえ、さっきのは想像ではなかった。「わたしのうなじに触れたものは、あなたの指よりずっと温かかったわ」

「ぼくの手は冷たいと言っているのかい？」エヴァハートは大胆にもドレスの中に親指を潜り込ませた。残りの四本の指はカリオペの肩に沿ってすべらせる。

気持ちがよすぎてとろけそう。「いいえ、そうは言っていないわ。ただ、親指よりもやわらかな感触で、火鉢から立ちのぼる熱気のように温かかった」

「ふうむ」エヴァハートがつぶやく。その深い響きは錬鉄製の段を通してカリオペに伝わった。「どうも不可解だな。これとは本当に違うんだね……」彼は親指の腹でうなじをなでおろし、カリオペの体に心地よいさざ波を広げた。

お願い、もう一度やって。「ええ、違うわ」

エヴァハートが彼女の背後で体を動かす。「これはどうかな」彼が背中に近づいた。熱い吐息がカリオペのうなじにふわりとかかり、後れ毛を揺らす。「きみはぼくの吐息を肌に感じた、ただそれだけだったんじゃないか」

彼が言うと罪深くて淫らな行為に聞こえた。

エヴァハートは急ぐことなく、彼女の肩と首をじっくりと手で圧迫した。深い部分の凝りがほぐれ、新たなうずきが生みだされる。それははじめてなのに懐かしい感覚で、自分が本となって、彼の吐息でページがめくられていくようだった。

知り合ったばかりの頃からエヴァハートはカリオペに冷たく、ほかのみんなに対する態度と明らかに違っていた。それが急に友情を示したいと言いだしたから、警戒したのだ。けれど心地よいひとときに浸っているうちに、警戒心も薄れていった。カリオペ・クロフトは、わたしは、いまを生きている。本の中の出来事ではなく、いまこの時を。

また吐息がうなじに触れた。彼の唇がふたたび肌に押し当てられる。

「エヴァハート、いまのはキスでしょう？」答えはわかっていたが、彼にそうだと言わせる必要があった。

「いいや、違うね、ミス・クロフト」彼女の肌をそっと噛みながらエヴァハートが言った。肩に置いた手を胸もとにすべらせ、胸のふくらみを覆うレースの縁取りの下を愛撫する。「ぼくはうなじに唇が触れる感覚をきみに教えているだけだ。今後、うなじにキスをしたと別の男を非難する必要が生じたときのためにね」

それはありそうもないことだったが、カリオペは何も言わずに続けさせた。エヴァハートは放蕩者だから、誘惑するのは性分なのだろう。それに、熱っぽい唇を押しつけられるほうが、冷ややかな態度であしらわれるよりはましだ。指先でそっと愛撫されて、胸の先端が硬く尖った。彼に触ってほしい。背中をのけぞらせてしまいそう。

少しのあいだ男性とふたりきりでいるだけなら、体面に傷がつくことはないはずだ。それに、手紙さえ見つかれば、わたしはこの屋敷を去る……。

手紙。

もともと地図の間に来たのはそのためだったことをカリオペは思いだした。なのにどうして忘れたの？　それは……エヴァハートの巧みな手と唇がわたしに忘れさせたのだろう。とはいえ、目的を思いだしたからには、ふたたび忘れることはできなかった。

カリオペはクッションからすばやく腰をあげて階段をおりた。怖じ気づいたと思われないよう、両手でドレスをなでつけてエヴァハートを振り返る。だが、それが間違いだった。

暖炉の明かりが、彼の濡れた唇を光らせている。キスをされたうなじが不意にひんやりして、カリオペは体を震わせた。青緑色の瞳は重たげなまぶたの下で翳《かげ》っている。エヴァハートは自分のふるまいを弁解することもなく、階段をもう一度あがるようなまなざしで訴えかけた。彼の魅力はあまりに強烈で、カリオペは心がぐらついた。

エヴァハートの無言の懇願を拒絶して、頭を振る。「あなたに邪魔をされたせいで、ここへ来た目的を忘れていたわ」

彼は口もとに皮肉っぽい笑みを浮かべた。「ぼくが相手でよければ、次はきみに最後まで経験させてあげよう」

膝から力が抜けそうになるのと同時に、疑念が頭をもたげた。きょうだいが多いおかげで、相手にからかわれているときはすぐにわかる。それに、エヴァハートはふたりの友人相手に賭けをしていて、いまは女性に手を出せないはず。つまり、エヴァハートはカリオペに〝最後まで経験させて〟彼女の体面を傷つけるようなことは絶対にできないはずだ。だったら、なぜそんなことを言うのだろう。「わたしたちは友人同士でしょう、エヴァハート。友人なら、相手を怖がらせるようなことは言わないものよ」

「ぼくたちは友人同士にはなれないようだ、ミス・クロフト」またも怖がらせるような言葉だ。しかし、エヴァハートの目つきは別のことを告げていた。〝ぼくたちは友人同士よりももっと、もっと深い関係になれる〟それは彼がすべての女性に向けるのと同じ目つきだった。

誘惑に値する女性だと見なされたことには興奮するけれど――これまでエヴァハートからは非難の目しか向けられなかった――彼にきらわれていると思っていたときよりも、なぜか寂しい気がした。これでわたしはほかの女性たちと何ひとつ変わらなくなった。別に、エヴァハートに特別扱いしてほしいわけではない。ただ、すぐに忘れ去られるような存在ではなく、誰かにとって特別でありたかった。

カリオペはこわばった笑みを浮かべて、エヴァハートに拒絶されて傷ついていることを隠した。「友人同士になることもできたわ。あなたが人を見くだしてばかりの、うぬぼれた気取り屋でなければね」

相手があ然として口を開けるのに満足し、カリオペは優美なお辞儀をして退室した。


ゲイブリエルは螺旋階段にぐったりともたれかかった。段の硬い角が上着越しに背中に食い込むが、うめき声を漏らしたのは、痛みよりも欲求不満からだ。

なじみのある笑い声が戸口から響いた。「いまミス・クロフトはきみのことを、人を見くだしてばかりの気取り屋と呼んだのか？」

ゲイブリエルはモントウッドを見ようともしなかった。「いいや。〝うぬぼれた〟が抜けている」

「ますます最高だ」グラスがぶつかる音がした。ゲイブリエルは飾り棚に残っている瓶を思いだし、モントウッドはウイスキーをついでいるのだろうと推測した。「彼女、やけに急いで出ていったな」

「ぼくがそうするようにした」これで二度とここには戻ってこないだろう。ゲイブリエルはすでに誘惑に一度負けてしまった――うなじへの二回目のキスを数に入れれば二度だ――そしてこの先も同じ過ちを繰り返す可能性がある。

そんな危険は冒せなかった。失うものがあまりに大きすぎる。どんな状況であれ、ゲイブリエルに正しいふるまいを期待するのは無理なのだと、カリオペにはっきりわからせる必要があった。

モントウッドは舌打ちした。「きみはそう簡単には勝たせてくれないな」

「絶対に勝たせないさ」モントウッドの落ち着いた足音が近づいてくる。ゲイブリエルは体を起こすと、差しだされたグラスを受け取り、ウイスキーをひと息に飲み干した。

「賭けのためなら、ほしいものをあきらめるのか？」

賭けのためだけではない。ゲイブリエルにはもっと根深い理由があった。「きみだってそうだろう？」

モントウッドは返事をしない。代わりに、暖炉へ移動して、火格子に積まれた薪をつついている。薪はぱちぱちと音を立てて爆《は》ぜた。「それなら、きみはこの一年が過ぎたらミス・クロフトと結婚するのか？」

信じられないことだが、カリオペはゲイブリエルにきらわれているとずっと思い込んでいたらしい。彼に非難されていると思っていたのだ。それを知って、動揺するのと同時に安堵した。いくらでも誤解していればいい、それでぼくに近づかないのなら。

「ファロウ・ホールを去る前に」ゲイブリエルは陰鬱な気分で言った。「彼女は二度とぼくの顔など見たくないと思うようになるさ」

8

ゲイブリエルは屋根裏部屋の奥の小窓を開けた。湿った冷たい風が吹き込み、目を閉じる。肌に滲んでいた汗に早朝の空気が触れて、体がすっと冷えた。ステッキと片方の脚で交互に階段をのぼり、屋根裏部屋までようやくたどり着いた。ひと晩中つきまとっていたむなしい欲望も、体を動かせば発散できると期待したい。

普段から朝の早い時間は好きだった。異国の地を旅しているあいだは、地球上のどの場所にいても、朝陽がのぼり、新たな一日が目覚める最初の気配を感じながら、旅日記をつけるのがゲイブリエルの日課だ。リンカンシャーにも独特な朝の気配があった――常緑樹の大きな枝のあいだをそっと吹き抜ける風のささやき、使用人たちが忙しげに歩き回る静かな足音とひそひそとしゃべる声の合奏。いま自分が地図上のどこにいるかわかっているのは安心感があった。そんな本音は、当てもなく漂う浮き雲のような紳士として知られるゲイブリエルが、人前で口にできることではなかったが。

世界をさすらい、探検することをこよなく愛する男。彼は誰からもそう思われていた。それは間違いではない。新たな景色や音、におい、それに味を体験するのは大好きだ。だが、そんなすばらしい体験にも、欠けているものがあった。

それが何かはもちろん知っている。二八歳にもなれば、人は自身の心のありようを見つめるものだ。旅がどれほど孤独なものかは身をもって学んだ。旅の友がいても寂しさは紛れない。英国を離れているあいだ、ゲイブリエルの心にはつねに望郷の念があった。自分の屋敷に帰るつもりはなくとも。

生まれ育った屋敷、ブライア・ヒースへの強い郷愁を感じるようになったのは最近のことだ。ゲイブリエルはそれが不安だった。屋敷への思いから逃げだしたかった。リンカンシャーから逃げだしたい。カリオペ・クロフトと、彼女が体現するすべてのものから。だが、足首の骨折と資金不足のせいで、それは無理な願いだ。ゲイブリエルはこの場所から動くことができなかった。

そのためよく眠ることができず、夜明け前にベッドを出たのだ。

小窓から離れ、ゲイブリエルは胸の重しのひとつを取り除くために、木箱の中を次々と掻き回しはじめた。三つ目の箱に取りかかったところで、目当てのものが見つかった。「あった。これなら役に立つだろう」

ヴァレンタインが蠟燭のともった燭台を手に、ゲイブリエルの隣に立っている。「どうなさるおつもりで?」

「きみはこの木箱をよく覚えておいてくれ」ゲイブリエルは床に置いた蓋を持ちあげてふたたび木箱にのせ、探しものをした痕跡をすべて消した。「中にオルゴールがしまってある。

われわれの客人の中に、これを発見すれば大いに喜ぶ者がいるはずだ」

ヴァレンタインの表情は変わらない。「お客様がオルゴールをご所望でしたら、わたくしがお届けいたしますが」

「いや、ここにしまっておくのは、その客人に発見させるためだ」執事にオルゴールを持っていかせたら、カリオペから質問攻めに遭うだけだ。〝好奇心の声も聞こえるものよ……〟ここで好奇心を働かせてもらってはぼくが困る。

ゲイブリエルは息を吸い込んだ。「ミス・クロフトがメイドのネルをハープの演奏から解放してやりたいと口にしたら、パメラの気分転換になるものが屋根裏部屋に何かしまってあるかもしれないと、それとなく助言してくれ」

ヴァレンタインは珍しく驚きを見せてわずかに眉をあげ――実際にはぴくりと動いた程度だ――すぐに平然とした顔つきに戻って頭を傾けた。「承知いたしました、閣下」

「ネルもこれで通常の仕事に戻れるだろう」執事が誤解しないよう――もしくは本当はカリオペのためだと正しく理解しないよう――言い訳をつけ加える。責任感が強い一面は、ゲイブリエルが世間に信じ込ませている姿と矛盾するため、いつもはできるかぎり見せないようにしていた。責任感があるとわかれば、自分の屋敷を持つ準備ができていると思われてしまう。幸い、ヴァレンタインはものわかりがよく、ファロウ・ホールの家政全般に関して、ゲイブリエルが指示を出していることをほかの者たちには伏せてくれていた。

本音を言うと、ゆうべのふるまいの償いに、カリオペのために何かしたかった。ネルが解放されることでカリオペが喜ぶのなら、たとえ陰からでも願いを叶《かな》えてやりたい。

しかし、そう考えたところで、別の不安が頭をよぎった。オルゴールを発見したら、カリオペ自身、いとこから解放されて、屋敷の中を歩き回る時間がさらに増えるのではないか？カリオペにはいとこの世話をするばかりではなく、滞在を楽しんでほしいものの、彼女が屋敷内のどこにいるかはつねに把握しておきたかった。それでこちらも安心できる。

むろん、カリオペがこの屋敷にいなければより安心だが。少なくとも頭ではそう考えているというのに、ゲイブリエルの心はどんどん分別をなくしていた。ひとつだけ断言できるのは、カリオペを忙しくさせておく必要があることだ。だが、その方法は？

ステッキを手に、ゲイブリエルは狭い階段へと引き返し、ふと足を止めた。「もうひとつ頼みがある、ヴァレンタイン。こんにちより、屋敷内のことに関しては、ミス・クロフトに指示を仰ぐようミセス・マーケルに伝えてくれ」

これでカリオペは忙しくなり、地図の間に入ってくることはなくなるだろう。そして、ぼくが誘惑にさらされることも二度とない。


「ミルトンがミスター・デンヴァーズとルーカン卿と一緒に、狩りへ出かけてくれて本当によかったわ」パメラは枕によりかかり、窓のほうへ首を傾けた。「心の健康のためにも外出は必要でしょう。彼ったら、わたしにべったりだから、ときどき心配になるほどよ」

カリオペは上げ下げ窓を押しあげた。湿った冷たい空気を吸い込み、屋外の光景を見て笑みを浮かべる。ゆうべの雨でところどころ雪が解け、茶色い地面と濃灰色の石畳が顔をのぞかせている。柊《ひいらぎ》の茂みにぐるりと囲まれた、ギリシャ風の東屋《あずまや》が遠くに見えた。柱を覆う蔦《つた》は干からび、蜘蛛の巣が貼りついているかのようだ。そんな気が滅入る光景も、カリオペの陽気な気分を損なうことはなかった。それは今朝見つけたもののおかげだ。

「どちらかにべったり依存するのはどうかと思うけれど、夫婦は支え合うものでしょう。そうしてそれぞれの負担を軽くすることができれば理想的だわ」カリオペは自分の両親のことを思い返した。この点に関しては、父と母は本当にお似合いの夫婦だ。父は健康が衰えたいまでも、母の唇に笑みをもたらすためならなんでもやるし、母も父のために尽くしている。

「寒いわ」いとこがぼやいた。カリオペは〝びっくりするものがあるのよ〟と言って、ベスとふたりで窓際に円テーブルを用意したところだったが、それだけではまだパメラの気分を明るくすることはできなかったようだ。

新鮮な朝の空気をもうひとつ吸い込んで、カリオペは窓を閉めた。屋根裏部屋の木箱の中にオルゴールを発見したのは、思いがけない幸運だった。あそこにさまざまな物がしまわれていることをヴァレンタインが教えてくれなければ、かわいそうなネルはいまこの瞬間もハープの弦を赤く染めていたことだろう。念には念をと、カリオペは弦の張り替えという口実で、従僕ふたりに部屋から楽器を運びださせていた。

これで準備ができたわ。ネジを回すと、愛らしい響きが流れだし、寝室を満たした。

パメラは目を輝かせて顔をあげた。「わたしのためにオルゴールを持ってきてくれたの?」

「三〇分近くもメロディを奏でるそうよ」カリオペは満面の笑みを浮かべた。これで心配事がようやくひとつ減り、ネルの指が削れてしまう恐れはなくなった。あとは交代でネジを巻くだけで、パメラを楽しませられる。カリオペとネル、それにベスの三人でやれば、楽な仕事だ。

ゲイブリエルは広間の奥の少し離れたところから、カリオペがにこにこと微笑んで通り過ぎるのを眺めた。屋根裏部屋での朝の探索は、どうやら実り豊かだったようだ。彼は満足すると、足音を忍ばせて廊下の角を曲がり、着替えのために自室へ向かった。

この屋敷でゲイブリエルの従者を務めているフィッツロイが、部屋に紅茶を用意している頃だろう。だが、いまは食べるものもほしいところだった。空腹でいると、カリオペの肌の味を思いだしてしまう。誘惑に負けたのは深刻な過ちだった。舌には彼女の肌の甘やかな後味が残り、飢えがいっそう募った。

部屋に入ると、フィッツロイはいつもどおり紅茶のポットを用意していた。銀の蓋付きの大皿もある。従者は大口を開けてにかっと微笑んだ。奥歯まで見せてウサギのような顔つきだ。「おはようございます、閣下。気持ちのよい朝で何よりです」

ゲイブリエルはお辞儀をする従者をまじまじと見た。普段と比べると、いやに陽気な挨拶だ。室内を見回しても、変わったところはなく、ベッドの上には着替えが用意されていた。白いシャツにはアイロンがかけられ、その横には金の縞《しま》模様のベストが並んでいる。濃緑色の上着にはブラシがかけてあり、クラヴァットは汚れひとつなく、淡黄色のブリーチズに、ウールの長靴下もそろっていた。ベッドの足もとのほうにある長椅子の横には、ぴかぴかに磨き込まれたヘシアンブーツが置かれている。いまは片方しか履かないが、フィッツロイはつねに両方を用意した。

　ゲイブリエルはベッドのフットボードにステッキを立てかけ、ゆうべから着ていた上着を肩からすべらせた。地図の間で眠って朝に着替えるのが最近の習慣だ。「何をにやにやしているんだ、フィッツロイ？　またメイドの誰かが部屋を間違えて、おまえのベッドに潜り込んできたのか？」

　フィッツロイははじかれたようにゲイブリエルの背中へ駆けより、上着を受け取った。近くの椅子の背にそれをかけて、真っ赤な顔をする。この従者は照れ屋ながら、女性の使用人たちに長靴下を脱がせるのはなぜかうまいのだ。「失礼しました、閣下。おめでたいお話に使用人たちはみんな沸き立っておりましたもので。わたくしが一番最初にお祝いを言わせていただいてもよろしいでしょうか？」

「一体なんのお祝いだ？」

「公式な発表はまだのようですが」フィッツロイはさらに大口を開け、いまやあり得ないほど満面の笑みを浮かべている。「ミスター・ヴァレンタインがかなりはっきりとほのめかしまして、近々ミス・クロフトはレディの称号を得られるようだと」

「ミス・クロフトが？　ヴァレンタインはどこからそんな話を――」ゲイブリエルははっと

口をつぐんだ。今朝、家政のことはミス・クロフトに相談するようミセス・マーケルへの伝言を頼んだときに、ヴァレンタインは、それはすなわちカリオペが屋敷の女主人になることを、ひいてはレディ・エヴァハートになることを意味すると解釈したに違いない。

みずから墓穴を掘るとは！　モントウッドとデンヴァーズの罠を心配する前に、自分の愚かさに気をつけるべきだった。

ゲイブリエルは天井を仰ぎ、苦々しい笑い声をあげた。「祝いの言葉は不要だ、フィッツロイ。ぼくは手紙ひとつのために客人が屋敷の中を引っ掻き回さないよう、仕事を与えて忙しくさせただけだ」

従者はみるみるしょげた。「その手紙のことでしたら、レディ・ブライトウェルの持ちものをすべて確認したと、メイドたちが話していました。象牙の持ち手がついた小物入れと手紙は見つからないそうで」

「手紙を一番見つけたがっているのは、レディ・ブライトウェルではないようだが」ゲイブリエルはつぶやいてから、改まった口調で命じた。「もしもきみやほかの使用人たちがその手紙を見つけたら、ただちにぼくのところへ持ってくるように」

「承知いたしました、閣下」

ヴァレンタインを呼びに行かせようと、ゲイブリエルは口を開いた。混乱を招くのを避けるため、執事への指示は撤回し、家政に関してはこれまでどおりぼくに確認するようミセス・マーケルに伝え直そう。

だが、何も言わずに口を閉じる。考えてみると、この誤解はむしろ好都合かもしれない。うまくいけばカリオペはこれをぼくのいやがらせと受け取り、怒って屋敷から出ていくだろう。

カリオペはパメラの寝室からそっと抜けだすと、カチリと小さな音を立ててドアを閉め、廊下を進んだ。新たに手に入れた自由な時間を使って、手紙を探しだし、今度こそカサノヴァの正体を暴くつもりだ。

角を曲がったところで、彼女は家政婦とぶつかりかけた。「まあ！　ごめんなさい、ミセス・マーケル」

「こちらこそ失礼しました、ミス・クロフト」家政婦は慌てて腰を落としてお辞儀をした。なんだか態度がおかしい。何より、爵位も社交界での地位もないカリオペを相手に、お辞儀をするのは奇妙だった。「ちょうどお探ししていたんです。話をする時間はありますか」

「わたしと？」カリオペは胸に手を当てた。どうして家政婦が自分と話したがるのか見当もつかずに面食らったものの、屋根裏部屋での宝探しのあと、木箱の中身を散らかしたままだったのをすぐに思いだした。「ごめんなさい、屋根裏部屋を散らかしたことね。これからきちんと片づけるわ」

「まあ、そんな心配はなさらないでください。あそこは従僕たちがもうきれいにしましたから」ミセス・マーケルはにっこりとした。「それに、ネルのためにわざわざありがとうございました。働き手が戻ってきたおかげで、こちらの仕事もうんと楽になったんですよ」

「それはわたしではなく、ミスター・ヴァレンタインのお手柄よ。彼が屋根裏部屋に行ってみるよう勧めてくれたの」カリオペは謙遜した。オルゴールひとつでこれほど感謝されるとは予期していなかったが、あの偶然の発見がますますうれしいものに思えた。「けれど、わたしにできることならなんでもお手伝いするわ」

ミセス・マーケルは目を輝かせた。「でしたら、お時間があれば、シーツやタオル類の在庫数についてご相談させてください。夕食に使用する食器や食事の内容なども、ご要望をおうかがいいします」

カリオペはあ然として目をしばたたいた。「そんな大切なことを相談してもらえるのは光栄だけど、わたしはこの屋敷に滞在しているだけだもの、出すぎたことはできないわ」

「出すぎたことだなんて、とんでもない。ご意見をいただければ、こちらもありがたいんです」

いまこの屋敷にいる中で、家政に口を出す権利がある女性をひとり選ぶとしたら、男爵夫人であるパメラをおいてほかにはいない。とはいえ、パメラのことだ。きっとミセス・マーケルに相談されて、すげなく断ったのだろう。

ファロウ・ホールの家政婦として、家事全般にひとりで目を配るのは骨の折れる仕事だと想像がついた。カリオペの両親は、長女の管理能力を信頼して、ロンドンに所有している街屋敷《タウンハウス》の切り盛りをカリオペに手伝わせている。でも、これほど大きな屋敷の家政について意見を聞かせてほしいですって？　めまいがするほどの大役だけれど、独身女のわたしには、こんな機会は二度と訪れないだろう。「ええ、わたしでよければ引き受けるわ、ミセス・マーケル」

「では、居間にお茶を用意させましょうか、ミス・クロフト？」家政婦は当の部屋のドアを開けた。

カリオペはうなずいて中に入った。ミセス・マーケルはメイドのひとりに指示を与えている。縦長の細い窓から射し込む淡い灰色の陽光が、壁紙の鮮やかな緑の縞模様をやわらかな色合いに変えていた。飾りボタンがついた二脚の椅子のあいだに、低いテーブルが置かれている。卓上にはメモ用紙が一枚のっていて、几帳《きちょうめん》面な字が並んでいた。よく見てみるとそれは目録で――しかもずいぶんと長い――タオルやシーツの枚数から、食器棚にしまってある蠟燭の在庫数まで、細かく記載されている。

かなり忙しくなりそうね。これではいとこの相手をする時間も、手紙を探す暇もなくなるかもしれない。それでも、心の一部分はこの新しい挑戦にわくわくしている。

わたしがファロウ・ホールの監督役？　これまでの人生で最大の栄誉だわ。

9

「紳士諸君、今日の狩りはどうだった？　まあ、どんな立派な獲物を仕留めてきても、調理するのはわれらが料理人ミセス・スワンだが」ゲイブリエルは、地図の間に入ってきた夜会服姿のブライトウェルとデンヴァーズに尋ねた。

夕食前は通常、客間に集まるものだが、地図の間で夕食をすませるゲイブリエルのためにヴァレンタインが特別に用意する珍味を――折れた骨の回復のためにも滋養物の摂取は大切だ――狙って、紳士たちは代わりにここにつどうようになっていた。あいにく、今日はヴァレンタインがトレイを運んでくるのが遅れている。

料理人の腕前を思いだし、ブライトウェルはげんなりとした顔つきになった。「ウサギとライチョウだよ」

「われわれの食卓にあがる頃には、どちらも謎の硬い肉塊に変わっていることだろう」ゲイブリエルは笑い声をあげてソファの上でくつろいだ。足もとにいた犬が濡れた鼻面を手に押しつけるので、頭を掻いてやる。

デンヴァーズは飾り棚の前に立ち、ポートワインをグラスにそそぎながら首をめぐらせた。

「われわれの食卓？　パンとチーズ、ほかにもヴァレンタインが食料庫に大切にしまっているうまい食べものを、毎晩ここで楽しんでいるきみは違うだろう。われわれというのは、どろどろしたスープ、それに塩漬けにされていたとしか思えないほどしょっぱいポークパイを食わされるぼくたちだ。だからきみにはあざ笑う権利はないね」

　権利はなくともゲイブリエルはあざ笑った。それから頭のうしろで両手を組んだ。今夜はヴァレンタインがブルーチーズを持ってくることになっている。

「ところで、なぜきみはこのところ、夕食の席に姿を見せないんだい？」ブライトウェルが問いかけた。

　デンヴァーズはフルートグラスをブライトウェルに渡した。「なぜって、それはミス・クロフトを避けて――」

「ミス・クロフトに批判を浴びせるのを避けるためだ」ゲイブリエルは慌てて言葉をかぶせると、デンヴァーズをにらみつけた。口の軽い悪魔め。デンヴァーズにはうすうす勘づかれているとしても、カリオペへの恋心をブライトウェルに悟られるわけにはいかない。「ブライトウェル、ぼくはきみに対する彼女の仕打ちに、いまだに憤慨しているんだ」

　デンヴァーズは遠慮をすることもなく大笑いした。

「宴もたけなわじゃないか」モントウッドが戸口から声をあげる。「デンヴァーズは早くも誰かを罠にかけたのか？　それとも、いつものように自分のくだらない冗談にひとりで笑っているだけか？」

ゲイブリエルは歯嚙みした。「後者だ」

「きみがぼくのためにミス・クロフトを敬遠することはないよ、エヴァハート」ブライトウエルは話を戻した。「前にも言ったが、過去は過去だ。きみが彼女と仲良くしようと、ぼくは本当に平気だ」

モントウッドは飾り棚へと進んだところでデンヴァーズに顔を向け、もう賭けの相手を罠にかけたのかと驚いた様子で眉を動かした。デンヴァーズはどうだとばかりにグラスを掲げた。

ゲイブリエルは喉まで出かかったうなり声を抑え込み、同居人のことは無視して、ブライトウェルから目をそらさずにいた。「いや、親友であるきみが受けた仕打ちを思いだすと、ミス・クロフトと仲良くする気にはなれない」

「ぼくにはもったいないほどの友情だ」ブライトウェルは感じ入るかのように胸に手を当てた。「ミス・クロフトはね、ぼくが彼女のいとこと結婚したというのに、いやな顔ひとつ見せたことがないんだ。いつもあらゆる面で力になってくれている。今朝も、妻のために屋根裏部屋からオルゴールを探してきてくれた。かつての求婚者が自分のいとこと結婚したことをさげすむような女性なら、そんなことは絶対にできないよ」

モントウッドは勝利の美酒を味わうかのごとく、デンヴァーズと祝杯を交わして言った。

「わざわざ屋根裏部屋からオルゴールを？　そんなやさしい女性をきらうとは、きみはどうかしているぞ、エヴァハート」

確かに、そのやさしい女性のせいで、ぼくはどうかしそうになっている。

「考えておくよ、ブライトウェル」ゲイブリエルはそう言いながらも、すでに心を決めていた。カリオペを避ける作戦はうまくいっている……大体のところは。ゆうべ彼女のうなじをむさぼりそうになりかけたのを忘れることができるならば。困ったことに、いつか忘れることができるのかさえわからなかった。

戸口でヴァレンタインが咳払いし、頭を傾けた。「みなさま、夕食のご用意ができました」

ゲイブリエルは安堵のため息を漏らしかけた。これで過去と現在の罪悪感から少しのあいだ逃れられる。「それでは紳士諸君、腹に気をつけて食事を楽しんでくれ」

ひとりまたひとりとぼやきながら退室する。

犬は彼らについていかなかった。それだけ料理人の腕がひどいということだ。ゲイブリエルはかがみ込み、デュークをぽんと叩いた。「われわれはもうすぐパンとチーズにありつけるぞ。おや、何をくわえてるんだ?」

ゲイブリエルは凍りついた。

犬の口からは、見慣れた革の小袋がぶらさがっている。彼が東翼の自室に隠していた小袋だ。いまこうしてそれを目にすると、自分が失ったものが思いだされ、カリオペ・クロフトを避けなければという気持ちがいっそう増した。

ゲイブリエルは自分を止めることができずに、小袋の口をほどいて中身を確かめた。どれも特別なものではない。ただの思い出の断片だ。磨かれてさえいない緑色の小石、五年の歳月によってみすぼらしくすり減った赤い羽根、それに、ちぎり取られた手紙の切れ端。すべて無事だと安心すると、慎重に小袋に戻して、ふたたび口を結んだ。

「おまえもぼくを罠にはめようとしているのか？」犬に問いかける。

デュークはワンと吠《ほ》えて、楽しげに尾を振った。

ゲイブリエルはやれやれとかぶりを振った。「ことはそう簡単ではないんだぞ。ぼくは自分の欲望にまかせて行動するわけにはいかないんだ。おまえが――」指を振ってみせる。

「あのペキニーズを追いかけ回したみたいに、ぼくがふるまってみろ」

デュークはしゅんと頭をさげた。

「待っているのは想像するのも恐ろしい結末だ」


食堂へ入る順番は、エヴァハートがいない場合には爵位の序列によりルーカン・モントウッドが先頭となった。ブライトウェルとパメラがそれに続き、レイフ・デンヴァーズに腕を取られて、カリオペは最後に入室した。ところが今夜はなぜか、普段と大きく異なる点があった。

羽目板張りの広々とした部屋は何も変わりない。壁の蠟燭は明るく輝き、八角形の窓ガラスに光を反射させている。テーブルには一行の人数と同じ、五人分の席が設けられていた。エヴァハートが考え直して食事に加わる場合に備えて――そんなことはこれまで一度もないが――いつもはテーブルの上座を空けてあった。なのに今夜はその上座にも食器が用意されている。

だけど、用意されている席は五人分よね。カリオペが首をひねっていると、ヴァレンタインは当の座席のうしろに立ち、まっすぐ彼女に視線を向けた。「ミス・クロフト、どうぞこちらへ」

パメラがあんぐりと口を開けて彼女を振り返る。カリオペは肩をすくめた。

「わたしが使っていた椅子が壊れたのかしら？」そう問いかけながらも、それなら椅子を交換すればいいだけで、座る場所を変える必要はないだろう。けれど、ほかに理由が思いつかない。視線をめぐらせたところで、カリオペは紳士たちの反応にはっと気がついた。

モントウッドも、デンヴァーズも、ブライトウェルさえ、驚いている様子はない。それどころか、モントウッドとデンヴァーズに至っては訳知り顔に見える。

疑念が心に忍び込むのにさして時間はかからなかった。ミセス・マーケルに屋敷の女主人の役目を依頼されたときは、びっくりしたけれど誇らしくも感じた。いま考えてみると、家政婦はカリオペを頼ってくれたのではなく、エヴァハートに言われてそうしたのではないだろうか。

考えれば考えるほど、そうに違いないと思えてきた。ええ、きっとそうだわ。エヴァハートはわたしを振り回して楽しんでいるの？

デンヴァーズに上座へとエスコートされながら、カリオペは頭から湯気を立てはじめた。さっきまでのうれしかった気分も湯気と一緒に消えていく。

ああ、わたしは大ばかだ。ファロウ・ホールには監督役がいないから、ミセス・マーケルには助けが必要なのだと早合点していた。屋敷には公爵の子息がいるのだから、家政婦も執事も彼におうかがいを立てていたに決まっている。どうしてもっと早くそれに気づかなかったの？　そしてその公爵の子息は、きっとわたしを忙しくさせておくために仕事を与えさせたのだ。彼のねぐらに侵入した罰として、わたしに教訓を与えているつもり？

ミセス・マーケルとヴァレンタインのふたりはすでに誤解しているに違いない。ふたりとも、わたしがエヴァハートに特別視されていると信じているはずだ。実際には、よくない意味で特別視されているのに。それでも、エヴァハートのいやがらせを全員の前で説明して、波風を立てることはしたくなかった。そこでカリオペは新たな座席に腰をおろすと、エヴァハートに反撃する方法を考えることに集中した。

ゲイブリエルは中二階から階段をおり、最後の段をぽんと跳んで階下に置いていたステッキをつかんだ。心安らかな夜を楽しもうと、地図の間を横切る。探していた旅行記も見つかった。ドイツ人の探検家フォン・フンボルトが南米へ最後の探検旅行に行った際に同行した、エティエンヌ・ド・ポントの筆によるものだ。

立ったまま最初の数ページをめくりはじめたところで、視界の隅に人影が現れた。従僕が夕食のトレイを取りに来たのだろうと、ゲイブリエルは顔もあげなかった。ページを繰って、筆者が一六世紀の征服者《コンキスタドール》、ピサロの航海に思いをめぐらせるくだりを探す。ピサロが新たな陸地を発見して錨をおろし、その大地をはじめて踏みしめる箇所が、ゲイブリエルのお気に入りだ。

人影が動こうとしないので、ゲイブリエルはテーブルのほうへ手を振ってうながした。

「トレイはそこにあるから持っていってくれ」

「わたしはトレイを取りに来たんじゃないわ、エヴァハート」

カリオペ・クロフトの声を聞いて、ゲイブリエルははっと顔をあげた。旅行記が手からすべり、どさりと音を立てて床に落ちる。彼の心臓がいままさにそうなったように。

「ありがたく思うことね」カリオペが続ける。「もしもいまこの手にトレイを持っていたら、あなたの頭上に振りおろしていたわ」

その瞳が放つ不穏な光を見れば、彼女が本気だとわかった。「きみの気に障るようなことをぼくは何かしたかな、ミス・クロフト？」

唇に澄ました微笑を浮かべ、カリオペは胸の下で腕を組んだ。まとっているのはつややかなゴールドの夜会用ドレスで、両方の肩先にのっている小さな袖は、容易に引きおろせそうに見える。胴着《ボディス》は魅力的な胸のふくらみにぴったりと添い、夕食の席でそれを愛《め》でることができなかったのが悔やまれた。ゲイブリエルはいぶかしげに眉根をよせた。

「あなたが何をしているのかはわかっているわ。わたしをからかうために、ほかの滞在客や、それに使用人たちにまで、あなたとわたしが――」息をのみ込む。「親しい仲だと、もしくはそれ以上の仲だと思い込ませたんでしょう。でも、お互いに本当のことはわかっているわよね」

カリオペの顔に浮かぶ生々しい痛みと怒りを見て、ゲイブリエルは胃がねじれそうになった。一方で、彼女と〝親しい以上の仲〟になるのを想像して、欲望が風をはらんだ船の帆のようにふくれあがる。「本当のこととは、具体的にはどういうことだろうか?」

「あなたはわたしを避けている。だから夕食の席にも一緒に着こうとしない」カリオペは言いながら腕をほどいて両手を腰に当てた。「あなたに気に入られたいわけじゃないけど、いがみ合うのはもうやめにしたいの。過去を水に流すことはできないかしら? ゆうべの出来事は……」カリオペは終わりまで言わずに頬をバラ色に染めた。

ゲイブリエルはにやりとした。「楽しかった? お互いに満足した?」

「あれはわたしを混乱させるための卑しい試みだわ」それだけのことだと言おうとしながらも、カリオペの声は説得力に欠けていた。「それに今日は、わたしを屋敷の女主人の地位にまつりあげて、こっそり笑っていたんでしょう」

「ぼくがわざときみに女主人の役をやらせたと思ったのか? きみをきらっているからだと?」安堵の波が胸に広がった。ぼくが彼女を遠ざけている本当の理由に、当人はいまも気づいてないらしい。「ああ、きみはなかなか察しがいいな、ミス・クロフト。そう、ぼくは人を見くだしてばかりの、うぬぼれた気取り屋だからね」

ゲイブリエルがカリオペを無視するふりをして床に手を伸ばし、本を拾ってページをめくり、読んでいた箇所を見つけた。もっともいまは言葉がひとつも頭に入ってこない。本が逆さまになっていたとしても気づかなかっただろう。ゲイブリエルの全神経は、ほんの一メートほど離れたところに立っている女性にいまも向けられていた。

堅木張りの床の上で、カリオペはためらうかのように室内履きのつま先で絨毯の端をついている。それから不意に足を踏みだすと、ゲイブリエルの真横で止まった。彼女の香りがたちどころに広がり、ゲイブリエルはその体温を体の左側に感じたが、それでは物足りなかった。全身をカリオペのぬくもりに包まれたい。そして何よりも、彼女の手をつかんで引きよせ、ふたりの体を重ねたい。

「あなたの言葉に心から同意するわ、エヴァハート」甘ったるい声でカリオペが告げる。それはいやな後味が残るたぐいの甘さだった。

ゲイブリエルは本から目をあげると、カリオペに向き直った。濡れた浜辺の色をした彼女の瞳に暖炉の炎がきれいに映っている。彼は胸に錨がずしりと沈むかのような衝撃を感じた。たとえ返事を期待されていたとしても、何も言えなかった。舌は言葉を形作る代わりに、カリオペの肌の味わいを思い返し、唇は彼女のうなじのやわらかな産毛の感触にいまもうずいている。

「あなたがいじわるを楽しむのなら、わたしもそうさせてもらうわ」カリオペは手を伸ばし、ゲイブリエルが持っている本をすばやく奪い取った。その本を背中に回して、勝利の笑みをひらめかせる。そのあとは悠然と戸口へ引き返し、旅行記をひらひらさせた。「ひとつ教えてあげる。わたしを避け続けることはできないわよ。悔しかったら、本を取り返してごらんなさい」

そう言い残すと、ドアの隙間からするりと出ていった。

「いいや、ぼくはこれからもきみを避け続ける」ゲイブリエルは自分自身に断言した。

10

「ハートは切り札だよ、ミス・クロフト」次の夜、モントウッドはそう言って、カードテーブルの向こうから辛抱強く彼女に笑みを送った。

言われなくても知っているわ。するとトランプ遊びでカリオペのパートナーを務めているモントウッドは、彼女が出したスペードのキングへ視線をさげた。それでようやくカリオペも、四人がふたつのチームに分かれて得点を競うホイストの最中に、自分がぼんやりしていたことに気がついた。モントウッドはすでに切り札のハートを出していたのに、スペードのキングを出してせっかくの強い札を無駄にしてしまったのだ。「ごめんなさい。わたしったら、今夜は頭がお留守になっているわね」

「気にしないでくれ」モントウッドは愛想よく返した。この勝負はブライトウェルとパメラのチームの負けとなり、ふたりは魚の形をしたチップをカリオペたちのチームの壺《つぼ》に入れた。

昨日と今日の二日間は、ばたばたと慌ただしく過ぎていた。ファロウ・ホールほどの大きな屋敷の切り盛りは、必要が生じたときにタウンハウスで両親の手伝いをするよりもはるかに難しかった。もちろん、カリオペがあれこれ口を出さずとも、この屋敷はこれまでうまく回っていた。けれど、やると決めたからには、自分の働きを証明したい。

そう思うのは自己満足のためか、それともエヴァハートに見せつけたいからかは、よくわからないけれど。

いずれにせよ、カリオペの努力により、独身男のねぐらだった屋敷は、はるかに家庭らしくなっていた。温室の伸び放題だった草花を剪定《せんてい》し、見栄えのいい花を花瓶に生け、人がよく集まる部屋に飾った。それにダマスク織りのシルク、クラッシュ加工を施したヴェルヴェットなどと、さまざまな布地が入った箱を発見したので、いまは簡単なクッションカバーを縫っているところだ。これで応接室と客間のソファや椅子に、彩りを添えられる。

「気のせいかな？　今夜の夕食はそこまで悪くなかった気がするんだが」デンヴァーズはカードテーブルのまわりをサメのように——陽気に口笛を吹くサメが存在すればだが——ぐるぐると歩きながら尋ねた。

カリオペはロンドンのタウンハウスではよく厨房に出入りし、大好きな料理人のミセス・ショーティンガムと一緒に過ごしていた。だから、厨房を効率的に機能させるやり方について多少は心得ている。ファロウ・ホールの厨房は掃きだめも同然の状態で、流しには汚れた鍋が高く積みあげられ、天井まで届かんばかりになっていた。料理人のミセス・スワンは何かにつけては怒鳴るので、下働きのメイドと食器洗いのメイドは、長年のうちに耳を貸さなくなっていたのだ。

女主人代わりのわたしなら、使用人たちに直接指示を出しても許されるはず。そう判断したカリオペは、従僕ふたりに命じて、厨房の四角い窓にこびりついていた長年の油汚れと煤《すす》をこすり落とさせた。下働きのメイドと食器洗いのメイドに関しては、別々に呼びだして、〝この屋敷には怠け者がいる場所はありません〟と、こってり絞っておいた。

ミセス・スワンに対しては、同じ手を使うことはできなかった。料理人は年のせいで手が思うように動かず、ナイフをしっかり持つのも難しくなっていて、大きな厨房で働くのがつらかったのだ。だが、それを認めるのはプライドが許さないらしく、カリオペは無理なくこなせる仕事だけをするよう料理人にうながして、ほかの仕事はメイドふたりに分担させることを承諾させた。

それでも、昨日の夕食は惨憺《さんたん》たるもので、ただ、いつもよりは若干ましだった。今日の夕食では希望の光が見えてきた。スープはどろどろしておらず、味そのものはかなりよかった。パンは噛みごたえがあるものの、以前のようにカチカチではない。パイはまだしょっぱかったが、プディングはまずまずだった。全体として、がんばっただけのかいはあったと思えた。

「ここの食事が大幅に改善したのは、ミス・クロフトのおかげだ」モントウッドはそう言うと、クラブのジャックをカードテーブルにとんと打ちつけてから、パメラのクイーンの札の上にのせた。ブライトウェルも同じくクイーンの一〇を出し、カリオペの番になった。彼女は自分の手札に目を落とした。

「ああ、ミス・クロフトの活躍の成果をエヴァハートにも見せてやりたかったね」デンヴァーズはさらにつけ加えた。「まあ、エヴァハートのことだ、ミス・クロフトの働きぶりはしつかりと追っているんだろう」

「まさか、そんなことはないわ」カリオペはつぶやいた。どう見ても、エヴァハートはブライトウェルに対する彼女の仕打ちをいまだに許せないでいるのだから。彼にきらわれようと気にすることはない。そう自分に言い聞かせれば言い聞かせるほど、ますます気になった。こんなことはばかげている。エヴァハートとはもう二度と会わないだろうし、会ったとしてもそれほど頻繁ではない。ブライトウェルの求婚を断ったときも、相手にどう思われたかをこれほど気にしただろうか？

自分の心に問いかけたカリオペは、その答えを見つけて呆然《ぼうぜん》とした。ブライトウェルとの友だちづき合いが途切れたとき、わたしは残念にさえ思わなかった。

なのに、どうしてエヴァハートからはきらわれたままでいたくないの？

さまざまな考えが頭の中でもつれ合い、カリオペは上の空で自分の札を出した。カードテーブルの反対側で、モントウッドが声に出してため息をつく。彼女は卓上に目をやった。いけない。クラブの九を出してしまった。この中で一番強い、クラブのエースを持っていたのに。わたし、本当にどうかしているわ。

カリオペは目顔でモントウッドに謝った。次の勝負がはじまる。

「エヴァハートはなぜ一緒に夕食を取るのをやめたのかしら？」パメラが不思議そうにつぶやいた。「わたしのいとこが来る前は、屋敷のあるじ役をいつも立派に務めていたのに。変よねえ。具合が悪いのかしら？」

パメラには当てこすりを言っているつもりはない。少なくともカリオペはそう信じることにして、エヴァハートがカリオペひとりを避けているといういやみを受け流した。痛みを感じないようにしたものの、少しだけ心がひりひりした。

「添え木で脚を固定されているせいだと思うよ」デンヴァーズが返事をする。「動きにくくてならないと、ずっと文句を言ってるからね」

「あら、この勝負はわたしの勝ちね」パメラがハートの札を出して、カードテーブルの向かいに座るブライトウェルへ視線を向けた。だが今夜の彼は妙に口数が少なかった。

それまで毎晩のようにトランプと歓談を一緒に楽しんでいたのに、今夜のブライトウェルは違っていた。なぜかしらとカリオペは考えた。ブライトウェルにも悩みのひとつやふたつはあって、わたしと同じように上の空なのだろうか。

最後の札を出す番が回ってきたとき、カリオペはまたも負けてしまった。

「ごめんなさい、モントウッド。今夜のわたしはひどいパートナーだったわね」謝って、椅子から立ちあがる。「ミスター・デンヴァーズ、わたしの代わりにここに座って、お友だちが象牙のチップを取り返すのを手伝ってあげて。わたしはこれ以上誰かに損をさせる前に、自分の部屋にさがるわ」

「象牙といえば――」カリオペが廊下に出ようとしたところで、ブライトウェルが口を開いた。その口調はどこか投げやりだ。「きみは象牙の持ち手がついた小物入れを探してるんだったね、ミス・クロフト?」

パメラによると、小物入れにはブライトウェルの妻への恋文がしまわれており、カリオペはなんと返せばいいのかわからなかった。だが、もしもそのことをブライトウェルが知っているのなら、小物入れの話を持ちだすことはないはずだ。カリオペはあいまいにうなずいてみせた。

ブライトウェルは卓上へ視線をおろし、新たに配られたカードを手に取ってまとめた。

「ぼくの従者が北塔で見かけたそうだ。あれが戻ってくればぼくの妻も喜ぶだろう」

「ええ、戻ってきたらとってもうれしいわ」カードテーブルの上に漂う緊張感にも気づかずに、パメラがのんきに応じる。

北塔にはエヴァハートがいるのに、どうして何度も向かうことになるの？「ありがとう、ブライトウェル卿。それではみなさん、おやすみなさい」

挨拶のあと、カリオペは寝室へ直行するつもりで居間を出た。

明日になったらネルを地図の間へ行かせて、小物入れを見つけさせよう。そのあいだ、わたしは兄へ手紙をしたため、迎えの馬車を送るよう頼まなければ。パメラがもらった手紙に目を通したら、ファロウ・ホールに留まる理由はなくなる。カサノヴァの正体を暴く手がかりを整理するのはスコットランドか、ロンドンへ戻ってからでいい。

今回はこの謎を解く手がかりに近づいている確信があった。具体的な根拠があるわけではないけれど、間もなく発見できそうな気がする。

カリオペは新たな計画に気を取られ、気がついたときには地図の間の前に立っていた。

両開きのドアは閉ざされている。廊下に据えつけられた燭台がまだともっているため、室内から明かりが漏れているかどうかはよくわからない。エヴァハートは自分のお気に入りのこの部屋にいまもいるのだろうか。思い切ってドアを開けてみる？

廊下の奥から犬のデュークがやってきて、カリオペの手をなめた。彼女は耳のうしろを掻いてやった。「ぼんやり歩いていたら、いつの間にかここへ来ていたの」四本脚の友にそっと打ち明ける。「中にエヴァハートがいるのなら、いますぐ回れ右して引き返すべきよね。あなたもそう思うでしょう？」

犬は舌を垂らして、はあはあ息を吐いている。

カリオペはそれを同意の意味に受け取った。

「でも、エヴァハートが部屋にいないのなら、せっかくの機会を無駄にすることはないわよね？」

犬はまたも同じしぐさで同意した。ついでに尻尾まで振られたものの、それでは〝部屋に入るべきか、入らざるべきか〟という難問を解決するヒントにはならない。そのときカリオペの頭に新たな考えがひらめいた。

「犬ならエヴァハートのにおいを知っているわよね。だったら、彼がここにいるか、いないかもわかるんじゃないかしら」

ひとりごとだったにもかかわらず、犬は低くワンと返事をした。

「本当に？」カリオペはドアを指さした。「エヴァハートは中にいるの？」

犬はうしろに首をめぐらせて、東翼のほうへ顔を向けた。

驚いた。本当にわたしの言うことがわかるのかしら？「じゃあ、エヴァハートは自分の部屋に戻ったのね？」

「ワン」犬が彼女の手をもう一度なめる。

なんだか簡単すぎるわね。「あなたはよほど賢い犬なのか、それともただ――」

言い終える前に、デュークはカリオペの横をすり抜けて、鼻でドアを押し開け、狭い隙間から中へすべり込んだ。

いまやドアは片方だけわずかに開いている。カリオペは首を伸ばして中をのぞいた。暖炉では火がぱちぱち燃えているが、ソファに人影はない。そろそろと体を横へすべらせ、閉まっているほうのドアに背中をくっつけて息を止める。もしもエヴァハートが近くにいたときのために、顔に笑みを張りつけて、〝心の友におやすみなさいの挨拶をしに立ちよったの〟と言い訳をする心の準備をする。カリオペは心の中で皮肉をつぶやいた。ええ、彼なら絶対に信じるわね。

室内に目を走らせると、幸い、誰もいないようだ。犬はすでに暖炉の前でべったりと寝そべっている。カリオペはほっと安心して息を吐いた。これでようやく人目を気にせずにこの部屋の中を探せる。前に来たときに整理ダンスのまわりはすでに確認したので、飾り棚へと進んだ。酒瓶が並ぶ中に、手紙や小物入れが間違って紛れていないともかぎらない。もっとも当然ながら、そんなことはなかった。

れている。

カリオペは室内のほかの場所を眺めて、掃除されたばかりのようだと気がついた。低いテーブルの上からは散乱していた書類や革装の書物が片づけられ、つややかで美しい天板が現れている。

螺旋階段を見上げると、中二階に書棚が並んでいるのが見えた。書棚には本だけでなく、さまざまなものを——象牙の持ち手がついた小物入れも含めて——しまえるだけの大きな引き出しがついていた。調べるのなら、次はあそこだ。

時計が一一時の鐘を打ちはじめた。螺旋階段の最上段にあと少しでたどり着くところで、中二階から物音が——というより人の声が聞こえた。

「こう受け取る者もいるとは思わないかい、ミス・クロフト？」落ち着き払った低い声で、エヴァハートが問いかける。「若い女性が紳士のもとを足繁《あししげ》く訪れるのは、かなり大胆な行為だと」

誰もいないと思っていたのに。カリオペは最後の段に足をのせた。心臓は激しく轟いている。エヴァハートがいただけでしょう？　そう言い聞かせても、なぜか鼓動は静まろうとしなかった。「足音が聞こえたときに声をかけてくれれば、あなたの邪魔はしなかったわ」

彼の邪魔をする気は本当になかった。けれど、ここで何も言わずに背を向けて階段をおりるのはいくじなしというもの。

カリオペは中二階にたどり着き、エヴァハートの声がしたほうへ向かった。背の高い三つの書棚が彼の姿を隠している。ここで立ち止まれば、彼の邪魔をせずに、棚や引き出しを調べることは可能だ。とはいえ、足を止める気はない。エヴァハートの邪魔をしてやりたかった。

「ぼくはくつろいでいるところだったんだが」彼は深紫と灰色の縞模様の寝椅子に横たわっていた。変わった形の寝椅子で、頭側にだけ優雅な弧を描いた背もたれがあり、橇を思わせた。

エヴァハートは枕に背中を預け、カリオペのほうを見ようともしない。それがいっそう、邪魔をしてやりたいという気持ちをあおった。何年ものあいだ、彼にきらわれていることが心に引っかかっていた。エヴァハートを少しだけ恨みもした。

彼にきらわれているのがいやだったから。

カリオペはその理由を考えようとした。だが、エヴァハートの姿に目を奪われて頭が働かない。細身の体は、寝椅子から足がはみ出しそうなほど上背がある。骨折しているほうの脚をもう一方の脚にのせ、またも上着とクラヴァットは身につけていない。最初の夜に間近で目にした金色の胸毛が、開いたシャツの胸もとからのぞいている。意思とは裏腹に、カリオペの視線は銀色のサテン地のベストに並ぶボタンから、紺色のブリーチズへとおりていった。

心の中で〝エヴァハートから目をそらしなさい〟と忠告する声が聞こえる。なのに、カリオペは従うことができなかった。

エヴァハートは悠然とした美しさを湛えている。それがカリオペを魅了してやまなかった。いま目をそらすのは、小説の途中で読むのをやめて、結末を永遠に知らずにいるようなものだ。彼は天井に視線を据えていて、まるでこちらの姿は目に入っていないようだ。だったら、彼女のふくれあがった好奇心を満足させてもいいはず。

ブリーチズって、体にああも……密着するように仕立てられているものなのかしら。カリオペも好奇心旺盛なひとりの若い女性であり、美術館へ行った際に、絵画や彫像で男性のその部分をさりげなく観察していた。異性の体に関して、少しは知っておくのも大切だ。もちろん、単に参考のためだけれど。

ところがいま目にしているものは、画家や彫刻家が作品で表していたものよりはるかに大きそうだった。以前読んだ小説で男性のその部分が、〝純潔を切り裂く剣《つるぎ》〟と表現されていたのを彼女は思いだした。

カリオペはごくりとつばをのみ込んだ。心臓の鼓動がさらに速くなったのは、恐怖のせいなのか、それとも好奇心のせいだろうか。

エヴァハートは体を起こすとグラスを唇へ持ちあげ、淡い金色の液体を飲み干した。「無言で異性を観察することも、やはり大胆な行為だと、挑発的でさえあるとは思わないかい？」

カリオペの頬は火がついたように熱くなった。耳まで燃えているみたいだ。どぎまぎしながら相手の顔に慌てて目を向けると、エヴァハートは天井を眺めたままだ。観察しているところを本当に見られたの？　それとも単にからかわれただけ？

エヴァハートのことだから……おそらく後者ね。

カリオペは息を吸い込むと、できるかぎり尊大な態度を装って言いはなった。「挑発的だと非難されるべき人がいるとしたら、それはあなたでしょう。わたしはあなたにとって邪魔者で結構よ。目の上のたんこぶでも、ブーツに入った石ころでもいいわ」想像し得る中で、一番不快なものをつけ加える。「大事な本を食べてしまう虫でもね」

彼は大げさに息をのんでみせた。「ぼくの本を食べるのはやめてくれ、ミス・クロフト」

ふたりのあいだには広い地図用テーブルがあり、卓上に置かれた燭台の明かりが、空になったグラスに反射した。腰まで高さがある漆塗りの広いテーブルは、ふたりを隔てるという意味合いではじゅうぶんなものだ。しかもそこにはページが開かれた地図帳がのっており、目下ふたりは南米大陸によって引き裂かれていた。

「これを聞いても笑っていられるかしら。この前の夜、あなたが読んでいた旅行記の中に虫に食べられた跡を見つけたわ」カリオペは大西洋を交差する緯線と経線を指先でぼんやりとなぞった。こんな場所を訪れるのはどんな気分だろう。「ちょうどピサロが陸地を見つけて錨をおろす場面で――」

「なんだって?」エヴァハートが出し抜けに起きあがる。カリオペは言葉を途切れさせ、大海原から手を引っ込めた。蠟燭の明かりが彼の眉間に刻まれたしわを浮きあがらせ、青緑色の瞳の奥を光らせた。彼が動揺する姿を見せるのは本当に珍しい。

カリオペは、エヴァハートを動揺させたことにちょっとした優越感を味わった。

ほくそ笑みつつ、南米のぎざぎざした海岸線に視線を戻す。「大騒ぎすることではないでしょう。所詮、ただの本よ」

「それ以上のものだ」エヴァハートは反論した。「あの本は探検旅行の貴重な記録だ。これから先も男たちは、ああいう書物を読んで自分の世界を広げるだろう」

いつもは心にさざ波ひとつ立っていないかのように超然としている彼が取り乱したところを見るのは、なんだか楽しい。

きっとこれもエヴァハートがまわりには滅多に見せない一面なのだろう。カリオペ自身は、双子の妹たちと違って波風を立てるたちではないものの、彼の心を波立たせたらどうなるのか、もっと知りたい気持ちはあった。

自分の願望に気づいてカリオペははっとした。もっと知りたい。エヴァハートのことを。彼がほかの誰にも見せない心のうちを。

「わたしは男性ではないけど、あの書物を読んでいる最中よ。調理場の鍋にネズミが入っていたくだりにはぞっとしたわ。あなたもそうでしょう？」愛らしく微笑んでみせる。「もしもわたしが探検旅行に行くことがあれば、ネズミのシチューは食事のメニューからはずさせなきゃ」

「きみが探検旅行に？」エヴァハートがあざ笑う。「きみには無用な心配だ」

カリオペはかちんと来たのを顔に出さないようにした。「わたしは二五歳になれば、持参金のための蓄えを自由に使えるようになるのよ。それで船旅の旅費はまかなえるわ」

「きみは独身女性だ」エヴァハートは素っ気なく言った。「ひとり旅はできないよ」

カリオペは相手のほうを見ずに舌を鳴らした。「言われなくても知っているわ、エヴァハート。完璧な紳士に同行してもらうに決まっているじゃない」

「船旅は何カ月も、ときには何年もかかるものだ」意外にも彼は声を荒らげはじめた。「そのあいだずっと完璧な紳士でいられる男はいない」

相手の偉そうな態度に怒りを募らせながらも、カリオペは肩をすくめてみせた。航路に思いを馳《は》せつつ、地図に指を走らせる。本当は船の旅なんて考えたこともないけれど、エヴァハートを動揺させられるのがうれしい。「旅行の計画を立てるのに丸々一年あるわ。米英戦争のあとだもの、南米もまだ不安定でしょうね。これからの世代の男性たち、および女性たちがわたしの旅を追体験できるよう、旅行記を執筆しようかしら」

「ぼくに約束するんだ、そんなばかげたまねはしないと」

厳しい口調で命令され、カリオペは驚いて顔をあげた。「あなたに約束？　どうしてあなたに何か約束しなければならないの？　友人同士ですらないんでしょう」

エヴァハートは身を乗りだした。骨折しているのを忘れていまにも寝椅子から跳びあがりそうだ。「そうだ、友人同士にはなれない」歯を食いしばって彼女をにらむ。「だが、きみの知り合いで、ヨーロッパの外にまで旅をしたことがあるのはぼくひとり――」

「ブライトウェルもあなたと一緒に旅行しているわよね」カリオペが指摘すると、さらににらまれた。「この前の夜、居間で彼から旅の話を聞いたの。インド料理は口に合わなかったんですって」

エヴァハートは関節が白くなるまでクッションの端を握りしめている。その手をゆるめて太股に両手をすべらせ、口もとに嘲笑を浮かべる。「そして、きみは彼のひとことひとことに聞き惚《ほ》れていたんだろう」

カリオペは地図から手を離し、両手を腰に当てた。「ブライトウェルはわたしのいとこの夫よ。それを忘れたの？」

「きみこそ忘れているんじゃないか？」

自分がここにいることが不意にばかばかしく感じた。こんな言い合いをしてなんになるの？「あなたの言うとおりだわ、エヴァハート。わたしたちは友人同士にはなれない。無駄な努力だったわ」カリオペは背を向けて立ち去ろうとした。

「努力？　これまできみがしたことといえば、ぼくが読んでいた本を取りあげたことと、ぼくを挑発したことだけだ」

カリオペはくるりと向き直った。なんていやな人なの！「あなたを挑発した覚えはないわ。わたしが到着して以来、あなたがずっとぴりぴりしているだけでしょう。五年前も、あなたはわたしひとりにだけ、ひどい態度を取ってばかりだった」

ついさっきまで波風を立てて彼の反応を引きだしたいと思っていたのに、いまや波のあおりを受けて、カリオペのほうが心の平静を失いかけていた。

エヴァハートの嘲笑が消えた。「どういう意味だ？　ぼくはきみに対してつねに礼儀正しくしてきた」

「仕方なく、でしょう」カリオペは傷ついているのを隠してふんと鼻を鳴らした。「あなたにはわたしをきらう理由はないはずよ。ブライトウェルはわたしを許すことができるのに、あなたはできないなんて、理解できないわ」

「ぼくはきみをきらってはいない、ミス・クロフト。きみを――」唇を開いてつかの間カリオペを見つめたが、それ以上は何も言わなかった。エヴァハートはただゆっくりと息を吐くと、書棚の向こうにある手すりに目をやった。そこから階下に飛びおりるべきか、思案しているかのようだ。

やっぱりあきらめよう。友人になろうと努力したのは無駄だった。カリオペが疲れを感じてエヴァハートに背中を向けると、突然ピアノの旋律が流れてきたので、彼女ははっとした。

穏やかな波を思わせるワルツの調べが部屋を満たす。モントウッドが言っていたとおりだ。音楽室での演奏は北塔内に響きわたる。それは胸が締めつけられるほど聞き覚えのある曲で、最初はその理由がわからなかった――エヴァハートに視線を戻すまでは。

その瞬間、記憶が鮮明によみがえった。これはバースで楽団が演奏していたワルツ、エヴァハートと最後に踊った曲だ。あのとき彼の目には強烈な嫌悪感が滲んでいた。いまもエヴァハートの目は強烈な輝きを放っている。熱いまなざしは怒りを湛え、カリオペを怒鳴りつけようとしているみたいだ。

「ランダル庭園で行われた舞踏会でも、この曲が流れていた」エヴァハートはカリオペから目をそらすことなく、そう言った。

口の中がからからになった。まさか彼も覚えているとは思わなかった。「ええ」

「きみと踊った曲だ」

「そうね」

エヴァハートが驚いた顔をするので、カリオペは続けた。「たぶん一生忘れられないもの。ワルツのあと、あなたは舞踏会場の真ん中で、わたしを怒鳴りつけるか、揺さぶるかしそうだったわ」

「そんなつもりはなかった」彼はただそれだけ言った。

「いまもそうしそうに見えるわ」

「ぼくが？」エヴァハートの笑い声は、まるで自分をとがめるかのようにうつろに響いた。「ぼくはただ、あのときのワルツを思い返して、どんな感じだったかを――」カリオペへと視線を漂わせて、ふたたびクッションの端を握りしめる。「ステッキの助けなしに立つのがどんな感じだったかを、考えていたんだ」

しかし、彼は何かまったく別のことを言いかけたように見えた。

エヴァハートがけがをしていることをまたも忘れていた。昔から、彼はなんでもできる人に見えたし、やりたいことを、やりたいときにしてきたのだろうから、そうできないところを想像するのは難しかった。

「わたしによりかかればいいわ」口から勝手にこぼれでた言葉に、カリオペはどきりとした。世話好きな性格がそう言わせたのだと、すぐさま自分に弁解する。

エヴァハートは疑わしげに眉を吊りあげた。「まさかワルツを踊ろうと言っているのか？

ぼくを哀れんで？　いいや、遠慮するよ」

何に突き動かされているかもわからないまま、カリオペは彼と友情を結ぶためにもう一度だけ努力してみることに決めた。自分が求めているのは、友情とはまったく別のものかもしれなかったが。

五年前、エヴァハートにいきなりつき合いを断たれて以来、カリオペはすっきりしないものをずっと感じていた。認めたことはなかったが、あの頃の友だちの中で一番懐かしく思うのは彼だ。

その思いが、いま彼女をここに引き止めている。

カリオペはエヴァハートの隣に腰をおろした。寝椅子の背もたれが邪魔をして、ふたりのあいだに適切な距離を空けるゆとりはない。でも、彼女がこれから提案することも、適切とは言えなかった。「じゃあ、友情のために踊って」

「ぼくたちは――」カリオペが彼に体を向けて肩に手をのせると、エヴァハートは言葉を途切れさせた。

自分の計画を考え直す前に、エヴァハートの体が発する熱を感じてしまう前に、カリオペはもう片方の手を伸ばした。クッションの端を握りしめる彼の指をほどき、その手に自分の手を重ねる。

「友人同士にはなれない、でしょう？」

「ぼくには女の友人はいない」エヴァハートはごくりとつばをのんだ。カリオペの目から口もとへと視線を動かし、無言で警告する。それとも、誘惑しているのだろうか。

エヴァハートの腕が腰に回され、カリオペはぞくりとした。彼はヒップの少し上で手を開くと、背中をゆっくりとなであげてから、肩甲骨の真ん中で止めた。ほかには誰もいないから、その気になればエヴァハートはこのままわたしを抱きしめることもできる。たぶん、わざとそう思わせて、わたしを怖がらせるつもりなのかもしれない。

「女性はみんなあなたの誘惑の対象だから？　だからいまもわたしを誘惑しているの？」

「いいや」エヴァハートはからかうように笑みを向けると、重ねた手を持ちあげてワルツのポーズを取った。「誘惑しているのはきみのほうだ。きみのせいで、ワルツのターンを繰り返しているみたいに頭がくらくらしてきた」

彼は射貫くような目でカリオペを見つめている。もしかして怒鳴りつけたり、揺さぶろうとしたりしているのではなく、キスをしようとしているのかしらとカリオペはぼんやり考えた。夢の中でそうだったように。

「わたしも頭がくらくらしてきたわ」吐息とともに認め、エヴァハートの口もとへ視線を落とした。

彼がかぶりを振る。「目を伏せてはだめだ」

「でも、目をつぶらないと、わたし、きっと……」唇を湿らせる。

「きっと……なんだ？」

あなたにキスをしてしまう。カリオペはそう告白しそうになった。幸い、唇はその言葉を発しなかったものの、体のほうは勝手に行動に移して、気づいたときには唇を重ねていた。

すぐに唇を引き離し、カリオペは自分がしたことに気づいて息をのんだ。

エヴァハートに言われたとおり目は伏せずに、彼の瞳を見つめる。ふたりとも完全に静止していた。鼻から息を吐きだしたのが彼の唯一の動きで、ふたりの息がまざり合う。エヴァハートはまばたきさえしなかった。彼女を凝視し続け、しだいに瞳孔が大きく開く。まるでアクアマリンで縁取られた、ふた粒のオニキスだ。

彼の喉からかすれた低い声が漏れたとき、カリオペは自分が大きな勘違いをしていた可能性に気づいた。エヴァハートには、彼女を怒鳴ったり、揺さぶったりするつもりはなかったのかもしれない。あの強烈なまなざしは、キスに焦がれながらも我慢して、あきらめたことを意味していたのでは？

その仮説を確かめるべく、カリオペはもう一度キスをしてみた。今度は唇を押し当てたまま、エヴァハートの唇の上に留まる。口づけの仕方はこれしか知らない。だが、これでは不じゅうぶんなのは彼女でもわかった。これでは……あまりにおとなしすぎる。二四歳の女性が放蕩者にするキスにしては激しさが足りない。それはわかっていても、経験不足のカリオペにはどうすればいいのかわからなかった。

エヴァハートは辛抱強くじっとしている。体を引くことも、おずおずとキスするカリオペをせかすこともない。そんな彼の態度に背中を押され、加えてテーブルにのっている地図に冒険心を刺激されて、カリオペはエヴァハート子爵ことゲイブリエル・ラドロウの探検を開始した。彼の唇は水平線上に見える大陸で、わたしが最初の一歩を踏みだすのを待っている……。

これは未踏の地への第一歩だ。カリオペは顔を傾けると、ゲイブリエルの鼻の頂を越えて、その側面に自分の鼻先をすりよせた。口もとが斜めになり、ふたりの唇が深く交わる。シルクとヴェルヴェットがからみ合うかのような、やわらかで、それでいて引き締まった感触に彼女は夢中になった。どうしてこれまで一度もキスをせずに人生を無駄にしてきたの？　もっと早くから経験を積んでいれば、いま頃はずっと上手になっていたはずなのに。鼻を押しつけているせいで息が苦しく、それを解決するには口を開けるしかないようだ。息をひとつする一瞬すらも、唇を引き離すのは耐えられなかった。

カリオペは唇を開いた。エヴァハートからの警告に逆らい、まぶたを伏せて、ゆっくりと目を閉じる。

エヴァハートが顎をわずかに傾けて自分も口を開いた。彼の吐息は甘く、ウイスキーの香りがする。カリオペがそれをのみ込むと、ぬくもりがおりていき、体の奥深くのどこか知らない場所がずきんとうずいた。

熱心な地図の製作者のように、カリオペは唇でエヴァハートの唇をかすめて輪郭をたどり、形を探った。けれど、これでもまだじゅうぶんではない。彼女の舌が同じ作業を引き継ぐと、エヴァハートの喉からかすれた声がふたたび漏れた。その響きが与える歓びを隠しきれずに、カリオペは唇を重ねたまま微笑んだ。エヴァハートにキスをするのは想像していた以上にすばらしい。ええ、わたしは彼とのキスを想像したことがある……。

エヴァハートが動いて彼女を引きよせた。舌でカリオペの唇をこじ開け、口の中へ侵入する。彼女は吐息とも、あえぎともつかない声を漏らした。反射的に脚を動かして彼の脚にからめ、胸板に両手を広げてベストを握りしめる。わたしのもの。このベストも、このキスも、この男性も……全部わたしのものだ。

激しい所有欲に支配され、カリオペは驚いて体を引き離そうとした。エヴァハートは彼女を追って身を乗りだし、もう一度キスへと誘った。彼女は喜んで応じた。

カリオペがエヴァハートにもう一度脚をからめると、彼は満足げなうなり声をあげた。彼の巧みな両手はカリオペの背中をすべりおり、脇腹をなであげて、ふっくらとした双子の島を発見した。カリオペは背中をそらして、彼の両手に自分の胸を差しだした。

「これが誘惑でないのなら」唇を合わせたままささやく。「あなたの手は何をしているの？」

「きみの体から聞こえるセイレーンの歌声に導かれているだけだ」エヴァハートが親指で胸の先端をかすめると、言い知れぬ快感がカリオペを襲った。

全身が激しく震える。まわりの空気がぴりぴりと振動し、カリオペは気がつくとあえぎ声をあげていた。胸の頂をふたたび愛撫されると、頭をのけぞらせた。自分が社交界にデビューしたばかりのレディだったら、もう傷物になったも同然だ。世間知らずの若い娘が身を落とす物語ならいくつも読んで、教訓を与えられていたはずなのに。

だがカリオペは若い娘でも、世間知らずでもなかった。それどころか、いま自分が何をしているのかも、何を感じているのかも、はっきりとわかっていた。胸が張りつめて痛い。ほてった肌をちりちりとした感覚が覆っている。エヴァハートの膝が太股のあいだに割り込み、恥ずかしい場所を押している。

ずっと彼にやめてほしくない。「大天使の名をもらっていながら、あなたの手はずいぶんいたずらね」

エヴァハートはカリオペを持ちあげ、彼女の顎から喉へと唇をすべらせたあと、鎖骨を甘く噛んだ。「ぼくの口は何ができるか、想像してごらん」

そうね……。「想像すべきではなさそう」

エヴァハートはふたりの体を密着させながら彼女をおろし、もう一度キスをした。「だが、きみはすでに想像している。目を見ればわかるよ」

階下の時計が時を刻みはじめる。カリオペは一時間前、螺旋階段の一段目に足をかけた瞬間へと引き戻された。「もう一二時なの？」

「そうだとしてもかまわない」エヴァハートはいたずらな唇でカリオペの肩の線を飢えたようにたどっている。ドレスとコルセットの肩紐《かたひも》はすでに肩から引きおろされていた。

「戻らないとメイドが心配するわ」けれど、内心ではカリオペも気にしていなかった。いまは本の中にいる――これはわたしの物語だ。ページをめくるたびに、これまで体験したことのない新たな冒険と新たな快感がもたらされる。

「心配させておけばいい」

〝ええ〟カリオペの物語のヒロインが告げる。〝心配させておけばいいわ〟一方で、そんな大胆なせりふにどきどきしている自分もいた。

結局、彼女は礼儀を思いだして告げた。「こんなふうにあなたの体面を傷つけることはできないわ」

カリオペの顎の下で、エヴァハートの笑い声が響いた。「ぼ﹅く﹅の﹅体面の心配かい？」

「賭けのことよ」なんとか残っていた自尊心を見つけだして、カリオペは言った。正直、いまふたりがしていることをなぜ止めようとするのかは、自分でもわからなかった。人目のないこの場所に、永遠にふたりきりでいられればいいと思っているのに。「誰かに見られたら……誤った考えを持たれてしまうわ」

「ああ、確かにそうだ」エヴァハートが頭をあげて、彼女の視線をとらえる。「賭けをしていようがいまいが、ぼくはきみの小説に登場するヒーローとは違う。物語の終わりに結婚することは絶対にない」

きっぱり断言され、カリオペの甘い震えが唐突に止まった。キスでうっとりとしていた気分が冷めていく。彼女は自分が何者かを、エヴァハートが何者かを、そしてここファロウ・ホールに滞在している理由を思いだした。

カリオペはできるだけ落ち着き払って抱擁を解き、立ちあがった。エヴァハートが自分の意志をはっきりさせたのはいいことだと心の中で納得する。小説の結末を知るのと同じだ。これで、もう二度と心を奪われずにすむ。

それでもこのはじめての経験は、書棚が倒れてきたような衝撃でカリオペの心を押しつぶした。彼女の物語が記された本は開いたまま投げだされ、ページはくしゃくしゃになり、背表紙は破れてしまった。けれど、エヴァハートの言葉に傷ついている姿は見せたくなかった。

「そんな言い方をしなくても、わたしもあなたを夫になんてしたくないわ」顎をつんとあげる。いかにも気が強そうなしぐさは自分らしくないが、そのままの姿勢でいた。「愛する人がほかにいるのに」

11

「それは誰だ？」ゲイブリエルははじかれたように椅子から立ちあがった。鋭い痛みが踵に走るのを無視する。

カリオペは、答えは当然ご存じよねと言わんばかりの表情だ。

ブライトウェルか。ゲイブリエルの血は煮えたぎった。

「あなたには関係ないでしょう」カリオペはむきだしになった肩を彼からそむけて、ドレスの袖を引きあげている。あまりに平然としたしぐさに、ゲイブリエルはいらだたしさがさらに増した。無垢《むく》な生娘なら、頰を赤らめて体を震わせるものだ。なのに無造作に身なりを整えるさまは、男慣れした高級娼婦《しょうふ》さながらじゃないか。

「大いに関係あるね、なにせきみはこの一時間ぼくにキスをしていたんだから」あの袖をもう一度引きおろしてやりたかった。それから、服をすべて脱がしてやりたい。カリオペの心からほかの男のことがすべて消えるまで。彼女をうっとりと震えさせられるのはゲイブリエルひとりだとわからせるまで……。

カリオペがぼくのものになるまで。

「わたしはそうは思わないわ」あの甘ったるい笑みを浮かべて、彼女は目を細くした。

ゲイブリエルもわざと甘い笑みを浮かべた。「だが、どうもきみは、その愛する人とやらとキスを楽しんだ経験は乏しいようだ」

息をのんだカリオペに、さえぎる暇を与えずに続ける。

「はじめはどうすればいいかもわからない様子だったから、ぼくがうまく導いてあげたんだ。きみはずいぶん上達したよ。きっと――」ゲイブリエルは歯を食いしばった。「きみの愛する人もぼくに感謝することだろう」

いまやカリオペは頭から湯気を立てんばかりに怒っている。なんて魅力的なんだ。彼女がうちに秘めている激しさに、ゲイブリエルは強く心を惹かれた。

キスをしたのは狂気の沙汰だった。カリオペにアヘンを注入されて、たちどころに中毒患者になったかのように感じる。もっとほしい。全身がその欲求で震えている。

この感覚を味わうのははじめてではなかった。こんなことは前にもあった。前回は同じ狂おしさに突き動かされて、彼女にあの手紙を書いたのだ。

「彼はあなたに感謝しないわ。あなたのことを考えることもないし、意識さえしない。なぜなら、この唇が彼の唇に触れるときに伝わるからよ、わたしが思っているのは彼ひとりだと」

カリオペはだめ押しのように、最後の一撃を加えた。「わたしがほかの人のことを思ったことは一度もないと」

さっきのキスの最中にも、ぼく以外の男のことを思っていたと言っているのか？　いいや、それはあり得ない。「別の男を思いながら、あんなふうにキスに没頭できる女性はいないね」

ゲイブリエルは手を伸ばした。カリオペを胸に引き戻して、ブライトウェルへの思いを永遠に消し去ろうとする。しかし、彼女はあとずさりし、ゲイブリエルの手の届かないところまでさがった。わずかに離れただけだが、彼がいくばくかの正気を取り戻すにはそれでじゅうぶんだった。

もうキスはできない。すべきではない。してはいけない。

いまもブライトウェルを思っているのなら、カリオペはなぜ五年前に彼を拒んだんだ？

「ブライトウェルがほかの女性のものになったとたんに、彼への愛に目覚めたのか？　きみは昔もいまも相変わらず気まぐれなようだ」

「あなたって、昔のことをいつまでもねちねちと非難するのね」辛辣な口ぶりだが、その目の奥を見れば彼女が傷ついているのははっきりとわかった。「ブライトウェルのことだったら、わたしはすでに答えたでしょう。ここでもう一度繰り返すつもりはないわ」

自分がカリオペに悲しい思いをさせていることに気づいて、心臓が締めつけられた。もっと問い詰めたかったが、茶色い目に浮かぶ痛みに、ゲイブリエルは口調をやわらげた。「五年前にきみがブライトウェルの求婚を拒んだのは、彼を愛していないからという理由だった。ほかの誰かを愛しているからではなかったはずだ」

「愛している人がいたの。そしていまも愛していることにわたしがもう少し早く気づいていれば、こんな会話をせずにすんだわ」カリオペは疲れたように息を吐き、こぼれ落ちた巻き毛を耳にかけた。「後悔先に立たずね」

「誰なんだ？」ゲイブリエルは息をのんだ。胸に重たい錨が食い込むのをふたたび感じる。

カリオペは歯を食いしばった。「言えないの」

「言えない？」彼は嘲笑した。「言いたくないの間違いだろう」

「ええ、そうよ。言えたとしても、あなたには言うもんですか」カリオペは頬を鮮やかに染めて口走ったあと、自分が何を言ったかに気づいてはっとし、ゲイブリエルと目を合わせた。

彼は凍りついた。充満していた欲望と切望、それに怒りを押しのけて、カリオペの言葉が頭にまっすぐ届く。その男の名前を言うことができないのは、知らないからなのか？

自分が書いた手紙を思い返し、そんなことはあり得るだろうかと自問した。うぬぼれた考えであろうと、答えを知る必要があった。あの手紙はカリオペの運命を変えたのか、ぼくの運命を変えたように？

鼓動が速くなり、さまざまな考えがめまぐるしく脳裏をよぎった。彼女は顔を知っているだけの男のことを話している可能性のほうがはるかに高い。それでも、雲ひとつない空から吹きつける一陣の風のように、切望がゲイブリエルの胸をふくらませた。「きみは誰かを愛していたのに、その気持ちに気づかなかったと言うが、そんなことがあり得るのか？」

カリオペは震える手をさげてドレスをなでつけた。「ええ。その相手に自分の人生を台なしにされて、思い描いていた未来まで踏みにじられたせいでね」背を向ける直前、彼女の瞳に涙が光るのが見えた。

カリオペにつらい思いをさせたくない。そばへ行って抱きしめたかった。だが、ほかにも何かしてしまいそうで、ゲイブリエルは動くことができなかった。口を開けば余計なことを告白してしまいそうだ。

「今夜、あなたに口づけを許したことは後悔しているわ」カリオペが静かに告げる。「あなたもそうでしょう」

ああ、後悔している。今夜だけでなく、これまでカリオペとともに過ごした一瞬一瞬を。カリオペとのキスは、ゲイブリエルに真実を受け入れさせた。これ以上彼女を避けることも、運命に逆らうこともできない。それができたなら、はるかに楽だっただろうが。

返事を待つことなくカリオペは書棚のあいだをすり抜け、螺旋階段へ向かう途中で立ち止まった。「あなたが言ったとおりだったわね、エヴァハート。わたしたちは友人同士にはなれない」

だから言っただろうと、あざけりの言葉を口にしたかった。

しかし、自分を偽ることはもうできなかった。

12

眠れない夜のあと、カリオペはうしろめたさで胃がもたれるのを感じた。まるでミセス・スワンのどろどろしたスープを飲みすぎたみたいだ。

あり得ないわ、と自分の心に言い聞かせる。あの手紙を書いた男性をいまも愛しているなんてあり得ない。わたしは彼を軽蔑して……軽蔑しているのよね？

しかも、エヴァハートにキスをしたあとで、自分の本当の気持ちに気がつくなんて。なお悪いことに、キスを楽しんでしまった。それも心からだ。それで別の男性を愛していることに気がついたのだから、余計に始末が悪い。

愛する人がほかにいるのに、違う相手とキスをすることができるものなの？

たぶん……できるんだと思う。でも、カサノヴァをまだ愛していながら、自分をすっかり見失うほどエヴァハートとのキスに没頭することができるかしら？

いいえ、それは無理ね。

カリオペはため息をひとつつき、唇の上に指先をさまよわせて、誰もいない東翼の廊下を歩いた。エヴァハートにもう一度キスするのはどんな感じだろう。その朝、ついそう考えてしまったのはこれがはじめてではなかった。不謹慎な空想にふけるものじゃないわと自分を叱りつける。はなはだ不謹慎よ。

だってそうでしょう?

エヴァハートを相手にしても未来はない。カサノヴァとの未来がなかったように。でも、エヴァハートにキスをしているあいだは、未来どころか、何ひとつ考えることはできなかった。

キスをしているあいだ、彼はわたしのものだった。かつて心に負った傷のせいで、男性に対する所有欲をずっと封印していたことに、あの瞬間まで気づかずにいた。ふたたび傷つくのを恐れるあまり、結婚することをすっかりあきらめてしまっていた。

けれど、エヴァハートへの口づけはわたしの目を開かせた。

あれほどの情熱を感じることができるのなら、この心はもうじゅうぶんに癒やされたのかもしれない。そしてカサノヴァに対してだけではなく……いまではエヴァハートに対しても、さらに強い感情を抱きはじめているのかもしれない。

突然頭に浮かんだそんな考えに、カリオペはつまずいて転びそうになり、半円形のテーブルに慌てて手をついた。廊下の角からメイドがタオルを抱えて現れたので、生けられたばかりのアマリリスを見ているふりをする。

カリオペは息を吸い込み、もっと現実的に考えてみた。たぶんわたしは、エヴァハートに抱擁されたことと、それに対する自分の体の反応に混乱しているのだろう。昔ブライトウェルにキスをされたときはあんな反応はしなかった。エヴァハートとならもう一度キスをしてもいい。

だめよ。絶対にだめ。カリオペはエヴァハートとのキスを忘れようとした。彼を避けて、手紙を探そう。簡単なことだ。避けて、探す。これが新たな計画だ。

とはいえ、地図の間にはエヴァハートが居座っているのに、どうやって探せばいいだろう。彼をどこかよそへ誘いださなくては。午後にでもモントウッドに手伝いを頼もう。でも、急がなければいけない。兄に迎えの馬車を頼む手紙をすでに出してしまった。

パメラ宛の手紙さえ見つかれば、誘惑に負ける前に、うしろ髪を引かれることなくファロウ・ホールをあとにできる。

片方の手のひらに銀の盆をのせ、ヴァレンタインが地図の間に足を踏み入れた。「郵便物でございます、閣下」

ゲイブリエルは封筒の束を手に取り、親指でめくっていった。ひとつは事務弁護士から、ひとつは妹から、ひとつはいとこのラスバーンから――きっと結婚の喜びについて延々と綴られているのだろう――そしてもう一通は……これはこれは……父からだ。

「今朝のファロウ・ホールはどんな様子だ、ヴァレンタイン？」不愉快な手紙を受け取ったにもかかわらず、ゲイブリエルは陽気な気分で尋ねた。ゆうべは一睡もしていないが……生き返った気がする。旅への期待に胸をふくらませて船に乗り込むときの気分だ。

「すべて順調でございます、閣下。ミス・クロフトはそれは見事に屋敷を取り仕切っていらっしゃいます」

ゲイブリエルは満足げにうなずいた。「ミス・クロフトは困難を前にして尻込みするような女性ではないらしい」封蠟を割り、今回はどんな説教を食らうのだろうと考える。

「はい、そのようで」

「見上げたものだよ」上の空でしゃべり、短い文に目を走らせる。意外なことに、説教めいた文句はひとつも見当たらない。おや……。「明日は二名の来客があるようだ、ヴァレンタイン。ヒースコート公爵と公爵未亡人用の部屋を西翼に用意するよう、ミセス・マーケルに伝えてくれ」父と祖母の来訪を告げるときにいつも胸をよぎる煩わしさも、いまは不思議と感じなかった。

「かしこまりました」執事は頭を垂れた。「しかしながら、クロフトご一行の到着時に閣下が望まれたとおり、最上室のモリヒバリの間はミス・クロフトが使用されております。部屋を移っていただくようお願いなさいますか？」

この屋敷にカリオペが到着したときは、どんなことをしても彼女を避けようと考えたが、それでもファロウ・ホールで一番いい部屋を使ってほしかった。これからも彼女にはここでの滞在を楽しんでほしい。そして、ぼくが本当にほしいのは彼女だ。

いまさらながらそれに気づくとはなんという愚か者だ。

ゲイブリエルは苦々しい笑いを漏らした。「いや、ミス・クロフトの部屋はそのままでいい。最上室ではないことを父と祖母が知る必要はないからな」

執事のこわばった頬がわずかに引きつる。ゲイブリエルの思い違いでなければ、それは笑みだった。

「今夜の夕食は、ぼくの席も用意してくれ」そう言うと、今度は執事の眉がぴくりと動いた。

最後にもう一度頭をさげて、ヴァレンタインが退室する。「かしこまりました、閣下」


カリオペはオルゴールのネジを巻き直し、いとこの話に首をかしげた。「オーガスタおば様は何を根拠にそんなふうに考えられたの？　ファロウ・ホールの住人の誰かが、あなたによからぬ気持ちを抱いているだなんて」

パメラからその話を聞いたとき、カリオペはばかげたことだと思った。おばは単に娘の機嫌を取ろうとして、言っただけかもしれないと。確かに、モントウッドもデンヴァーズも、それにエヴァハートでさえも、放蕩者として知られている。それでも彼らは礼儀にそむくようなことはしない。三人の中の誰ひとりとして、ベッドに伏せっている既婚女性を口説こうとは考えないだろう。

もっとも、エヴァハートは滞在客の独身女性を口説こうとしたけれど。もちろん、カリオペには彼を責める気はなかった。結局のところ、放蕩者は放蕩者だ。それにゆうべの彼女のふるまいが、清らかな独身女性らしくなかったのも事実だ。でも、彼の非難がましい言動のほうは、責めずにはいられない。

わたしがブライトウェルを愛しているですって？　五年も前に拒んだ相手を？　ほかには誰も愛せないほどわたしの世界は狭いとでも思っているの？　ほかの誰かにこの胸を掻き乱されることはなかったと？　正直、エヴァハートを気の毒に感じた。きっと彼は誰も愛したことがないから、わからないんだわ……。

頭にのぼっていた血がすっと引いた。エヴァハートに対して芽生えた強い感情を思い返して、胸に寒々としたものが広がる。どんなに思っても、彼が結婚という形でそれに応えてくれることは決してないのだ。

「よくわからないけれど」パメラは返事をしながら両手を広げ、ベスに磨かせたばかりのつややかな爪をうっとりと眺めた。「恋文が届いたのが、わたしがここへ来たあとだったからじゃないかしら。お母様はわたしの居場所は誰も知らないはずだと言っていたわ。でも、明らかに彼は知っていたわけでしょう」

カリオペの体は冷たくなった。いとこのおしゃべりは意味をなさないことがしょっちゅうだが、いまの話はつじつまが合っていた。「手紙が届いたのは、ファロウ・ホールに来たあとのことなのね？」

パメラはとろんとした目で微笑んだ。「そうよ。そして結婚している女性であの恋文を受け取ったのはわたしだけだわ」

信じられなかった。それか、信じたくなかったのかもしれない。カリオペはますますその手紙を見て、いとこの幻想ではないことを確かめたくてたまらなくなった。自分は誰かにと

好評既刊

ライムブックス大好評既刊書

秘密の恋文は春風と

ヴィヴィアン・ロレット／岸川由美［訳］

USA トゥデイ紙ベストセラーリスト常連作家登場。5 年前、差出人不明の恋文を受け取った日から、カリオペの心は手紙の主にとらわれたまま。伯爵ゲイブリエルが手紙の主だったが、当時彼は名乗り出ることができなかった。その理由とは……

800円（税別）ISBN978-4-562-04497-9

夢みる舞踏会への招待状

オリヴィア・ドレイク／水野麗子［訳］

《シンデレラの赤い靴》シリーズ第5弾。恋愛をしたことのないマデリンが、困った末に自分を愛人にする権利をオークションにかけると宣言。すると見知らぬ貴婦人が訪ねてきて、伯爵家の次男であるネイサンを選んでほしいと言うのだが……

880円（税別）ISBN978-4-562-04496-2

壁の花の秘めやかな恋

アナ・ベネット／小林由果［訳］

RITA 賞ゴールデンハート賞受賞作家、初邦訳！　社交界の人気者の伯爵ウィリアムの館で、家庭教師として働くことになった「壁の花」のメグ。二人にはかつて、縁談があったけれど結ばれなかった。ウィリアムはずっとメグを忘れられずにいて……

980円（税別）ISBN978-4-562-04495-5

募る想いは花束にして

エリザベス・ホイト／白木智子［訳］

大人気《メイデン通り》シリーズ第9弾！滅多に外出することもなく、細密肖像画を描いて暮らしているイブ。古びた劇場の再建に情熱を燃やす情熱的なエイサに出会い、孤独な毎日は変わった。しかし彼女には愛に飛び込めないある理由が。

940円（税別）ISBN978-4-562-04494-8

公爵のルールを破るのは

マギー・フェントン／如月有［訳］

先祖の代の諍いが原因で、いがみあうアストリッドとモントフォード公爵。しかし公爵は、お転婆の変わり者と言われるアストリッドが、本当は隠れて涙を流してきたことを知り、彼女とその姉妹を社交界にデビューさせようと計画するのだが。

1100円（税別）ISBN978-4-562-04493-

6月発売の新刊

大好評『公爵のルールを破るのは』待望の続編！

侯爵の帰還は胸さわぎ

マギー・フェントン　緒川久美子［訳］

800円（税別）ISBN978-4-562-04498-6

「ロンドン一美しい男」とタイムズ紙に書かれたマンウェアリング侯爵セバスチャンは、悪運にみまわれている。舞踏会でほんの戯れで言葉をかけた令嬢に追いかけ回され、辟易して国外に逃げていたが、2年たって帰国してもまだ騒動は終わらなかった。あげくの果て、身に覚えのない嫌疑のために決闘に引きずり出されるという運のなさだ。

放蕩者と後ろ指をさされ続けるセバスチャンだが、ずっと想い続けている女性がいた。音楽会でピアノソナタを弾きこなす彼女を見て恋におちたが、意中の人はおじの年若い妻、キャサリンだと知る。その後おじは亡くなったが、キャサリンは醜聞まみれの自分のことなど嫌っていると思い込んでいる彼は、彼女に近づけない。

自分に自信がなくひきこもりがちなキャサリンは、折り合いの悪い父と離れたいばかりに、かつて歳の離れた夫との縁談に逃げ込んだ。ひとりになった今は、静かな生活を送ることに満足している。華やかなセバスチャンに気後れしていたが、彼と思いがけず接近することになり、意外な一面を知って……

って特別なのだと一度は思った。その気持ちを何度も踏みにじられた。心の傷がまた少しだけ広がるのを彼女は感じた。

　胸の痛みを脇へ押しやり、この新たな展開について考えてみる。手紙が届いたのが、ここで静養するよういとこが屋敷に招かれたあとのことなら、手紙の宛先がわかっていた人はかぎられてくる。そしてここには三人の紳士が住んでいることは言うまでもない。モントウッドにあれほど情熱的な恋文が書けるかどうかはまだわからないものの、デンヴァーズは候補者リストからすでにはずしてある。ノートに書いていたエヴァハートの名前には、五年前の舞踏会のすぐあとに棒線を引いた。

　ブライトウェルに関しては……五年前、候補者にさえ挙げなかった。でも、いまになって考えると、考えが足りなかったかもしれない。彼の心には詩人が隠れているのだろうか。あるいは、手紙でしか情熱を発揮できない性格とか？　指先にインクがついているのに気づいたことはないけれど……。

「お母様からは、もう気にしてはだめよと言われたわ。たぶん、ミルトンがわたしを元気づけようとしたんでしょうって」

　大きな波を頭からかぶったようにカリオペは呆然とした。まさか本当にブライトウェルだったの？　なのにわたしが気づかなかっただけ？　一度だけ彼とキスをしたことがあるが、慎ましやかな口づけがカリオペの情熱を掻き立てることはなかった。ゆうべエヴァハートの腕の中で感じたのとはまるで違っていた。あんな恋文を書くことができる男性なら、わたしの中のありとあらゆる情熱を燃えあがらせるはずではないの？　自分が人生最大の間違いを犯してしまったのかどうか、なんとしてもはっきりさせなくてはならない。

「旦那様が恋文を送ってくれたのだとしたらすてきよね」カリオペは考えをめぐらせながらつぶやいた。

いとこはうつらうつらと舟を漕《こ》ぎはじめ、ぼんやりとした目つきになった。「あの手紙のことをわたしが尋ねたときは、少しもうれしそうではなかったわよ」

カリオペはぽかんと口を開けた。「こ、恋文のことを自分の夫に尋ねたの？　ブライトウエルが書いたものでなかったらどうするの？　妻がほかの男に口説かれているのを知ったら、いやな思いをするのはわかるでしょう」

ゆうべカードテーブルの席で小物入れの話を持ちだしたとき、ブライトウェルは中身を知っていたのだ。ああ、なんてことなの。

「言われてみればそうね」パメラはまじめな顔になって目をしばたたいた。「でも、あの恋文を書いたのはもっと……情熱的な人だと思ったわ」

どうやらいとこも差出人はブライトウェルではないと考えたらしい。「まさか彼にそんなことまで言ってないでしょうね？」

「いけなかったかしら？」

カリオペは目をつぶって、がくりとうなだれた。気の毒なブライトウェル。けれど……彼が恋文を書いたのであれば話は別だ。その場合、ブライトウェルは自分の秘められた一面を隠しておきたかっただけかもしれない。情熱を露わにするのが単に恥ずかしい可能性もある。

「自分の夫が社交界のレディ全員に恋文を送っていたのだとしたら、少しどきどきするわ」

「全員ではないでしょう」カリオペは訂正した。「手紙は六通だけだもの」わたし宛のものを数に入れなければ。

「わたしがもらったものを含めたら七通よ」

では合計で八通ね。そう胸の中でつぶやきながら、カリオペの心はどんどん沈んでいった。まるで深海の奥底へ向かう難破船だ。心はもうじゅうぶんに癒やされたとさっき思ったばかりなのに、とんだ皮肉だ。

「その恋文については、もう話題にしないほうがいいかもしれないわね」カリオペはうながした。パメラの話が事実なら、カサノヴァはここファロウ・ホールにいる可能性が高くなる。

そうなると、あとはカサノヴァがかぶっている仮面をはぎとる方法を考えさえすればいい。あいにく彼についてわかっていることは、特徴的な筆跡のみだ。

「でも、恋文を紛失したままでは気になるわ」パメラはだだをこねた。「それに、夕食後に居間でトランプ遊びをするのにも飽きてしまったの。ほかの娯楽にしましょうよ」

「みんなでできるゲームがいいわね」カリオペは紳士全員の筆跡を調べる方法を考えるのに気を取られて、なおざりに返事をした。そのときぱっとひらめいた。「今夜はジェスチャーゲームをしましょう。ひとり一枚ずつ、有名な戯曲の名前を紙に書いておくの。そして順番に紙を引いて、身振り手振りでみんなに題名を当てさせるのよ」

いとこは鼻にしわをよせた。「頭のおかしな人みたいにばたばた手を動かして、みんなの笑いものになるのは楽しくないわ」

カリオペはオルゴールのネジをもう一度回しながら思案した。全員の筆跡を調べられるよう、何かを書く必要があるゲームでなければ。「アナグラムはどうかしら？　文章のアルファベットを入れ替えて別の意味にする言葉遊びよ。お題を紙に書いて、もとの文章をみんなで当てるの」

パメラはため息をついた。「わたし、そのゲームはあまり得意じゃないわ」

「わたしが加勢するわよ」このゲームならカサノヴァの仮面をはがすのにぴったりだ。

彼が本当にここにいるなら、あの特徴的な筆跡を見ればすぐにわかる。

13

全員が夕食の席に着いた頃合いを見計らい、ゲイブリエルは悠然と食堂へ入っていった。彼が登場すると、モントウッドとデンヴァーズは眉を吊りあげてから、ワインのゴブレットを挨拶代わりに持ちあげた。パメラはぽかんとしている。会釈をするブライトウェルはあいまいな表情だ。そしてカリオペは、ゲイブリエルの視線を完全に避けていた。

上座にいる彼女とテーブルをはさんで真向かいに立ち、ゲイブリエルはテーブルの両脇に座る面々に順に挨拶をしたあと、真正面へと顔を向けた。「ミス・クロフト、きみのおかげでここファロウ・ホールでの食事がぐんとよくなったと耳にしたよ。これほど食事が楽しみなのははじめてだ」

本当に楽しみにしていたのは食事ではない。彼にいらいらしているカリオペの反応のほうだ。ほら、顔色が変わったぞ。全員の前でキスされたかのように真っ赤になっている。

カリオペはしぶしぶとゲイブリエルに目を向け、短くうなずいた。「食事が改善したのは、ミセス・スワンの努力のたまものよ」

「なんと謙虚な発言だ。ぼくの祖母も感心することだろう」ゲイブリエルは謎めかして言った。椅子に座り、つがれたばかりのワインを手に取って掲げる。「さて、祖母といえば、みんなに伝えることがある。明日は父が祖母を連れて到着する。何日か滞在する予定だ」

「公爵未亡人がここへ？」パメラはいまにも失神しそうなそぶりで、片手をふらふらと額に当てた。「どうしましょう。明日では新しいドレスをメイドに作らせる時間がないわ。いまあるものを仕立て直させるしかないけれど、これから朝まで縫わせても、間に合うかしら」

カリオペが怖い目つきでいとこをにらんだ。「あなたのメイドのベスは風邪を引いて寝込んでいることを、忘れてはいないわよね。わたしが手伝うから、何かふさわしい衣装を選びましょう」

「まあ、ありがとう。それなら――」

「いや」ゲイブリエルはさえぎった。わがままないとこの衣装選びにカリオペがつき合わされるのかと思うと、とたんに腹立たしさがこみ上げた。「その必要はない。ぼくの祖母はまわりに気を使わせるのをいやがるんだ」

デンヴァーズがナプキンを口に当てて激しく咳《せ》き込んだ。その肩は震え、どう見ても笑っている。実のところ、ゲイブリエルの祖母はどちらかというと……口うるさいことで知られていた。幸い、デンヴァーズがおもしろがるのにも気づかずに、パメラはゲイブリエルの発言を言葉どおりに受け止めて、おとなしくうなずいた。

カリオペは無言で自分のグラスを持ちあげ――いかにも不承不承に――ゲイブリエルに謝意を示した。彼は相手の視線をとらえ、いまのはカリオペを気づかっての発言だったことを目顔で伝えた。なぜそんなことを彼女に知っていてほしいのかは、自分でもわからない。

自分には結婚する気も、友人同士になる気もないことは、ゆうべ伝えた。それは本心だった。しかしその決意も、昨夜キスを交わした瞬間にぐらつき、今夜はついに夕食の席に加わることにしたのだ。これなら、危険をともなわずにカリオペのそばにいられるからと。

そう考えながらも、自分が愚かなまねをしている気がしてならなかった。

食事のあいだ中、ゲイブリエルの視線は真正面の席へと何度もさまよった。カリオペは隣席の者たちとの会話にいそしんでいる様子だったが、ふたりの視線は頻繁にぶつかり、そのたびに彼女は頰を染めて、彼を大いに喜ばせた。

夕食の料理は特筆すべきところもなかった。そしてミセス・スワンの料理の場合には、それは改善したことを意味していた。カリオペはああ言ったが、すべては彼女の努力のたまものだ。この屋敷での彼女の働きぶりはすべて知っている。そして知れば知るほど、彼女に対する賛嘆の気持ちが強まった。カリオペは容易に音をあげるような女性ではない、ファロウ・ホールの手に負えない厨房を相手にしたときでさえもだ。ゲイブリエルは彼女より一〇倍も長くここに滞在しているが、あれほどの成果はあげられなかった。ブライトウェルと結婚していたら、カリオペは立派な奥方になっていたことだろう。

普段なら、友が幸福を手にする機会をさまたげたことを思いだしたら気分がいっぺんに沈むものだが、いまは自分がしたことにはじめて安堵を覚えていた。喜びさえ感じる。カリオペがブライトウェルと結婚せずに本当によかった。それにも増して喜ばしいのは、ブライトウェルがもはや独身ではないことだ。

食事を終えたところで、モントウッドが椅子をうしろへすべらせて立ちあがった。「ミス・クロフト、今夜やることになっていたゲームは、またの機会にしてもらってもいいかな」魅力を全開にして、礼儀正しくお願いする。「食後の歓談の輪にエヴァハートが戻ってきたんだ、これはお祝いに値する。きみがかまわないなら、音楽室に場を移して、みんなで余興を披露し合おうと思うんだが」

カリオペの肩がごくわずかにこわばるのをゲイブリエルは見つめた。どんなゲームを用意していたのだろうか。そう思ったときには声をあげていた。「ゲームをする時間ぐらいあるはずだぞ」彼女と一緒にいられる時間は、長ければ長いほどいい。

カリオペはふたたびゲイブリエルと目を合わせた。「ありがとう、エヴァハート。でも、いいのよ。アナグラムはまた今度にしましょう」

しかし、目を伏せる彼女のしぐさに滲むのは失望感だ。

「それにエヴァハートは何かいいアナグラムを思いつくのに時間がかかるだろう」モントウッドがからかう。

ゲイブリエルはみんなとともに椅子から立ちあがった。アナグラムは昔から得意なほうだ。

「モントウッドより頭の回転が遅いと言われては癪《しゃく》だ。ひとつ思いついたから、ぼくは先に記入してくるよ」

Ｍｉｓｓ　Ｃａｌｌｉｏｐｅ（ミス・カリオペ）をｃａｍｉｓｏｌｅ　ｓｌｉｐ（袖なし

の下着）と並べ替えたものではまずいだろうが、と心の中で苦笑する。〝彼女の肌から下着をすべらせたら、賭けはぼくの負けとなる……〟こんなヒントを口にすれば、そのとおりになりそうだ。

普段、女性たちは先に居間へ移り、紳士たちは食堂に残ってしばらくポートワインを楽しむのだが、今夜はみんなで音楽室へと移動した。ゲイブリエルだけがアナグラムを記入するために居間へ向かう。

ブライトウェルがそのあとを追い、紙片を差しだした。「エヴァハート、ぼくは用意していたアナグラムがふたつあったんだ。ぼくが使わなかったやつでよければどうぞ」

紙片には苦労して書かれた几帳面な文字が並んでいる。乗馬中の事故のせいで、ブライトウェルはペンを利き手で握れないのだ。反対の手でこれを書くのは大変だっただろう。ともに旅をしていたあいだは、自分の従者に口述筆記させていた。

それを知っているため、友人の気づかいがいっそう胸に沁《し》みた。「ありがとう。おかげでない知恵を絞らずにすむよ」

本音を言うと、カリオペがいる音楽室に早く行きたくてうずうずしていた。ゲイブリエルはもらった紙片をすぐさまヴァレンタインに渡し、アナグラム用の籠に入れるよう頼んだ。

ブライトウェルへと向き直り、並んで廊下を引き返しながら相手の肩をぽんと叩く。「きみはいい友人だ、ぼくにはもったいないほどのね」その言葉はゲイブリエルが自分で認める以上に真実だった。「きみが幸せな暮らしを手に入れて、ぼくもうれしい。満足しているんば、過去と決別するのは簡単だ」

「もちろんだよ」ブライトウェルは廊下の先に視線を据えて言った。「魅力的な未来があれだろう?」

「それでは部屋の奥にあるペデスタルテーブルのまわりに集まって、何を披露するか決めてくれ」音楽室に入ると、モントウッドが高らかに告げた。「楽器の演奏でもいいし、歌でもいいし、自分が一番得意とするものを見せ合おう」

カリオペは困って笑いを漏らした。「わたしが一番得意にしているのは読書よ。椅子に腰掛けて本に夢中になっているところを披露しても、みんなを楽しませることはできなさそう」

「ご謙遜だね、ミス・クロフト。美しい歌声を披露したことがあるとぼくに話してくれたのはきみだろう」モントウッドは太い眉を上下に動かすと、彼女から戸口へと視線を移して、琥珀色の瞳をきらりと光らせた。カリオペもつられて目を向けると、エヴァハートがブライトウェルのあとから入室してきたところだ。「気後れするのなら、デュエットをお勧めするよ」

モントウッドは部屋の反対側にあるピアノへと向かい、すぐにしゃれた曲を弾きはじめた。

「ぼくは自分にぴったりの曲を見つけたぞ」デンヴァーズは楽譜の束からひとつ引き抜いた。口笛を吹いてペデスタルテーブルを離れていく。「紳士淑女のみなさま、ぼくの口笛の音色をどうぞお楽しみに」

「まだなんだか疲れやすくて」パメラは興味がなさそうにぱらぱらと譜面をめくったあと、女王のように垂らした手を夫へと向け、取るようにうながした。「わたしは熱心な聴き役に回るということで、勘弁していただけるかしら？」

「もちろんだ」全員が声を合わせ、彼女の体調のほうが大事だと——むしろ説得するように——同意した。

ブライトウェルは妻を長椅子へ導いてから、手袋をした手をあげて告げた。「楽しそうなところを申し訳ないが、ぼくは美声も持ち合わせていなければ、楽器の演奏もできなくてね。馬に踏まれて以来、利き手を自由に動かせないんだ」

ブライトウェルとパメラは長椅子に腰をおろし、デンヴァーズはモントウッドのもとへ行ったので、カリオペはペデスタルテーブルの前にひとり残された。そこへエヴァハートが近づいてきた。

彼の存在が強く意識された。片方の脚を添え木にはさまれていても、身のこなしは優雅だ。以前ほどステッキに頼らず、骨折した足にも体重をかけている。痛くはないのかと、心配で声をかけそうになったが、ゆうべのあと、エヴァハートと親しげにするのはできるかぎりやめようと心に誓っていた。

わたしがあの部屋を出たとき、ふたりは友人同士ではなかったのだから。

「きみは美声の持ち主だとモントウッドは知っているのに、ぼくがそれを聴いたことがない

のはどうしてだ？」エヴァハートは声を低めて言った。ほかの者たちには聞こえないように
話す彼に、軽やかなピアノの音色が加勢する。彼はカリオペの返事には関心がないそぶりで、
卓上に広げられたさまざまな楽譜をめくった。
ふたりの袖が触れ合った。シルクとウールがこすれ合っただけで、両手で愛撫されたかの
ような衝撃が走る。「心配しないで」カリオペは相手と同じく小声で返した。喉はなぜかか
らからだ。「わたしの下手な歌につき合って、デュエットしてもらわなくても結構だから」
「きみとのデュエットなら喜んで応じるよ……きっと甘美な歓びに満ちているだろう」親指
で楽譜をなぞるしぐさは、ゆうべのエヴァハートの愛撫を再現しているかのようだ。「声を
からませ合いながら、きみとともに高みへとのぼりつめてゆくんだ」
ちらりと目をやると、エヴァハートの唇が淫らな微笑を描くのが見えた。急に室温が上昇
したかのようで、カリオペは暑すぎるぐらいに感じた。暖炉のせいねとにらみつけたが、炉
床には薪が一本残っているだけで、ほかは燃え尽きて灰になっている。きっとエヴァハート
流のデュエットの説明を聞いて、一気に燃えあがってしまったのだろう。彼女は顔をあおぎ
たいのをなんとかこらえた。
「もっとも、ぼくが質問したのは、きみの美声を疑ったからじゃない」エヴァハートが続け
る。「きみは地図の間にいないときは、よくモントウッドとしゃべっているのか？」
その質問をカリオペは不思議に思った。なぜそんなことを気にするのだろう。エヴァハー
トは彼女に対する自分の気持ちを、誤解の余地がないほどはっきりさせているのに。

そのときふと思い当たった。「賭けのことを考えているのね？　モントウッドをわたしと結婚させて賭けに勝つつもりなら、おあいにく様。勝利がそう簡単にあなたの手の中に転がってくることはないわ」

「その点はぼくも同意するよ」エヴァハートははぐらかし、さっきの質問の意図は結局明かさなかった。

一〇を超える楽譜をめくったものの、カリオペの目にはどれひとつ入らない。エヴァハートがすぐそばにいる上に、カサノヴァの正体を暴く計画で頭がいっぱいなせいだ。歌の披露が終わったらこっそり居間へ行き、〝例の人物〟が本当にここにいるのか確かめられる。「何か楽器は弾けるの、エヴァハート？」

彼は巧みなことで定評のある指で卓上を叩いた。前腕をテーブルにのせてよりかかっているのは、脚にかかる負担を減らすためだろう。「いち音も出せないね。きみは？」

「音は出せるわ」カリオペは当意即妙に返した。「それをきれいな音色にすることができないだけ」

「ゆうべのあとでは、きみのウィットも逃げだしたかと思ったが、そうではなかったようだ」

からかうような口調で言われたが、カリオペは顔をあげてエヴァハートを見ようとはしなかった。いまはみんなの前で何を披露するかを決めているところのはずだ。ふたりはお互いを避け合っているはずだ。夕食の席に現れたエヴァハートは、全員の目がそそがれる中でわざと真向かいに座り、カリオペの神経を逆なでした。でもいまは……認めざるを得ない。彼とのやりとりを、みんなから離れた部屋の一角にふたりきりでいることを、わたしは楽しんでいる。楽しみすぎている。

せっかく心に築いた防壁は、波に洗われる砂の城のように崩れる一方だ。それならと、カリオペは第二の壁を打ち建てた。「ウィットであれ、ほかのなんであれ、わたしがあなたに影響されることはないから、気にしないでちょうだい」

「きみは舌がよく回る、ミス・クロフト」エヴァハートは頭を傾けて彼女の耳に顔をよせた。「ゆうべの練習の成果かな」

ぞくぞくとする感覚が岸辺に広がる波の泡のように背筋をくすぐる。カリオペはそれを無視しようとした。

「あなたについて、気になっていることがあるの、エヴァハート……」思わせぶりに言葉を途切れさせる。彼がはっと息をのむのがわかり、カリオペは満足した。「ご友人たちとあんな賭けをするからには、よほどの自信があるんでしょうね」

エヴァハートはゆっくりと息を吐いた。「ああ、大いに自信がある」持ちあげた楽譜に向かって話しかける。「ぼくは結婚はしない。避けることができるかぎりは」

「避けることができるかぎり？　なんだか主体性のない物言いね」カリオペは空咳をして笑い声をごまかした。室内を見回しても、誰も気づいた様子はない。ブライトウェルとパメラは話し込み、モントウッドとデンヴァーズはどちらの音色が勝るかと、ピアノ対口笛の対決を繰り広げている。「まだ自分の意志でものごとを決められる年齢じゃないのかしら。いくつになっても大人になれない男性もいるものよね」

「おや？　ぼくがまだ大人になりきれていないと言っているのかな、ミス・クロフト。そうではないことを喜んで証明するよ」エヴァハートは言葉であおった。「きみがゆうべの続きに応じてくれればね」

　背中をくすぐられるような感覚を無視するのが、どんどん難しくなっていた。「いいわよ。カーテンの裏に腰掛け窓があるから、どうぞわたしを連れ込んで」あざけるつもりで言ったのに、口から出た声には懇願の響きがあった。なお悪いのは、エヴァハートがそうするさまを想像してしまったことだ。

「気をつけてくれ、ぼくはもう大人なんだ。そんな挑戦を突きつけられたら、この手と唇できみを陥落させたくなる」

　淫らな脅しにカリオペの頭の芯はとろけ、ほてった体は塑像用の粘土みたいにエヴァハートの両手でこねられるのを待ちわびている。でもそれは口が裂けても認めるわけにいかない。

「つまり、あなたの友人になるとは、そういうことなの？」

「言っただろう、ぼくには女性の友人はいない」

　エヴァハートの友人ではない女性たちについて、カリオペは思いをめぐらせた。彼といる喜び以外は何も期待しない女性たち。正確には、彼が与える喜びだろうか。

　どんな結末が待っているかは考えずに、心のおもむくままに生きるのはどんな感じなの？

カリオペはそれ以上こらえきれずに、エヴァハートの口もとを横目でちらりと見た。やっぱり、魅力的だわ……。「では、わたしはあなたにとってはじめての女性の友人になるわね。ふたりの関係はそれ以上ではないんですもの」自分に念を押すために言ったにもかかわらず、挑発するような口調になってしまった。

「そうかな？　ただの友人同士という関係はとうに飛び越えたと思うが」

ほかの人から見られていないのをいいことに、エヴァハートはカリオペの背中に腕を回した。驚きながらも、彼女はその腕を払いのけようとはしなかった。彼はどちらが先に引きさがるか、挑発し返しているのだ。

エヴァハートは背筋の曲線を指でゆっくりとなぞったあと、指先をさまよわせて不思議な形を描きだした。それはまるで象形文字のようで、カリオペの頭にはまるで理解できないが、体のほうは肌がざわめく感覚にうっとりしている。

一枚の楽譜をふたりで握りしめている姿は、部屋にいるほかの人たちからは曲を決めたところに見えただろう。「友人同士なら、お互いを誘惑しようとはしないものだ」エヴァハートの口ぶりは、自分が誘惑しているのは彼女のせいだと言わんばかりだ。

体が熱を帯び、カリオペはごくりとつばをのんだ。「だったら、やめればいいでしょう」

いいえ、やめないで。

「ではやめよう。きみが、あとであることをすると約束してくれたらね」エヴァハートの指は容赦を知らない。上へ下へと動き、さらに挑発して、ヒップのふくらみすれすれのところに円を描く。

カリオペは原始的な要求を感じ、彼の手の下で腰を揺らしたくなった。「地図の間での口づけの続きを求めているのなら、あんなことは二度と――」

「そうじゃない」エヴァハートはいままでは聞き慣れたかすれ声で言った。その声にはゆうべの名残があり、そのときの彼の瞳をカリオペは思いだした。たぶん、いま彼の目はアクアマリンで縁取られたオニキスのように輝いているのだろう。「きみがひとりで自室にさがったあと、してほしいことがあるんだ」

「そう、それならいいわ」カリオペは返事をしながら、がっかりしないようにした。いますぐエヴァハートに手を引かれて音楽室から連れだされたら、逆らいはしないだろう。「何をすればいいの？」

「今夜、寝室の暖炉の前できみが本を読み終え――」

「どうしてそれを知っているの？」驚いて彼に目を向ける。やっぱりだ。オニキスのような漆黒の瞳。エヴァハートの顔はあまりに近く、カリオペが伸びあがりさえすれば、ふたりの唇はもう一度重なる。

彼女が考えていることがわかるかのように、エヴァハートは微笑して背中をそっとつねった。「椅子から立ちあがり、自分のベッドへと部屋を横切って」彼が続ける。その声はカリオペの体に催眠術をかけ、鼓動を打つ場所が胸の中から太股のあいだへ変わる。部屋の死角に隠れてエヴァハートはカリオペのヒップを覆い、ふくらみを指先でやさしくまさぐった。

「ナイトガウンを肌からすべらせて床に落とし」

　カリオペはうなずいた。何も身につけていない自分の姿がすでに目に浮かんでいる。そばにいる彼の姿も。

「おろした巻き毛がきみの肩をかすめるとき」エヴァハートがささやく。「ぼくの唇がきみの肌に触れる感覚を思いだしてほしい」

　カリオペは苦労して彼から顔をそむけ、ふたたび楽譜を調べるふりをした。もう一度息をするのも困難だった。「それだけ？」なんとか退屈そうな声を装った。

　エヴァハートがくくっと笑う。「きみとのデュエットにぴったりの曲を見つけたよ」

　視界がぼやけて楽譜に書かれた曲名が読めず、カリオペはぱちぱちとまばたきした。背中から彼の手が離れ、ようやく目の焦点が合う。

　曲名を見おろし、カリオペは笑い声を漏らした。ドイツ語だが、意味はわかる。「〝舞踏への招待〟？」ばかばかしいけれど……確かにふたりにぴったりね。彼女は首を横に振った。

「これはピアノ曲でしょう。歌詞はないわ」

「歌詞ぐらい、即興でつけられるさ」エヴァハートはもう一度カリオペの耳に顔をよせた。

「ぼくたちならね」


　その夜遅く、カリオペは足音を忍ばせて、自室から階下の居間へ向かった。屋敷は静まり返っている。モントウッドがピアノで弾いた心地よい子守歌が、ファロウ・ホールに住む者たちに魔法をかけていた。彼女と、それにデュークを除いて。

犬は居間のドアの前に座っていた。彼女を待っていたかのように頭を傾ける。

「目が冴《さ》えて眠れなくて」カリオペは小声で弁解した。探し求めていた答えがあと少しで手に入るのだから無理もない。

犬は彼女の釈明を受け入れて立ちあがり、尻尾を振った。幸い、ドア横に置かれたテーブルには当たらず、卓上のものをひっくり返さずにすんだ。カリオペは耳のうしろを掻いてやり、室内に足を踏み入れた。犬が横に並んでついてくる。

カリオペは蠟燭を高く持ちあげ、部屋を見回して紙片の入った籠を探す。犬が低くワンと吠え、カードテーブルに前足をのせて、中央にある籠をくんくんと嗅いでみせた。

カリオペの鼓動は高鳴った。早足で部屋を横切ったが、到着するまでに何年もかかったように感じた。

「本当におりこうさんね、デューク。ゆうべ勝手に地図の間へ入っていったことは水に流してあげるわ」頭を掻いて首をなでてやると、犬は口の横側からだらりと舌を垂らした。「明日になったらミセス・スワンに頼んで、特別に大きな骨をもらいましょうね」

蠟燭を置き、両手で籠を持ちあげてひっくり返す。テーブルの上に紙片が散らばった。

カリオペは息を凝らした。いよいよだ。もしもカサノヴァがここにいれば、字を見た瞬間にわかる。

紙の山からひとつ目を取り、じっと目をそそいだ。小さくて均一な字で、どのアルファベットにも華やかな飾りはない。これは違うわ。次は彼女が書いたものだった。その次のものはくるくると弧を描く派手な文字が紙一面を占め、さながら女王様自筆の御触書《おふれがき》だ。パメラね。四番目はなんの特徴もなく、どの文字も習字の先生によるお手本のようだった。カサノヴァはこんな味気ない字は絶対に書かない。

残りはふたつになった。手を伸ばして右側の紙を選ぶ。開いてみて、カリオペはふうっと息を吐いた。ひどく傾いた悪筆だ。ブライトウェルは利き手が不自由だと話していたから、これは彼のものだろう。とにかく、カサノヴァの字とはまったく違う。

カリオペはまだ気をゆるめなかった。

最後のひとつ。これがそうかもしれない。自分とパメラが書いたものはすでに見つけたから、最後の一枚は紳士たちの誰かが書いたものになる。蠟燭の明かりが揺れ、カリオペは自分の息づかいが荒くなっていることに気がついた。

心臓が飛びださないよう胸に手を置いて、最後の紙片を開く。

カリオペは目をつぶった。違う。カサノヴァではない。華やかな飾りはなく、あまりに几帳面な筆跡だ。結局、カサノヴァはファロウ・ホールにはいなかったことになる。デンヴァーズとエヴァハートを候補からはずしたのは正解だった。これでモントウッドも除外できる。一番の収穫は、ブライトウェルでもないとわかったことだ。

安堵感が胸に広がった。わたしは人生最大の間違いを犯したわけではなかった。けれど……。

これでまたふりだしに戻った。カサノヴァの正体は相変わらずわからないままだ。そしてエヴァハートと過ごす時間が長くなれば長くなるほど、すべてをはっきりさせたい気持ちが強まった。

14

緊張感がゲイブリエルの喉を締めつけた。昨日の楽しい気分は、眠れぬ夜のあいだに霧となって散っていた。

カリオペと誘惑の駆け引きを続けていたら、こちらの身が持たない。ゆうべのぼくはどういうつもりだったんだ？　それを言いだしたら、さらにその前の夜もだが。唇が肌に触れる感覚を思いだすよう彼女に頼んだせいで、〝カリオペはいまぼくのことを思っているのだろうか〞と、自分のほうがひと晩中ずっと彼女のことを想像する羽目になってしまった。

カリオペに近づくことで途方もない危険を冒している。顔を合わせるたびにどんどん惹かれ、頭にはつねに彼女のことがある。そして気がつくと、彼女を探して屋敷の中をさまよっている始末だ。

こんなことは終わりにしなければ。

「いやに考え込んでいるようだが」向かいに置かれた椅子の横に立ち、ヒースコート公爵が声をあげた。ゲイブリエルの父親と祖母は少し前に到着し、いまは同行してきた公爵家の主治医が、ぶつぶつ言いながらゲイブリエルの足を診ているところだ。

ゲイブリエルはこれまでの人生で身についた無造作なしぐさで肩をすくめた。「南米旅行のことを考えていたんです。一カ月以内に船に乗れるまで回復したと、医者のお墨付きがもらえるだろうかと。近々フォン・フンボルトがふたたび南米に向かうそうなんです。ぼくひとりぐらいなら、ついでに乗船させてくれるかもしれない」

何か別の考えごとを詰め込めば、ミス・クロフトを頭の中から追いだせるだろう。

かがみ込んでいたアリステア・リッジウェイが立ちあがり、鼻眼鏡をつまんではずした。

「骨は無事につながっています。足首のすぐ上で、軽い骨折だったのは運がよかった。事故から六週間になるんでしたね?」ゲイブリエルがうなずくと、リッジウェイは続けた。「もう数週間ほど、おそらく一、二カ月は、運動が制限されるでしょうが、添え木ははずしてかまいません。今後は衰えた筋力の強化に努めていただきたいが、くれぐれも慎重に。包帯はまだ巻いておくようお勧めします。靴は履いても結構ですが、ブーツはまだ早い。ステッキを使って歩行をはじめるといいでしょう」

数週間前からそうしていることは言わずにおいた。ゲイブリエルはただうなずき、いまいましい添え木からついに解放されてほっとした。

「ありがとう。さがってくれ、リッジウェイ」ヒースコート公爵は医者に告げた。相手が誰だろうと厳格な口調は変わらない。地図の間のドアが閉まったあと、公爵は息子に注意を戻した。「今回、おまえは運がよかった」

「ええ、ぼくは――」ゲイブリエルは言いかけて口を閉じた。父の険悪な目つきを見た瞬間、話題はすでに事故の話から移っているのだと悟った。父が話しているのは事故にまつわるスキャンダルのほうだ。ゲイブリエルが骨折したいきさつは、世間の口にのぼることはなく、新聞記事にもなっていない。スキャンダルになる前にゲイブリエル自身が金を使って、あらゆるところに口封じをしたのだ。それでも父はどこからか聞きつけたらしい。「こんな失態は二度と繰り返しません」

公爵はおかしくもなさそうに笑うと、室内を歩きはじめた。「その言葉は前にも聞いた」

それが事実であることをゲイブリエルは忸怩《じくじ》たる思いで認めた。確かに、これまで自分は言い逃ればかりしてきたが、いまは別の人間になりつつあるのを、かつてないほど実感している。「ええ、しかし……今回は本気です」

「そう言っておけば、わたしが旅行の資金を出すと考えているだけだろう」

「確かに、そういう思いもないわけではありません」父に嘘やごまかしは通用しないので、正直に言った。「しかし、自分の行動を心から恥じているのは本当です。だからこそ、こうしてこの屋敷に残っているんです」

レディ・ブライトウェルとともに馬車に乗っていたとき、けがをしたのは大失態だった。あんな状況に巻き込まれることは二度とあってはならない。自分の行動でまわりをがっかりさせるのには慣れているものの、あのときばかりはみずからに失望した。単なる些細《ささい》な過ちだと、肩をすくめて片づけることはできない。

厳格な性格で世に知られる公爵は、唇をぐっと引き結び、完璧な渋面を作った。「今回おまえが現場から逃げださなかったことは褒めてやってもいい。しかし、それは足を骨折して動けなかっただけだろう」

「じっとしているだけなら、船上でも可能でした」つい肩に力が入り、ゲイブリエルは緊張をやわらげようと立ちあがった。長靴下をはいただけの片足に体重をかけてみると、針山を踏んだようなしびれが踵から伝わった。

「おまえの母親は息子が旅に出てばかりいることに反対したはずだ」ヒースコート公爵は椅子の肘置きに立てかけてあったステッキを差しだした。

亡き妻のことを口にしただけで、父の顔のしわがいっそう深くなる。最初の妻の死がもたらしたむなしさから、父はいまも逃れることができずにいた。ゲイブリエルは父がひとりの男、ひとりの夫、そしてひとりの父親であったときのことを覚えていた。公爵という肩書きをまとっただけの、空っぽの抜け殻ではなかった頃の父を。

ゲイブリエルは手を振ってステッキを断った。公爵が不満げにうなる。「そうは思いません。いつも幼い息子をちょっとした冒険に送りだしていたのは母だ。息子が成長した暁にはもっと大きな冒険に出かけられるように、下準備をさせていたんだとぼくは思っています」

「若い時分であれば冒険もいいだろう。だが、いまやおまえは二八だ。おまえの母親も、その頃には息子が若者の気ままな生き方を捨て、本来いるべき場所に戻っていることを期待していたに違いない」ステッキがすべり、低いテーブルに音を立ててぶつかった。暖炉の前でだらりと伸びていた犬が、耳をうしろに伏せて縮こまる。

「このことに母は関係ないでしょう」ゲイブリエルは怒りがこみ上げるのを感じながら、脚をぎこちなく動かして振り返り、父親と向き合った。「すべてあなたが期待していることです、最初からすべてあなたの願望だ」

ヒースコート公爵はゆっくり息を吐いた。「息子のことに関して、おまえの母親とわたしの意見は一致していた。われわれが望んでいたのはおまえの幸せだけだ。その幸せの一部は、おまえがわたしの息子として、後継者として、自分のいるべき場所に戻ってくることだ」

まわりに期待される重圧が、ゲイブリエルから少しずつ逃げ場を奪っていた。父や祖母でなければ、モントウッドやデンヴァーズ、それかカリオペが彼に期待をよせてくる。

中でもカリオペに期待されるのが一番つらかった。彼女にはなんの得もないのに、ぼくと友人でいようとしてくれるなんて。自分にも多少はまともなところがあるのかもしれないと勘違いしてしまう。ボクシングで猛攻をかわすのには慣れていても、自分の心の葛藤にはどう対処すればいいのかわからない。

パニックの波が喉までせり上がり、ゲイブリエルは母の死後からずっと心の奥底にある恐怖を吐きだした。「お気づきですか？　どんな話をしようと結局はブライア・ヒースのことになるんだ」

「おまえがいるべき場所はそこだからだ！」

「わたしのためにわざわざファロウ・ホールへお越しいただくなんて光栄ですわ」パメラは

自室の向かいにある居間で、緑色の椅子に腰掛け、ゆったりと微笑んだ。

カリオペはいとこにぶんぶんと首を振って注意しそうになるのをこらえた。パメラは目の前にいるのが社交界の重鎮のひとりだとわかっていないらしい。先代のヒースコート公爵の未亡人に向かって、あたかも対等の立場であるかのようにこちらから話しかけることは失礼極まりない。会ったこともない男爵夫人とおしゃべりをするために、相手が遠路はるばるやってきたかのような言いぐさはもちろんのこと。

「ええ、それは間違いなくそうでしょう」公爵未亡人は片方の眉をぐっと吊りあげた。額に現れたしわの一本一本に侮蔑の念が刻まれている。それ以上パメラの相手はせず、カリオペへと注意を移した。「ミス・クロフト、わたくしの部屋にある生花はあなたが用意させたものだとメイドから聞きました」

カリオペはためらった。目の前で大きな落とし穴が口を開けた気分だ。ここで肯定すれば、公爵未亡人のご機嫌を取るために、他人の屋敷の温室から花を摘んでくる図々しい娘だと思われかねない。一方で、ファロウ・ホールの家政を手伝っていることを説明すれば、ここに住んでいる紳士たちのひとりと親密な仲だという誤解を招くだろう。

ここは自分はまったく関係していないことにしておくのが得策だ。「ミセス・マーケルはとても優秀な家政婦で、滞在客全員を歓迎してくれています。公爵未亡人のお部屋にお花を持っていったのも彼女です」

公爵未亡人は、銀製の柄がついたステッキの先で足もとのトルコ絨毯をとんと突いた。カリオペのほうへさらに体を向け、会話の輪からパメラを完全にはずす。「それほど優秀な家政婦なら、客に屋敷の中を案内する暇もないことでしょう。代わりにお願いできるかしら」

カリオペは緊張した。いまの口調は問いかけではない。ここは応じる以外に選択肢はないらしい。「喜んでお引き受けいたします。植物がお好きでしたら、温室からご案内しましょうか」

「ねえ、あなたも知っているでしょう、わたしは花のそばへ行くとくしゃみが出るの」パメラが割り込んできた。「行くなら美術品陳列室にしましょうよ。公爵未亡人も肖像画のほうがお好きなはずだわ」

カリオペはいとこの態度に驚きあきれた。パメラは子どもの頃から女王様のようにふるまい続けたせいで、相手が公爵未亡人だろうと、自分のわがままが通ると思っているのだ。向かいに座っている公爵未亡人は、肩をこわばらせて椅子から立ちあがり、カリオペもそれに続いた。腰掛けたままのパメラを、公爵未亡人はこれ以上ないほど冷ややかな表情で見おろすと、ひとことも発さずに戸口へ向かった。

「ミス・クロフト」公爵未亡人が口を開く。「わたくしは肖像画よりも風景画のほうが好みです。それに、草花でしたらどのような種類でも好きですよ。温室から案内していただけるとうれしいわ」夫人が握っているステッキは、歩行用の補助というより装飾品のようだ。それとも、気分を表す道具だろうか。

カリオペはどきどきしながらも、その発想が気に入り、頭の中で想像してみた。ここは真っ白なページの上で、ふたりの足跡がそこに文章を綴ってゆく。そして公爵未亡人がステッキで床をとんと突くと、そこに感嘆符がつくのだ。

カリオペは了解のしるしに頭を傾け、公爵未亡人の横に並んだ。パメラを残し、庭園や温室がある屋敷の反対端へ導く。

「もしよろしければ」公爵未亡人がうなずくのを待ってから、カリオペは続けた。「客間の外の廊下に、花畑を描いたとてもすてきな風景画が飾られています。少し遠回りをするだけですし、いまでしたら、途中で通る地図の間にエヴァハート卿がいると思います」

公爵未亡人は満足げに微笑んだ。「旅を思いださせる部屋がお気に入りとは、いかにもゲイブリエルらしいこと。あの子の亡くなった母親は、息子がよちよち歩きをはじめたときから、冒険に送りだしていたものですよ」

「お母様の話はうかがったことがありません」ぽつりと言うなり、カリオペは自分の大胆さに仰天した。私的なことに触れるのは、ふたりが親しい間柄だとほのめかすようなものだ。しかも、相手は誰あろうエヴァハートの祖母だ。いまの余計な発言を公爵未亡人が聞き流してくれるといいけれど。

「母親が亡くなったとき、ゲイブリエルは一〇歳でした。母親のアンはそれはすてきな女性でしたよ」過去の思い出にふけるときですら、公爵未亡人にぼんやりとしたところはない。彼女はペンナイフの先端のように鋭く、しかも相手の急所をすばやく突くことで知られていた。「ロマンティックな人ならこう言うでしょう、ゲイブリエルの父親は妻なしでは生きられないほどアンを深く愛し、彼女の死は自身の心の死でもあったと」いまも悲しんでいるかのようにゆっくりと息を吐く。「もちろん、後添いのアグネスとも、お互いを敬愛し合う、円満な関係を築いています。あれ以上は望みようがないほどに」

カリオペは何も言わずに同意した。ここで自分の両親の話を持ちだすのは出すぎたまねだ。カリオペの両親も、お互いなしでは生きていけないほど深く愛し合っており、そんなふたりの姿は彼女のあこがれだ。

数日前なら、自分は愛し愛される唯一の機会を五年前に逃がしてしまったと、本気で言っただろう。いまは、もう一度誰かを愛することができそうだと、自信を持って言える。

「ですが、あなたの場合は望ましい相手がまだいないようですね、ミス・クロフト」公爵未亡人は前方にまっすぐ視線を据えてつけ足した。カリオペが自分のドレスの裾を踏んで転びそうになるのにも気づいていないようだ。「こんにちレディ・ブライトウェルの座に就いているのが、あなたではなく、パメラであるところを見ると」

評判どおり、ペンナイフみたいに鋭いのね。カリオペは喉の脈打つところに切っ先が突きつけられるのを感じた。「ロマンティックな人の言葉を借りれば、単なる友情では結婚へと心を動かす決め手にならないということでしょう」

公爵未亡人は意外にもほがらかな笑い声を響かせた。「これでわたくしにもわかりましたよ。何年も前、ゲイブリエルがおとなしいミルトン・ブライトウェルと仲良くするのを不思議に感じたものですが」

不思議に感じた？　「同じ学校の出身ですもの、エヴァハートとブライトウェルは旧知の間柄だったんだと思います」

「年がふたつ離れているんですよ、ミス・クロフト。その年頃の男の子にとって、二歳の年の差は大きな違いです。若者は競争心が強いから、どちらが上かはっきりさせようとするもの。まあ、男性はいくつになってもそうですが」公爵未亡人は廊下で不意に足を止めた。「あなたが話していた花畑の絵というのはこれですか？」

カリオペは視線をあげて目をしばたたき、自分がいまどこにいるのか見回した。話に気を取られて、いつの間にか廊下の角を曲がっていた。「あの……はい。その、とても美しい絵ですよね」

「ええ。あなたは審美眼をお持ちね」公爵未亡人は思案げにつぶやいた。「わたくしの義理の孫、ラスバーン子爵の妻、エマ・ゴスウィックと話が合うことでしょう。彼女は芸術家なんですよ」

「お目にかかったことがあります」エヴァハートがブライトウェルの友人になった時期がなぜか気になったが、疑念を頭から追い払った。わたしにはなんのかかわりもないことだ。「レディ・ラスバーンはわたしの兄嫁の親友なんです。刺繍を趣味にしているのはわたしも同じですが、レディ・ラスバーンの作品にはとてもかないません」

公爵未亡人は風景画からカリオペに向き直り、じろりと見据えた。「では、あなたは何が得意なんですか？」

「読書です」緊張のせいで舌がもつれかけた。不意に、標本箱にピンで留められたとんぼになった気分だ。恋愛小説ばかり読んでいることはとても言えない。「もうすぐフランス人探検家の南米旅行記を読み終えるところです。とても興味深い内容でした」

冒険旅行好きのエヴァハートがいかにも好みそうな本だと気づいたときには遅かった。誤った印象を与えたくはないのに。

公爵未亡人はカリオペの瞳孔をのぞき込むかのように顔を傾けた。「女探検家を気取れる女性というのは、よほどの自信家でもあるのでしょうね……言うまでもなく、既婚者で、夫と連れ立っていることが前提ですが」

「もちろんです」カリオペはこの話を終わらせるために同意した。エヴァハートと交わした口論を、公爵未亡人相手に再開するつもりはない。「それでは温室へ向かいましょうか？」

「ええ、ですがその前に孫のところによりましょう。あなたの旅行記の話に刺激されて、また旅に出るだのと騒いでいなければいいんですが」さりげなく当てこすりを言う。「孫は名状することはできない何かとやらを、永遠に追い求めているんですよ」

「たぶん自分探しの旅なんでしょう」カリオペはまたもや余計なことを言ってしまった。しかもこれではエヴァハートを弁護するかのようだし、ふたりが親しい間柄みたいだ。

「鋭い意見ですね、ミス・クロフト」驚いたことに、公爵未亡人はしわを深めて笑みで応じた。そのあとすぐに落ち着き払った顔つきに戻る。「ですが、本当の自分というものは、どこか遠くにいるわけではありません。本人のためにも、孫がそのことにできるだけ早く気がつくよう願います」

カリオペは今度こそしっかり口をつぐんでいた。

地図の間に近づいたところで、荒々しい声がふたりの注意を引いた。

「お気づきですか？　どんな話をしようと結局はブライア・ヒースのことになるんだ」

「おまえがいるべき場所はそこだからだ！」その声には〝話はこれで終わりだ〟と、議論を拒絶する厳しさがあった。

カリオペがファロウ・ホールの案内を再開する前に、両開きのドアの片方が勢いよく開かれた。地図の間から出てきたエヴァハートが彼女と目を合わせて躊躇する。青緑色の瞳にははじめて目にする弱さが揺らいでいた。そのまなざしは彼女に心の支えを求めるかのようだ。しかし、そんな感情は彼の瞳からすぐに消えた。

エヴァハートは顎が引きつるほど歯を食いしばると、ぎこちなく会釈した。「失礼しました、おばあ様。ごきげんよう、ミス・クロフト」それだけ言って、片足を引きずりながら廊下を歩み去った。

「エヴァハート、脚が添え木で固定されていないわ」カリオペは慌てて言った。片方の脚はブーツを履いているものの、反対の脚はウールの長靴下に覆われているだけだ。相手は返事をすることも、振り返ることもなく、廊下を進んでゆく。「せめてステッキは使わせないと」彼女は小さな声で憤った。

「残念ながら、男性が自滅するのを止めることはできませんよ、ミス・クロフト。それができれば世界は違っていたでしょう」公爵未亡人は舌打ちした。「彼らが弱音を吐いたら、それを支えてやるのが、わたくしたち女性の役割です。そうしておいて、男のほうが強いのだと思わせてやるんですよ」

名高い公爵未亡人とこんな会話をしているのは、笑ってしまいそうなほど奇妙だったが、それでもエヴァハートのことが心配でならなかった。カリオペは遠ざかるうしろ姿を見つめて迷った。

公爵未亡人は自分のステッキで床をとんと突いた。「またけがをする前に、わたくしたちのどちらかが追いかけたほうがいいようですね。いまの状況では、それはあなたの役目だと思いますが」カリオペが驚いて視線を向けると、公爵未亡人は手で追い払うしぐさをした。

「急ぎなさい。屋敷の案内の続きは午後で結構です」

「楽しみにしています」カリオペは膝を折ってお辞儀をし、エヴァハートのあとを追った。

角を曲がる手前で、公爵未亡人の声がふたたびはっきりと聞こえてきた。厳しく叱りつけるその声は、幸い、カリオペに向けられたものではなかった。

「クリフォード、親子げんかはしないと約束したはずですよ」その名も高きヒースコート公爵も、母親の前ではひとりの息子なのだ。

15

石のタイルにカリオペのすばやい足音が響くのが聞こえたが、ゲイブリエルは立ち止まりたい気分ではなかった。足の裏に針山が突き刺さる感覚が、ふくらはぎまでしびれさせている。馬を駆って遠くへ行きたかった。そのまま一番近くにある船まで行ければなおいい。うしろは振り返りたくない。

「あなたがまたけがをしたら、わたしがおばあ様に叱られるのよ」カリオペが息をはずませながら言い、彼の横に並んだ。

ゲイブリエルは彼女を無視できずに足を止めた。唇は開いて頬は赤く染まり、はちみつ色の巻き毛が頬をかすめていては、無視することはできない。「どうしてきみが叱られるんだ？」

カリオペはわかりきったことでしょうと言わんばかりに目をしばたたいた。「おばあ様にあなたの世話をまかされたからよ」

「ミス・クロフト、確かにきみは有能だが」先へ進みたいという気持ちと、こぼれ落ちて彼女の口にいまにも触れそうな巻き毛に手を伸ばしたいという気持ちのあいだで、ゲイブリエルは葛藤した。「ぼくなら自分の世話は自分でできる」

カリオペは首を横に振った。「だめよ。寝室まで連れていくわ」許可を請いもせずに、ゲイブリエルの手首を取って腕を持ちあげる。その腕を自分の肩にかけ、体をぴたりとより添わせた。「さあ、行きましょう」

彼はその場から動かなかった。押しつけられた体の感触を楽しまないよう努力するものの、ぬくもりは伝わってくる。「きみがぼくを寝室へ連れていくことはできないぞ」

「もちろんできるわよ」カリオペはゲイブリエルの腰に腕を回すと、反対側の脇を小さな手でつかみ、うしろから腰を押そうとした。その結果、やわらかな胸と腰の曲線、それに太股がいっぺんに密着する。「寝室へ行って、あなたの従者に世話をしてもらわなきゃ」

「きみがどう考えていようと、ぼくは体が不自由なわけではない」その点は容易に証明できそうだった。カリオペに向き直って抱擁し、いますぐにでも世話をしてほしい場所を感じさせるだけでいい。「それに、きみだって男と一緒に寝室へ行くのは本当は怖いんじゃないのか」相手が彼女だと、誘惑の言葉が口から際限なくあふれでてくる。「ぼくの寝室でなら、きみを奪うのは簡単だ。きみも今度こそ最後まで経験できるよ」

カリオペはその言葉をしばしのあいだ思案し、まばたきすることなくゲイブリエルの目をのぞき込んだ。やがて彼が本気である証拠を見て取ったらしく、壁沿いにあるテーブルの奥に見える、アーチ状の狭い入り口を身振りで示した。「それなら代わりに一番近くの居間まで連れていくわ。そこの廊下のすぐ先に一室あるの。雪が降りだしたから、外の眺めも楽し

「めるはずよ」

ゲイブリエルは気がつくとうなずいていた。体に当たる彼女の感触は心地よく、ひとりになりたかったことを忘れさせた。カリオペはぼくにたくさんのことを忘れさせる。たとえば賭けもそのひとつだ。未婚で、しかも結婚相手にふさわしいレディとふたりきりになれば、自分を窮地に追い込むというのに、彼女はそれを忘れさせる。

「きみは雪が好きなのか?」ゲイブリエルは不安を払いのけるために話題を変えた。

「常緑樹の枝に真っ白な雪がのった景色や、雪が積もったばかりの小道に最初の足跡をつけるのを楽しまない人がいるかしら?」顔をあげてこちらを見るカリオペのまなざしは輝き、近くに窓はなくとも、彼女の目の中にその光景をありありと見ることができた。

心臓がずしりと重い鼓動を打った。カリオペに隠しているすべての秘密が胸にのしかかる。自分が犯した最悪の罪を隠し通すために、そして罪の埋め合わせをするために、この五年間は自分の本心を否定してきた。そんな努力にもかかわらず、愛する者たちを失望させ続けている事実は変わらない。

「いないだろうね」その返事にカリオペは微笑んだものの、ゲイブリエルは自分がその笑みに値しないのを痛感した。彼が干渉しなければ、カリオペはブライトウェルとの人生を手にすることができたのだ。

カリオペは使用人用らしき廊下の先へと案内した。ゲイブリエルはファロウ・ホールに居を構えて間もなく足を骨折したため、屋敷内を全部は探検していなかった。ここは中でも古い一角だと彼女が説明する。

通されたのは、ゲイブリエルがこれまで足を踏み入れた中で、最も小さな部屋だった。物置部屋だとしても狭い部類に入る。中にある家具はふたつだけだ。紫檀《したん》の小さな円テーブルの上には、赤いアマリリスが生けられたブルーの一輪挿しが飾られている。黄色い椅子は詰め物でぱんぱんにふくらみ、左右の肘置きは両側の壁にくっつきそうだ。実際、椅子と出窓のあいだの狭い隙間まで行くには、横を向かなければ通れなかった。

窮屈ではあるが、窓辺へ行くだけの価値はひとつあった。いや、ふたつか。カーテンのない窓から見える、緑豊かな森の景色。そして満足げにそれに見入って、雪原を照らす太陽のように輝いている女性。

その女性はまだゲイブリエルの腰に腕を回している。彼女にキスをしたい。足の痛みが引くことよりも、新たな探検旅行の計画を立てることよりも、彼女にキスをしたかった。この小部屋にこもって、来る日も来る日もカリオペにキスをして過ごす自分の姿が容易に想像できる――。

ゲイブリエルは大きく息をのみ込んだ。目をしばたたき、頭から、そして心からいまの想像を振り払う。だが、部屋には彼女の香りが満ちていて、甘く切ない思いが彼の胸をいっぱいにした。

「ブライア・ヒースって、なんのことなの？」カリオペがゲイブリエルを見上げた。その目は好奇心と不安を湛えている。

彼女の質問はゲイブリエルの妄想をすべて消し飛ばした。誘惑に屈することはできないのだと彼に思いださせる。

ゲイブリエルは狭い空間で可能なかぎり、カリオペから体を引き離した。「ぼくが所有している屋敷の名前だ」息を吐きだして椅子に沈み込み、身を乗りだしてふくらはぎをもみはじめる。問いかけるような彼女のまなざしから表情を隠すためだ。

「どういうこと？」カリオペは困惑している。「自分の屋敷があるのなら、なぜファロウ・ホールに住んでいるの？」

なぜ？　確かに疑問に思うだろう。「運命に抗って、勝つことができると信じていたからだろうな」

カリオペは隣に立ち、椅子の肘置きに描かれた葉の模様をぼんやりと指でなぞった。「いまはもう信じていないの？」

彼女の問いかけにゲイブリエルははっとした。ぼくはいま〝信じていた〟と言った。気づかないうちに、心の中では負けを認めていたのか？　彼は答える代わりに質問ではぐらかした。「どうしてそんなことに興味を持つんだ？」

カリオペの指先が動きを止める。「物語が好きだからかしら。それに、あなたの物語を知りたいだけ」

ゲイブリエルは背中を起こして彼女を眺めた。カリオペがうちに秘めている情熱が、光輪のように体のまわりできらめいている。歌わずとも、彼女はセイレーンそのものだ。彼女のもとへ行くためなら、ぼくは喜んで岩礁に身を投げだすだろう。その衝動に抗うのがどんどん難しくなっている。

それは恐ろしくもあり、魅力的でもあった。「ぼくが話せば、きみの話も聞かせてくれるのか？」

「わたしの話？」カリオペはふたたび模様をなぞった。その手のすぐそばに置かれているゲイブリエルの手には目を向けずに。

「きみの愛する男について聞かせてくれ」

カリオペは赤面した。「あなたにはおもしろくもない話よ」

ゲイブリエルは彼女の手にゆっくりと手を重ねて指を動かした。繊細な関節を越えて、静脈が地図上の青い川のごとくはっているなめらかな肌へすべりおりる。「おもしろいかどうかはぼくが判断する」

「わかったわ」カリオペは静かに言い、彼の手が自分の手をなでるところを見つめた。「だけど、あなたが先よ」

ゲイブリエルはカリオペの手を愛撫しながら、袖を飾るレースの下へ探検を続けようとした。だがいったん彼女の手を裏返し、手のひらの上で新たな旅を開始する。ロマの占い師のように、彼女の未来がここに見えるだろうか。それ以上に知りたいのは、自分自身の未来だ。

「ぼくは子どもの頃」ゲイブリエルは、カリオペの手のひらを持ちあげてキスをしたいのをどうにかこらえた。「父と母と、ブライア・ヒースに住んでいた。そこには笑いと喜びがあった。そしてある日……どちらも失われた。これがぼくの物語だ」

カリオペは手を引っ込めた。「それは物語ではなくて遠回しの警告よ、エヴァハート。わたしに詮索するなと言いたいんでしょう。いじわるだわ」半歩さがって、両手を合わせる。「だったら、わたしの物語はこうよ。愛と希望をめぐる話で、結局はそのどちらもわたしから奪い取られた。考え得る最も残酷なやり方でね。はい、これでおしまい」

ゲイブリエルは椅子の背に頭をのせて息を吐いた。「ふたりそろって下手な語り手だ」

カリオペは腰に両手を当てた。そうすると胸が前に突きだされて実に魅力的だ。だが、こちらをにらみつける不愉快そうな目つきから判断するに、いまはそれを指摘すべきときではないだろう。「あなたの冒険の話を聞きたいわ」彼女が言った。

冒険という言葉に、思い出の中から母の声がよみがえる。〝これから冒険に行ってらっしゃい、ゲイブリエル。宝物を見つけてくるのよ〟

彼は顔を曇らせると、もう一度前かがみになって脚をさすった。「祖母から聞いたのか」

「おばあ様はあなたのことを深く愛していらっしゃるわ」

「あのドラゴンが？」ゲイブリエルは腹を立てようとしたが、できなかった。祖母はあまりに大切な存在だ。それに、祖母がよかれと思ってカリオペに話したのはわかっている。たとえそれが大きなお世話でも。「ああ、そうかもな。ぼくは長いこと祖母の屋敷で暮らしていたんだ」

「なぜブライア・ヒースを離れたの？」

ゲイブリエルはうつむいた。ドレスの裾を縁取る刺繡を見つめていると、カリオペがすぐ目の前にかがみ込んだ。一〇センチも離れていない彼女の顔には好奇心が滲んでいて、そのまなざしはこちらの心を透かし見るかのようだ。ぼくがこの質問から逃れるのを許さないとばかりに。ゲイブリエルはごくりとつばをのみ、思わず体を引いて椅子の背にぐったりとよりかかった。「思い出がありすぎるからだ」

「でも、いい思い出なんでしょう。笑いと喜び――あなたがそう言ったのよ」カリオペはひるむ様子を見せずに食いさがった。ゲイブリエルの脛におずおずと両手を置いて、彼をまねしてもみはじめる。狂おしい衝撃が脚から股間へと流れ込んだ。彼女の手つきはぎこちないながらも刺激的で、ブリーチズの前垂れの下にあるものが、状況をわきまえずに反応する。

ゲイブリエルは動くことができるうちに、身を乗りだしてカリオペの両手を押さえた。「脚はもう大丈夫だ。今度はきみの番だろう。きみが愛している男のことを話してくれ……キスでぼくの分別を奪い去ったあとも、愛しているという男のことを」

「わたしはそんなことはしていないわ」カリオペの視線は彼の口もとへとおりた。「あなたはまだちゃんと分別を持っているもの」

いいや、ぼくはもうずっと分別を失っている。ゲイブリエルは彼女の両手を持ちあげてそっと裏返し、左右の手のひらの中央に唇を押し当てて、それを証明した。そのあと手首のレースを押しやり、そこにもキスをする。「早く話をしてくれないと、ゆうべの出来事を再現してしまいそうだ」

手を引き抜くものと思っていたが、カリオペはそうしなかった。手練れた誘惑者を前にした若い女性は、そうすべきであるのに。「屈辱を味わうくらいなら、たぶんそのほうがましね。話をして、あなたに笑われるのは耐えられないもの。口にすべきじゃなかったわ」

彼女の言葉にゲイブリエルは驚いた。「いまこの部屋でぼくに誘惑されるほうが、話をするよりましだと言っているのか?」

カリオペは立ちあがり、彼の手の中から自分の両手をするりと抜いて、窓のほうを向いた。深いため息が窓ガラスを曇らせる。「相手とは一度も会ったことがないわ。普通の意味ではね。いいえ、どんな意味でも」

ゲイブリエルは食い入るように相手を見つめた。目をそらすことが、息をすることができない。カリオペはぼくが考えていることを――願っていることを――告白しようとしているのか? 「なのに、きみは彼を愛していると言うんだな」

「そうよ」カリオペがささやく。「その人から一通の手紙を送られ、わたしは彼こそが運命の人だと信じた。わたしが胸に秘めていた思いを知っている人、わたしの心を物語のページのように読むことができる人だと」

ゲイブリエルの目の前で、疑問への、夢への、不安へのすべての答えが、白く曇った窓ガラスの上に彼女の指先で綴られていく。

〝セイレーンよ。いとしい人よ〟

五年前からゲイブリエルの心に刻まれている言葉がガラスの上に浮かびあがる。カリオペはぼくを愛している。愛していると認めた。彼は世界中に叫びたかった。歓喜して椅子から跳びあがり、すべてを告白したかった――自分は彼女への思いに胸を焦がしながらも、恐れのあまり、最後は逃げてしまったのだと。

結婚することはいまもできないのだと。

ひとりよがりな思いから手紙を書いたせいで、カリオペがブライトウェルの求婚を拒む結果を招いてしまったのだと。そして自分が干渉しなければ、彼女は今頃しかるべき相手と結ばれていたのだと。

ゲイブリエルは太股に両肘を突き、背中を丸めて両手に顔をうずめた。〝いとしい人よ。ぼくは難破した船だ〟


カリオペは窓に書いた文字を見つめたあと、手の側面で急いで消した。エヴァハートに向き直ると、彼は顔を両手で隠している。望みもしない涙が目の裏をちくちくと刺激した。わたしを笑っているの？　なんて愚かな娘だと？

そっと咳払いして涙を追い払う。「ええ、とんだ笑い話よね。社交界にデビューしたばかりの娘がカサノヴァの恋文に熱をあげたあげく、彼の言葉にはなんの意味もなかったことを思い知らされるんですもの」心の傷の深さを気取られないように笑い声をあげた。「彼は六通もの恋文をさらさらっと書き、女性たちは次々と恋の病にかかったわ。ほかの女性たちの多くはもう別の男性と結婚しているけれど」

エヴァハートが顔をあげ、そこに浮かぶ険しい表情にカリオペははっとした。この話をおもしろがっている様子は少しもなく、その逆に見えた。「そんな仕打ちをされながら、きみはなぜその男を愛することができるんだ？」

カリオペは片方の肩を素っ気なくすくめた。彼を見つめ返すと、なぜか胸が騒いだ。「たぶん、彼の幻想に恋していただけなのよ。愛の幻想にね」

エヴァハートが眉間にしわをよせた。「その男が正体を現したら、きみは彼と結婚するのか？」

「まさか」カリオペはきっぱりと首を横に振った。「正体がわかったら、ついに復讐《ふくしゅう》を果たすことができるわ」

「復讐？」彼はつばをのみ込んだ。その顔から表情が消える。

「ええ、復讐よ。彼の正体を社交界にさらして、笑いものにしてやるの」少なくとも頭の中ではそう考えているが、そんなことをすればカリオペまでいい笑いものになる。とはいえ、自分を傷つけた相手に仕返しひとつできないとエヴァハートに思われたくはない。「これでわたしの話は終わりよ。今度はあなたが約束を果たす番ね」

「いまはそんなときでは――」

「エヴァハート」彼女はさえぎった。「人前ではわざと自分を偽っているようだけど、わたしはあなたが責任を果たす人だと知っているのよ」

彼が珍しく青ざめた。「なぜ知っていると言えるんだ？」

褒めただけなのに、エヴァハートは〝これからグレトナグリーンへ行って、わたしと結婚してもらうわよ〟と脅されたかのように真っ青だ。放蕩者にしてみれば、約束を守るのは格好が悪いことなのだろう。

「まずは賭けがその証拠よ」カリオペは説明した。「以前あなたの友人たちが褒めていたわ、エヴァハートは賭けで負けたときも気持ちよく賭け金を支払うと。ちょっと面識がある程度の人たちまで、あなたは責任感があると思っていた。モントウッドとデンヴァーズもそう考えているからこそ、あなたとの賭けに乗ったんでしょう。わたしも地図の間であなたと……ダンスを踊ったあと、あなたから結婚する気はないと言われて、そう感じたわ」声を低めて戸口に目を向け、最後の部分は誰にも聞かれていないことを確かめる。

「小説ではよくあるの。紳士が若い娘に結婚を約束しておきながら、腹の中では純潔を奪ったあとは捨てようと考えているのよ」小説を引き合いに出せばからかわれると思ったが、エヴァハートはまばたきひとつしない。カリオペはほっとした。「それに、あなたはブライトウェルをインド旅行へ連れていってくれた。あの頃の彼は……言わなくても事情は知っているわね」

エヴァハートは目をそらした。「彼を旅行に連れていったのは、ぼくに負い目があったからだ」

負い目？　その言葉に違和感を感じながらも、カリオペは賭けの話だろうと聞き流した。

「みんなには伏せているようだけど、この屋敷を取り仕切っているのもあなたでしょう」エヴァハートがカリオペに視線を戻して否定の言葉を発しかけるのを手でさえぎる。「ヴァレンタイン、ミセス・マーケル、それにすべての使用人があなたを頼っている。ぞっとするでしょうね。でも、いま述べたことは全部、あなたが責任感のある男性だということを示しているわ。だから、わたしとのちょっとした約束もきちんと守り、ブライア・ヒースのことを話してくれるとわかるの」

エヴァハートはけむに巻かれたかのようにこちらを見つめている。「用心することだ、ミス・クロフト。ぼくはきみの心をつかんでいる男に、気も狂わんばかりに嫉妬しそうだ」

どうやら彼はユーモアを取り戻したらしい。よかった。カリオペは自分が役に立てた気がした。「わたしがその男性を笑いものにしようとしているのに?」

「ああ、それでもだ」そう約束する低いささやき声に、なぜかカリオペの鼓動は速くなった。

今度はこちらの顔が青ざめそう。いいえ、たぶんその反対だ。すべての血が頬をめがけて上昇している。「あなたの話を聞きたいわ、エヴァハート」

「ほかには誰も知らない話をきみは聞かせてくれた。ぼくもきみの願いに応じよう」青緑色の瞳がカリオペの目をじっと見つめる。「きみが祖母から聞いたように、ぼくは母によって冒険家として育てられた。毎日の勉強のあと、母はぼくを探索の旅へと送りだした。別に壮大な旅じゃない。怪獣退治も、山越えもなしだ。厨房からビスケットを持ってくるとか、父が机の引き出しの奥に隠している嗅ぎタバコ入れを見つけてくるとか、ちょっとした宝探しだ」

カリオペは早くも話に引き込まれて笑みを浮かべた。小さな男の子が、怪獣退治と同じくらい大きな使命を与えられたかのように、きらきらと瞳を輝かせてうなずくさまが目に浮かぶ。彼女は窓枠に腰をのせた。もっと続きが聞きたい。「怪獣が現れたときのために、木製の剣はたずさえていたのかしら？」

エヴァハートが浮かべた微笑は、放蕩者というよりも少年のようだ。「百日草の花壇の中を突き進むときには、とても役立つ武器だったよ」

「あらあら」カリオペはゲイブリエル少年に踏み荒らされた花壇を想像して、笑い声をあげた。

「庭師と父にこっぴどく叱られたのを覚えているよ。母は、折れた百日草は勇者への捧げものだと言って、大きな壺に飾ってくれて……」エヴァハートは途中で言葉を途切れさせ、花瓶に挿されたアマリリスに視線を向けた。

カリオペも楽しかった気分が薄れて消えた。心の目に、百日草が壺の中でゆっくりとしおれ、最後は枯れるのが見えた。ゲイブリエル少年を思い、彼女の心は痛んだ。

「母が息子に与えた最後の冒険は、不死鳥の羽根とドラゴンの目玉、それに小さな白い鈴がたくさん並ぶ鈴飾りを見つけてくることだった。ぼくは延々と探した。少なくとも一〇歳の男の子には永遠と思えたほどに。しかし、見つかったのは芝生に落ちていた赤い羽根と、人工池から拾ってきた緑の石だけで、白い鈴飾りはどこを探してもなかった。あきらめて、見つけたものだけを持って戻ると、母は――」震える息を吸い込む。「ぼくを送りだしたときに座っていた、庭園用の椅子の上に横たわっていた。幼いぼくにも、母は眠っているのではないとわかった」

「エヴァハート」気づかないうちに、カリオペの頬を涙が止めどなく流れていた。「ごめんなさい。こんな話はさせるべきじゃなかったのに」この瞬間まで、自分がこれほど動揺するとは思っていなかった。ごく短いあいだに、会ったこともない少年冒険家のことが大好きになっていた。カリオペが知っているのは目の前にいる男性だけなのに。そして彼女の思い違いでなければ、その男性のことも大好きになっている。いや、それ以上の気持ちだ。

エヴァハートは腰をあげ、彼女を窓枠から立たせた。「ぼくはハンカチーフは持ち歩かないんだ、ミス・クロフト。女性を泣かせるつもりはないからね」顔を両手で包み込み、親指で涙をぬぐいはじめる。「困ったな、どうすればいい？」

キスして。カリオペは胸の中でつぶやいて視線をあげた。

彼女の心を読んだかのようにエヴァハートがかぶりを振る。「使用人たちもこの小部屋の近くにはあまり来ないようだから、きみとふたりきりでいても、これから数時間は邪魔されないだろう。ぼくはその時間を好きに使うこともできるが、責任感のある男だときみに言ってもらったばかりだ。いまキスをしたら、そうではなくなってしまう」

エヴァハートがどんなことに時間を使おうと、きっとわたしはそれを楽しむだろう。けれど、彼が言っていることは正しい。

カリオペは残念そうにため息をつき、ふたたび窓に向き直った。期待するよりも先にエヴアハートの腕が腰に回され、背中から抱きしめられていた。

その瞬間、カリオペにはわかった。気を許したら、自分はまたも心を奪われる危険があるのだと。一度目はあっという間に恋に落ちていたが、今度は少しずつ心を惹かれている。だから、いつでも自分の意志で踏みとどまり、心を取り戻せる気がした。それとも、そう考えるのは甘いのだろうか。

「お母様はご病気だったの？」

エヴァハートがうなずく。カリオペのこめかみの横を彼の頬がかすめた。「当時は知らなかったが、その一、二カ月前に母は流産していた。数年にわたって何度も繰り返していたらしい。それで体が衰弱してしまったんだ」

「お母様は残された時間が少ないことをご存じだったんでしょうね」カリオペの父親も心臓が弱くて疲れやすいので、エヴァハートの母親がどんな状態だったかは想像がつく。「弱っていることに気づかれまいとして、あなたを冒険に送りだし……」

言い終えることはできなかった。声が割れてすすり泣きが漏れそうになるが、それをこらえて、心の目に映る幼い少年のために、しっかり自分を保った。

「ああ、カリオペ」エヴァハートが彼女の肩に額をのせ、きつく抱きしめる。「きみはぼくに何をしているんだ？」

「お父様への怒りを忘れさせようとしているのかしら？」

エヴァハートは顔をあげると、カリオペの頬にキスをして抱擁を解いた。「きみのせいで、ぼくはたくさんのことを忘れてしまう。それはきみのためにはならない」

カリオペは振り返った。エヴァハートは頭を傾け、彼女に退室するよううながしている。彼女は自分自身のために、彼をひとり残して小部屋をあとにした。また恋に落ちかけているのではありませんようにと、心の中で強く願う。

そう願うのも、やはり甘いのかもしれないけれど。

16

カリオペ・クロフトとの一度の会話でこれほど気の持ちようが変わるものだろうかと、翌日になってゲイブリエルは思案した。いいや、たった一度の会話ではない。はじめて彼女を見たときからはじまった一瞬一瞬の積み重ねが、いまに至ったのだ。

カリオペは彼に新たな光を当て、責任感のある男として見てくれた。約束を守る男、誠実で頼りがいのある男として。その期待になんとしても応えたかった。

胸にずっとのしかかっていた重荷が急になくなった。それとも、最初からそんなものはなかったのだろうか。心の底にあった恐怖ももう感じない。だから、ゲイブリエルは小部屋を出たあとは自室に戻り、従者に命じて脚に包帯を巻かせると、父のもとへ戻った。そして公爵の厳格な視線を受け止めて非礼を詫《わ》び、ブライア・ヒースの状況について質問した。

それから数時間におよんだ父との会話は、くつろいだものだった。かつては幸せなわが家だった屋敷についてともに話し、そこに戻ってふたたび住むために必要なことがらを相談した。留守を預かっている者たちは建物と土地をしっかり管理していたが、重要なことに関してはあるじの指示を求めていた。公爵は家令のミスター・エリオットとの書簡のやりとりから把握している点をいくつか挙げ、ゲイブリエルはそれをすべて頭の中に書き留めた。

今日は早朝から、家令宛に問い合わせの手紙をしたためた。管理人のウィックサム夫妻にも、親しみを込めた挨拶とともに、数週間以内に戻るつもりだと手紙に書いたところだ。封蠟に印章を押していると、地図の間の戸口にヴァレンタインが現れた。

「すべてご所望のとおりにいたしました、閣下」執事が会釈をする。

ゲイブリエルはいそいそと机を離れた。今日という日がはじまるのが待ちきれない。立ちあがり、ヘシアンブーツを履いた片脚と、庭師のブーツを履いた反対の脚を見おろす。治りかけの足で雪の中へと冒険に出たいのなら、創意工夫は必須だ。「それで、ミス・クロフトは？」

「ご指示どおり、玄関広間でお待ちいただいております」ヴァレンタインは脇へよけてゲイブリエルを廊下に通してから、あとに続いた。

今日は歩くのが楽だった。骨折した足首はまだ痛むものの、脚の筋肉はかなりほぐれた。時が経てば痛みも消えることを、ゲイブリエルは知っていた。「質問攻めにされたか？」

「二、三ほどです、閣下」

ゲイブリエルは笑みを浮かべた。「呼びだされた理由についてはまだ知らないんだろうな？」

「コートと帽子の着用を求められたからには、戸外に出るのだろうと推測されたようです」

「これほど朝早くに呼びだされて、腹を立てているのは間違いないな」一時間前に夜が明けたばかりだったが、それ以上は待てなかった。うまくいけばカリオペはすぐに許してくれるだろう。あと数歩で、その答えがわかる。

ゲイブリエルが玄関広間に出ると、白い毛皮で縁取られたブルーのロングコートに、おそろいのボンネットという姿で、カリオペが階段の下にたたずんでいるのが見えた。ゲイブリエルが案じていた不機嫌そうな様子は微塵もない。それどころか、興奮に瞳をきらめかせ、頰を紅潮させている。

「ヴァレンタイン」ゲイブリエルは彼女に近づきながら、声を低めて確認する。「呼びだしたのはぼくだとちゃんと伝えたのか？」

「もちろんでございます、閣下」

あまりのうれしさにめまいがしそうだった。ゆうべ、夕食の席ではひとことも交わせなかった。お互いの席がテーブルの両端にあっては、離れすぎていてしゃべることはできない。食事を終えて居間に移り、みんなでアナグラムを楽しんだあと、カリオペはゲイブリエルの祖母の話し相手をずっとしていた。ふたりきりで話す機会がなかったので、それならと、ほかの者たちが起きだす前の早朝にカリオペをひとり占めすることを思いついたのだ。迎えの馬車がもうすぐ来るのは知っている。残された時間を思い切り満喫しようとゲイブリエルは決めていた。

「おはよう、ミス・クロフト」ようやく彼女の隣にたどり着いて挨拶する。「外出の用意はできているかい？」

カリオペは温かな笑みで応え、差しだされた肘に手をかけた。「こんなに朝早くから呼びだされたのは意外だけど、ええ、できているわ」

ゲイブリエルはヴァレンタインに玄関扉を開けてもらい、帽子を受け取ると、凜《りん》とした冬の朝の中へカリオペとともに足を踏みだした。生まれ落ちてはじめて呼吸するかのように、肺いっぱいに空気を吸い込む。その隣で、彼女が〝まあ〟と声をあげた。

「橇遊びに行くの？」カリオペは赤く塗られた橇から視線を離さずに、彼の肘をぎゅっと握った。橇の引き具にはまだらの芦毛《あしげ》の馬が一頭つながれて、ふたりを待っている。

ゲイブリエルはしっかりと地面に立っていながら、落ちていくような錯覚に襲われた。〈オールマックス〉ではじめてカリオペを目にした瞬間も、足もとから大地が消えた気がしたものだ。だが、今度は怖くはなかった。彼女を引きよせ、ともに落ちてくれるよう願う。

「気に入ったかい？」

カリオペは彼に顔を向けた。ふたりの帽子のつばがこすれ合い、はっと息をのむ。「ええ、とっても」

ゲイブリエルがキスを我慢できたのは、意志の力と、玄関から飛びだしてきた犬を視界の隅にとらえたおかげだ。デュークは橇のまわりをぐるぐる回ってから馬のにおいを嗅ぎ、馬に軽くひと蹴りされたあと、橇に乗り込んで前足を前部にのせた。

ゲイブリエルはカリオペを見おろして苦笑した。「これでお目つけ役《シャペロン》ができた」

「そのシャペロンはわたしと同じくらいわくわくしているみたい」彼女は笑い声をあげ、楽しげに目を輝かせた。

　こぢんまりとした座席に並んで腰をおろし、腰から下にはふたりで一枚の毛布をかけた。それは親密な行為をゲイブリエルに連想させた。カリオペの体が当たっている箇所がはっきりとわかる。まるでどちらもコートを着ていないかのような、服さえ身につけていないかのような感じだった。

「わたしは出発の準備ができているわよ、エヴァハート」

　カリオペの瞳を見つめ返すと、ぬくもりの波がゲイブリエルの体に広がった。「ああ、ぼくもだ」

　夜のあいだに降った雪が辺り一面を覆っている。橇を走らせると、粉砂糖を振りまくかのように雪が舞いあがった。手綱を操るゲイブリエルの腕がカリオペの腕に当たるほどふたりは密着している。それなのに彼女が体を引き離そうとしないことが、ゲイブリエルにはうれしかった。橇は屋敷からどんどん離れて、森へ近づいた。

　カリオペは膝に置いた毛皮のマフから片手を抜き、ふたりの腕をからめた。「こんなにうれしい驚きははじめて。これ以上すてきな朝のはじまりは想像できないわ」

　ゲイブリエルは頭を傾け、彼女の冷たくやわらかな耳に唇をよせた。「想像力はぼくのほうが上みたいだな。朝のはじまりを楽しむ方法だったら、いくつでも思いつく」きみが一緒なら。「だが、朝の橇遊びは確かに最高だと認めるよ」

「ここは西翼から丸見えよ。あなたがそうやってこっちに顔を向けていると、キスをしていると勘違いされるわ」カリオペは言葉ではとがめながらも、彼の腕にしがみついて体をよせた。

「それなら、南のほうへ回ろう」ゲイブリエルは馬に向かって舌を鳴らし、手綱をぐいと引いた。

橇が大きく揺れ、彼女が笑い声をたてる。「それだと、今度は厨房の使用人たちがわたしたちを見てぽかんとするわ。あなたはどうか知らないけれど、わたしはオートミール粥《ポリッジ》のお焦げは好きではないの」

「ミス・クロフト、まさかきみは屋敷の者たちから見とがめられないところへ、ぼくを誘い込んでいるのか？」

「もちろん、そうではないわ。だけど、デュークを別とすれば——」カリオペは足もとへ手を伸ばして連れをなでた。犬がうれしそうにワンと低く応える。「わたしたちはシャペロンなしでここにいるんですもの。あなたのお父様やおばあ様に誤解を与えるのはいやでしょう」

ゲイブリエルは微笑んだ。「きみ自身はどう考えているんだい？」

「この橇遊びを友人と楽しみたいと考えているわ。こんなすてきな仲間と一緒にいられるのも最後になるかもしれないもの。そろそろ兄が迎えの馬車をよこすはずだから、わたしは明日かあさってにはここを出発するわ」

それを思いだし、ゲイブリエルは胸が痛んだ。カリオペを行かせたくない。永遠に。「ついにファロウ・ホールを去ることができてうれしいだろう?」

「ファロウ・ホールを去るのは名残惜しいけれど」にっこりと微笑む。「地図の間に陣取っている皮肉屋さんに、さよならできるのはうれしいわね」

「きみの皮肉は容赦ないな、ミス・クロフト」

「いじわるばかり言う人はしっぺ返しをされて当然よ」カリオペは顔を前方に向けた。「ここを去るのは寂しいって、わかっているくせに」

いま彼女の目が切なげにきらめいたのは見間違いだろうか? 「では、今日という日を思い出深いものにしよう」

「あなたはすでにそうしてくれたわ、エヴァハート」

グリフィン・クロフトと手紙の一件について話す必要があると、ゲイブリエルはその瞬間、その場所で心に決めた。手綱をぴしりと鳴らして馬を駆け足にさせる。橇がふたりの背後に雪を噴きあげるさまは泡立つ波頭を思わせた。カリオペとともに海へ出航する気分だ。「ほら、あそこに昨日の小部屋の窓が見える。手を振ってくれ」

カリオペは陽気に手を振り、急いでその手をさげた。「おばあ様が起きていらして、自分が手を振られたと勘違いされたらどうするの?」

「そのときは、こっちは何も隠しごとはしていないと祖母にもわかる」

「ようやくあなたに許してもらった気がするわ」カリオペは頰をバラ色に染めて、もう一度ゲイブリエルに顔を向けた。「こうして一緒に楽しんで、あなたの友人の仲間入りができたんだもの」

カリオペの思い違いをゲイブリエルは笑った。「きみの弱点は記憶力だな。ぼくには女性の友人はいないとまた繰り返させるのか？　それに、朝一番に友人を橇遊びに連れだしたことは一度もない」

また軽口を叩いているだけだと思ったらしく、カリオペはつかの間にこにことこちらを見ていた。やがてその目が大きく見開かれた。ゲイブリエルの表情が真実を物語ったに違いない。

彼女は自分が目にした真実を信じるだろうか？

「まだわたしを誘惑しようとしているの、エヴァハート？」

東側のギリシャ風東屋を通り過ぎたところで、ゲイブリエルは進路を北へ変えて馬の速度をゆるめた。手綱を片手だけで操りながら、カリオペに顔を向ける。「いいや、今度は違う」

カリオペの吐息は白い雲を作った。昨日から、そしておそらくそれ以前から、彼女に対するエヴァハートの態度は変化していた。どうすれば、これほど強烈なまなざしで見つめながら、同時にやさしげでいられるのだろう。そのふたつの態度はあまりにかけ離れていて、共存している理由がわからない。

すぐそばにエヴァハートがいるせいで、カリオペはきちんと考えをまとめられなかった。自分の中で感情と感覚が波のように揺れ、あふれだしてしまいそうだ。カリオペは彼の横で落ち着かなげに身じろぎした。「なぜ誘惑しないの？」

エヴァハートは微笑を浮かべ、舌打ちしてたしなめた。「それだと誘っているように聞こえるぞ」

そうかもしれない。いま彼の唇は、わたしの唇からほんの数センチしか離れていない。

カリオペはエヴァハートの腕を抱きしめ、身を乗りだした。

そのとき、犬が吠えたてて橇から飛びおりたので、彼女はびくりとした。真っ白な雪景色に鮮やかに映える緋《ひ》色の鳥たちが、いっせいに羽ばたく。カリオペは橇が止まったことに気づいてさえいなかった。

キス以外のことがふと頭をよぎった。「不死鳥の羽根」小声でつぶやく。

「なんだって？」

「ほら、あそこよ」カリオペはエヴァハートとふたたび視線を合わせた。彼を驚かせてしまったらしい。彼の鼻からも口からも白い吐息が出ていないのは、息を詰めているからだ。昨日、小部屋で聞いた話は、あの場だけに留めておくべきだったのかもしれない。いまやカリオペも息を詰めていた。「温室にあったひまわりの種を庭師が鳥の餌に撒《ま》いておいたの。いまそこに真っ赤なショウジョウコウカンチョウが集まってついばんでいたわ。赤い羽根が見つかるんじゃないかしら……」

エヴァハートがふうっと息を吐きだす。温かな蒸気が彼女の唇に触れて、雪の結晶に変わったかのようにくすぐったい。いつの間にかマフの中に侵入していた彼の手が、カリオペの手をやさしく握りしめた。「一緒に探索しよう」

橇から地面まではたいした高さではなかったが、エヴァハートはカリオペの腰をつかんで高々と抱えあげた。彼女は腕を伸ばして相手の肩をつかみ、息を切らして見おろした。彼の顔はいきいきと輝き、カリオペも胸が高鳴るのを感じた。「自分の足を心配してちょうだい」

「ぼくの足を心配する役目はきみに譲ろう」自分の前にゆっくりとカリオペをおろしはじめる。「ぼくの体の状態をきみに心配してもらうのは、悪い気分じゃない」

ふたりのコートが擦れ合い、カリオペの鼓動が速くなるような箇所をエヴァハートの体がこする。けれど、それだけでは物足りなかった。もっとほしい。彼がほしい。それに……ここにずっとこのままでいたい。「痛くはないの？」

ふたりの顔が同じ高さになり、体が触れ合う。「いまこの瞬間、ぼくが感じているのは痛みではない」

カリオペはエヴァハートの頭からトップハットを持ちあげ、橇の座席に放り投げた。彼がキスしたいと思っていた場合を考えて、邪魔になるものは除いておく。いまも屋内から見える場所にいるが、いつの間にか、抱擁しているところを見られてもかまわないと思うようになっていた。エヴァハートを求める気持ちは怖くなるぐらい圧倒的だった。その欲求は刹那的であると同時に、まるで永遠のもののように感じた。

〝魂を奪われたぼくに気づいてくれるよう願った……〟

カリオペの脳裏に恋文の言葉がよぎったけれど、エヴァハートの腕に抱かれているときに考えるべきではないと心の底ではわかっていた。説明しがたい既視感を覚えるべきでもないし、またも自分の心を危険にさらすべきでもない。戯れの恋にしか興味のない男性を愛してはいけないと学んだはずなのに。

でも、実際に教訓を活かすのは難しい。

結末が予想できる人生を送るのではなく、心のおもむくまま奔放に生きてみたいと願いながらも、怖じ気づく気持ちが残っていた。だから彼から視線をそらした。「そろそろおろして」

エヴァハートは耳を貸さなかった。カリオペの腰を抱え込み、雪を踏みしめてそばのヒマラヤスギまで運んでいく。そして細く尖った深緑色の葉がまばらに残る枝の下に彼女をおろした。そこの足もとだけ、雪の上に落ち葉が敷き詰められている。

ここまでは屋敷の者たちの目も届かない。エヴァハートをちらりと見ると、微笑を浮かべていた唇は険しげに引き結ばれている。彼は無言でボンネットの紐をほどき、カリオペには手が届かない枝の上にのせた。

カリオペに向き直ったとき、青緑色の瞳はオニキスのような暗い輝きを湛えていた。エヴァハートは彼女の顔を両手ではさんだ。「彼を忘れるんだ、カリオペ」

「何を言ってるの――」

「恋文のことを忘れろ。それを書いた男のことも、過去もすべて忘れて、いま目の前にいる男のことを考えるんだ」

エヴァハートは彼女の否定の言葉をキスでさえぎった。

唇、舌、歯を使って、ゲイブリエルは甘く激しいキスをした。

自分自身に嫉妬するとは愚の骨頂だとわかっていながらも、ゲイブリエルは嫉妬した。さっき彼女のまなざしが遠くなるのを見た瞬間に、考えていることがありありとわかった。あの恋文のことだ。

嫉妬心がゲイブリエルの心を引き裂いた。胸の中にいる男のことを、五年前のぼくのことを、カリオペに考えさせたくない。いまのぼくのことを考えさせたい。いまこの瞬間、ここにいる男のことを。ほかの誰のことも考えさせるものか。

カリオペが唇を吸われ、喉から切なげな低い声を漏らすと、ゲイブリエルは狂喜した。彼女の口の端、顎の裏側、喉へと唇をはわせていく。いつの間にか手袋を脱いでいた手で、彼女のロングコートについている飾り組紐のループボタンを裾まで全部はずした。そしてコートの前を押し開き、ナイルグリーンのデイドレスを露わにする。

ゲイブリエルはカリオペの腰に自分の腰を押し当ててひねった。彼女がかすれたあえぎ声を漏らしたので、彼は危うく絶頂に達しそうになって動きを止めた。「きみにキスをしているのは誰だ、カリオペ？」

彼女は目をつぶり、唇を開いて、彼の腕の中で背中をのけぞらせた。「あなたよ、エヴァハート」

「ゲ、イ、ブ、リ、エ、ル、だ」ゆっくりと腰を揺らして自分の興奮を静めようとする。いまはカリオペを奪って快楽を味わうことは目的ではない。もっとも、こうしてヒマラヤスギによりかかり、最後までやり遂げたい気持ちは残っているが。

「ん……ゲイブリエル」

カリオペの顎からふっくらとした小さな耳たぶへ、舌で小道を描く。「ますますいい。きみにだけはぼくの名前の前に〝ん……〟とつけるのを許そう。これからはずっとそうするんだ」ああ、ずっとだ。ぼくはその響きが気に入った。

彼女の腰に広げた両手を、胸へと上昇させる。生地をかすかに押しあげている硬い先端を親指でこすった。低い声がふたたび漏れるが、今度はゲイブリエル自身の喉から出たものだ。こうするのをどれほど待ったことだろう。数年か？　いいや、無限の歳月だ。

体は破裂寸前まで高ぶっている。ゲイブリエルは重なっている腰を揺すった。カリオペがあえぎ声とともにゲイブリエルの名前を呼ぶ。彼女に触れたいという欲求が彼をのみ込んだ。肌を感じたい。まだ誰も分け入ったことのない場所を味わいたい。

カリオペの脇の下から背中に手を回し、ボタンを探したが見つからなかった。そうか、前身頃の隠れたところにあるんだな。ゲイブリエルは彼女の唇の上で微笑すると、慎ましやかな襟をなぞって、小さなホックが並んでいるのを見つけた。やわらかなモスリンの合わせ目を開く。分厚いペチコートの下に手をすべらせ、下着を一気に引きさげた。小刻みに震える温かな肌にようやく手を触れる。

カリオペは完璧だ。美しい。そしてぼくのものだ。

ゲイブリエルは苦しげに息を切らした。これはぼくの旅の山場だ。最初の山場。カリオペはとろんとした目をゆっくり開くと、手袋に覆われた手を肩から離して彼の手に重ねた。唇を合わせたまま、ゲイブリエルの名をささやく。自分の唇は彼のものだと、彼ひとりのものだと、宣言するかのように。

ゲイブリエルはうなずき、カリオペの口の中に侵入した。さらには、彼女の乳房の薄紅色の部分に、さっきよりもやさしく親指で円を描き、頂を愛撫する。カリオペはわななき、乱れた吐息が彼の口の中を満たした。

「肌が冷えている」そう言っても、彼女は首を横に振るだけだ。「しーっ……ぼくが温めてあげよう」相手を納得させようと、頭をさげて熱っぽい口を胸に当てる。

カリオペは叫び声をあげ、彼の後頭部をつかんでさらに引きよせた。「ゲイブリエル、ああ」

〝ん……ゲイブリエル〟よりもさらにいい。彼は胸の頂に舌をひらめかせ、小石のように硬くなるまで舌でつついて、なぞった。そのあとは先端を口に含み、時間をかけて奥深くまで吸い込んで、歓喜の際へといざなう。カリオペはふたたび彼の名を苦しげに叫んだ。

強烈な切望に駆られて、ゲイブリエルは荒々しい手つきでドレスの裾とペチコートをめくると、なめらかな太股に手を置いた。そっとつまんでまさぐり、手を上へと動かして、感じやすい部分を探り当てる。そこはやわらかく、温かで……ああ、ぼくのために濡れている。

カリオペの喉からすすり泣きが漏れた。ゲイブリエルはやわらかな肌にもう一度舌をすべらせて、彼女の胸から口を離し、唇と唇をふたたび合わせた。太股のあいだを手で包み込み、身震いする。自制心を保てなくなりそうだ。

カリオペに歓びを与え、自分もまた彼女の中で歓びを求めたいという欲求に襲われた。こんなふうに感じたことはかつてなかった。喉から漏れる小さな声だけで、ぼくをのぼりつめさせた女性は彼女のほかにはいない。

盛りあがった割れ目をなでてから、熱を帯びた秘所へ侵入する。カリオペはすっかりうるおっていた。新たな震えがゲイブリエルの体を駆け抜け、腰はひとりでに激しく動いた。みずからをほとばしらせずにいられるかわからないが、ここで止まることもできない。

カリオペの呼吸が速くなった。下唇を嚙み、甘い声をあげている。そのすべてが、彼女の欲求も自分と同じくらい切迫していることを告げていた。ゲイブリエルは濡れた深みを指先で刺激した。

カリオペは瞬時にのぼりつめて悲鳴をあげた。がくがくと体を震わせてゲイブリエルにしがみつき腰をよじる。

彼女の中に身をうずめたい。いますぐに。あまりに強いその衝動に、ゲイブリエルは血の味がするまで頰を嚙みしめた。

「じっとしてくれ」カリオペに懇願する。彼女の顔の隣に頭をよせ、息を切らして額を木の幹に押しつける。それからドレスの裾をおろし、彼女の腰に両手を置いた。手を触れないでいるのは耐えられない。「このまま欲望に引きずられて……きみを……雪の中で……奪ってしまいそうなんだ」

背後で犬が吠えたて、さらにはうなり声まであげた。そのあとゲイブリエルは厚手のコートを引っぱられるのを感じた。斜め下に目をやると、どうやらデュークは本気で彼をカリオペから引き離そうとしているようだ。

理性らしきものを取り戻し、ゲイブリエルはふたりがいまどこに立っているのか、改めて気がついた。自分がカリオペにしたことが、しそうになりかけたことが、徐々に頭に入ってくる。後戻りできない一線を越える寸前だった。そうすることをみずから望んでいた。心に正直になるならば、いまも望んでいる。

「わたしたちのシャペロンはきちんと務めを果たしてくれたわね」カリオペは顔を赤らめて服を整えている。「ちょっと遅い気もするけど」

「手伝おう」ゲイブリエルはぎこちなく脚を動かして、カリオペから体を引き離した。服をすべて脱がせたい欲求と戦いながら、なんとか身支度を整えてやる。そのあと彼女の顎を上向かせて、視線をとらえた。「きみには何ひとつ悔やんでほしくない」「いまは、カリオペ」

彼女の笑いまじりの吐息が、ゲイブリエルの唇をかすめた。「いまは、悔やむ気持ちはまったくないわ」

「ぼくは後悔させることができる、きみが望むならね」ゲイブリエルは微笑して身を乗りだし、カリオペの唇をふたたび味わおうとした。だが、犬にコートを引っぱられたせいで、彼はあとずさりした。

カリオペは腰を落として犬の頭をなでてやった。「ありがとう、デューク。おかげで助かったわ。放蕩者のエヴァハートをあなたが止めてくれなかったら、わたしは純潔を奪われていたかもしれない」

「そうなっていたら、ぼくの未来も変わっていたな」邪魔されたのはありがたくなかったと思いつつ、ゲイブリエルは彼女の横にいたくてしゃがみ込んだ。自分でも驚いたことに、まだ大きな笑みを浮かべている。

だが、カリオペの言葉を聞き、彼の顔からたちどころに笑みが消えうせた。「心配しないでちょうだい。あなたは放蕩者なんですもの、純潔を汚した責任を取ることは誰も期待していないわ」

「見損なわれたものだ」ゲイブリエルはうめいた。昨日はキスを我慢し、責任感のあるところを見せたつもりだ。なのに依然として、女性に対して責任逃れをする男だと思われているのが腹立たしい。「いいかい、きみにしたことや――しようとしたことは――ぼくが放蕩者であるのとは関係ない」

「わたし、放蕩者のエヴァハートはきらいではないわ」そっと告げる。「相手が放蕩者なら、何を期待すべきで、何を期待してはいけないのかもわかるでしょう」

「きみはぼくが誘惑するのを期待していたのか?」ゲイブリエルは眉根をよせた。ハッピーエンドの小説を好む女性の期待に応えるのはひどく難しいものだ。「がっかりさせるかもしれないが、きみを橇遊びに誘おうと考えたときは、誘惑することなど少しも考えていなかったよ」

カリオペは微笑んだ。リンゴの最初のひと口をアダムに勧めたとき、イヴもきっとこんなふうに微笑んだのだろう。「本当に?」

ゲイブリエルは心の中で観念した。いいや、ぼくはいつも彼女を誘惑することばかり考えている。

自分の眉間にできたしわを手でこすっていると、視界の隅に鮮やかな緋色が見えた。彼は雪の上に落ちている一本の赤い羽根に顔を向けた。手を伸ばして拾いあげ、親指と人差し指でつまんでくるくると回す。

「まあ!」カリオペが感嘆の声をあげた。

ゲイブリエルは羽根を差しだした。ところが、カリオペはデュークの足もとの地面を見ている。まばたきひとつ、呼吸ひとつする間もなく、さっと腰を落とし、落ち葉の上から緑の小石を拾いあげた。「ほら、ドラゴンの目玉よ」ゲイブリエルがつまんでいる羽根を見て目を見開く。「それに、不死鳥の羽根ね」

「このふたつは不思議と一緒に見つかることが多いんだ」

「白い鈴飾りは?」

ゲイブリエルは革の小袋に入れているもののことを考えた。五年前のあの夜、ついに最後のひとつを見つけていた。「一度の冒険で、三つすべてを見つけたことが一度だけある」

そして三つ目を見つけた瞬間、ぼくは永遠に変わった。

ゲイブリエルは手袋をはめたカリオペの手に羽根を押しつけた。これを約束のしるしにして、彼女にすべてを告白しようと決心する。

「いまから探せば見つかるかもしれないわよ」そう言ってから、カリオペはあっと小声をあげた。立ちあがり、コートのボタンを慌てて留めはじめる。「大変！　すっかり忘れていたわ。今朝はおばあ様とお茶をご一緒することになっているの。遅れてしまったかしら？」

告白するのはまた今度だな。「まだ早い時間だから大丈夫だろう」安心させるためにそう言ったが、自信はなかった。

ゲイブリエルはボンネットを取ってカリオペを橇へと導いた。彼女に求婚して、お互いから奪ってしまった歳月を取り戻そう。もちろん、彼女もぼくのことを思ってくれているならの話だが。とはいえ、いまカリオペは急いでいて、それを確認する暇はない。

だが、確かめる方法はひとつある。

「参考までに教えておくよ。祖母は紅茶にレモンを入れるのを好む。そして、自分と嗜好《しこう》が同じ相手を気に入ることが多いんだ」もしもカリオペが、恋文を書いた男ではなく、ゲイブリエルに少しでも心をよせているのなら、お茶の席でどうするべきかは明白だ。

カリオペはゲイブリエルの隣に腰掛け、キスをたっぷり浴びた唇をすぼめた。「そうなの？　わたしは紅茶にはミントの葉を入れるのよ」

期待していたのとは違う返事だ。

ゲイブリエルは顔をしかめて手綱を鳴らした。「ほっとしたよ、きみはぼくの祖母に気に入られることには興味がないようだ。ぼくのような放蕩者は、結婚願望の強い若い女性から狙われるのは苦手なんだ」

17

カリオペは居間へと急いだ。橇遊びから戻ったあとは、しわのよったドレスを着替える時間しかなかった。髪はまだ乱れているけれど、これ以上手間取るわけにはいかない。遅刻は許しがたい非礼に当たり――服装の乱れよりもさらに深刻だ――エヴァハートに言われたこととは裏腹に、カリオペは公爵未亡人に気に入られたいと思っていた。

どうして?

カリオペ自身もわからなかった。社交界で最も恐れられているドラゴンの機嫌を取りたいだけでないことは明らかだ。そう、それだけではない。

戸口にたどり着くと、カリオペはゆっくり深呼吸をひとつしてから、部屋に足を踏み入れた。先にいとこが来ているものと思っていたが、淡いブルーの部屋にいるのは公爵未亡人とメイドがひとりだけだった。

エヴァハートの祖母は、カリオペに視線を向ける前に炉棚の上の時計を一瞥した。一分の遅刻。一分だけなら許容範囲だ。「お待たせしました」カリオペは膝を折ってお辞儀をした。

公爵未亡人は金色の絹地が張られた長椅子に座り、低いテーブルをはさんで向かいにある椅子を身振りで示した。「早朝の外出は楽しかったですか、ミス・クロフト?」

カリオペは頭の中が真っ白になった。シャペロンなしでふたりきりでいるところを見られたの? 「はい、とても楽しみました。ですが、ああして外出するのは今朝がはじめてです。いつもはずっと屋内で過ごしています。いとこと一緒に」それを裏づけてくれるパメラはこの場にいない。

公爵未亡人は、空いた座席にちらりと目を向けてから、紅茶の用意をメイドに命じた。「あなたのいとこは来られないと先ほど知らせてきました。朝は……具合が悪いとかで。頰が赤いようですが、あなたも具合が悪いのではないでしょうね」

カリオペはほてった頰に両手を当てて冷やそうとした。まさか唇もぽってりと腫れているのかしら。「いいえ、わたしは大丈夫です」

「それなら結構です。前々から思っているのですが、大家族の中で生まれ育つと、やはり体が丈夫になるようですね」

そのあと公爵未亡人は膝の上に手を重ねて黙り込んだ。テーブルの上には複数の小皿が並んだトレイがあり、それぞれに砂糖、ミルク、スライスしたレモン、それにミントの葉ものっている。カリオペは、何気ないふうを装ってじっと待っている公爵未亡人に視線を戻した。さっきのエヴァハートの話から考えると、公爵未亡人はカリオペが紅茶に何を入れるか観察しているはずだ。

わたしが彼の祖母に気に入られるかどうか、エヴァハートは気にしているだろうか?

胸の鼓動が速くなった。いまのわたしはあっという間にカサノヴァに心を奪われた、社交界にデビューしたての若い娘とは違う。正直に認めると、エヴァハートに誘惑されるのを期待し、それを求めたのは、すでに彼を愛しているからだ。

〝彼を愛している〟

ちょっと待って……心を惹かれているだけではなかったの？　だからいつでも自分の意志で踏みとどまれるんでしょう？

震える胸はすでにその問いの答えを知っていた。

愛。

結局、気がつくとカリオペはまたも心を奪われていた。今度は前と違って、手で触れることのできる相手に。

カリオペは手を伸ばしてトングを取った。驚くほど落ち着いた手つきで、何を選ぶかを決める。

レモンをひと切れ、紅茶にすべり込ませた。カップにはさざ波ひとつ広がらないが、大波が立って自分をのみ込むかのように感じた。こんなありふれた動作で、カリオペの心ははっきりした。ひと切れのレモンの選択は、エヴァハートへの愛の宣言だ。

公爵未亡人との朝のお茶が、わたしの目を開くことになるなんて、想像もしていなかった。

「大家族といっても、あなたのご家族はちょうどいい人数ですね。男子はお兄様がひとり、女子はあなたが最年長でその下に三人」なにごともなかったかのように、公爵未亡人は自分のカップにもレモンをひと切れ加えて続けた。カリオペがレモンを選択することはすでに予想していたのかもしれない。「双子の多い家系なんですか？」

カリオペはまだ頭がくらくらして、相手の質問についていくのに少し時間がかかった。公爵未亡人が、クロフト家についてこれほど詳しいのは意外だった。フィービーとアステリアが双子だということまで知られている。

わたしは試験に合格したのかしら？　それともこれはその続き？

カリオペはうなずいた。「母方のおじは、七人の子どもの中に、双子がふた組います」

「七人。まあ、ずいぶん子だくさんだこと」公爵未亡人は目を見開き、カップを持ちあげる手を止めた。そのあと唇をすぼめて思案げに首を傾け、カップを受け皿に戻す。「大切なのは、あなたが大家族に慣れているということです。ご存じでしょうけど、ゲイブリエルは父親が再婚するまではひとりっ子でした。腹違いの妹と弟をそれはかわいがっていますが、あのふたりでは年が離れすぎていて、ゲイブリエルと対等な相手とは言えません。あの子のまわりにはもっと家族が必要だと、わたくしは常々思っていました」

カリオペは不意に賭けのことを思いだし、胸が凍りついた。

どうして忘れていたの？　この屋敷に住む三人の紳士たちは、一年間結婚しないと宣言している。ひょっとすると、一生結婚しないつもりかもしれない。わたしが一方的にエヴァハートを愛しているだけだとしたら？　そもそも彼からはなんの意思表示もされていない。

ティーカップの中の紅茶が苦い味に変わる。いまやカリオペのはかない期待はカップに浮かぶレモンのように頼りなく揺れていた。

公爵未亡人に相槌を返したが、意見を言うのはやめておいた。〝あなたの孫には結婚する意思も、家族を作る意思もありません〟と知らせる立場に自分はない。

後悔が胸を締めつけた。エヴァハートとの日々はカリオペの心を開き、もう一度人を愛する勇気を与えてくれた。けれど、自分が好きになるのは、見せかけだけの関心しか持ってくれない相手ばかりだ。

北塔の窓から、ゲイブリエルは雪景色の奥に見えるヒマラヤスギを眺めて微笑した。カリオペを腕に抱いてから数時間が経っていたが、まだ雪の上に橇の跡が残っている。永遠に消えなければいい。

「きみにはがっかりしたよ、エヴァハート」背後の離れたところから声があがった。「どうやらきみの友人たちはいとも簡単に賭けに勝てそうだ」

後方に首をめぐらせると、ブライトウェルが地図の間に入ってくるのが見えた。その顔には人のよさそうな笑みも、からかうような表情もない。不安が万力のごとくゲイブリエルのうなじを締めつけた。「なんの話をしているのかよくわからないが」

ブライトウェルはそばのテーブルから小型の望遠鏡を取りあげて、窓をのぞいた。「それとも、きみは今度もうまく逃げおおせ、彼女はこのままファロウ・ホールを去ることになるのかな」

相手の口調に滲むあざけりがゲイブリエルの耳を焼いた。恨みに満ちたその声ははじめて聞くものだ。「新たにいとこになったレディの評判が傷つくのではないかと心配しているのなら、それは無用だ」

「きみが彼女を見つめる目つきは——」ブライトウェルは望遠鏡をさげて卓上に戻した。「五年前から変わっていない」

ずっと気づいていたのか？　まさかブライトウェルは、パメラと結婚したいまもカリオペへの思いを引きずっているのか？　不安と警戒心がゲイブリエルの胸をよぎった。

身体的な攻撃に身構えるかのように、鼓動が速まる。もっとも、相手が暴力を振るうことがないのはわかっていた。ブライトウェルが放つ攻撃は鋭い視線のみだ。「過去を蒸し返したところで意味はない。ぼくたちは友人同士だろう。大切なのはそれだけだ」

ブライトウェルは冷笑した。「ああ、きみと友情を結ぶことができて、ぼくは実に幸運だった」

もしも相手がすべてを知っているのなら——恋文のことまで——非難されるのは当然だった。ふたりの友情は真の絆というより、ゲイブリエルの身勝手からはじまり、罪悪感によって深まったものだ。「正直に言うと、はじめのうちは、ぼくはきみの友人としてふさわしくなかった。だが、それを埋め合わせるために努力を続けている」すべてがゲイブリエルの考えどおりに進んだ暁には、ブライトウェルとは親戚同士になる間柄だ。

ブライトウェルはぎこちなくうなずいた。

戸口でヴァレンタインが咳払いをした。「閣下、ミス・クロフトの迎えの馬車と御者が到着いたしました」

迎えの馬車が？　なんてことだ！　到着するのが早すぎる。カリオペが出発する前に伝えておくことが山ほどあった。まず何よりも、あの手紙のことを告白しなければ。「御者は今日一日ゆっくりと休ませてやってくれ」

執事は頭を傾けた。「それからもうひとつ閣下にご報告を。お茶のあと、トレイからはレモンがふた切れ減っていて、ほかは手つかずのままでした」

ゲイブリエルは大きく息を吐いた。「ありがとう、ヴァレンタイン。さがってくれ」

執事が去ると、ブライトウェルに顔を見られないよう、ゲイブリエルはふたたび窓に向き直った。自分がにやにやと締まりのない笑いを浮かべているのは鏡を見なくてもわかる。

「レモンがふた切れ減っていた」ブライトウェルは好奇心も露わに繰り返した。「ずいぶんと奇妙な報告だ」

ゲイブリエルは肩をすくめた。「何を報告すべきかはヴァレンタインの判断だ。熱に浮かされてうわごとを口走ったようには見えなかっただろう」

いまこの瞬間、熱に浮かされたように感じているのはゲイブリエルのほうだった。カリオペが紅茶にレモンを入れたことを思うと、熱い血が血管を駆けめぐる。そのちょっとした選択は重大な意味を持っていた。

彼女はぼくを選んだのだ。

18

馬車が到着した。

その日の午後、カリオペは夕食用のドレスと明日の旅の装いをメグと相談すると、ほかはすべて荷造りした。ミセス・マーケルはわざわざ部屋まで来て、すぐにファロウ・ホールへお戻りになるよう期待しておりますと告げた。ミセス・スワンは、ここでの最後の夕食にデザートは腕を振るって特製のシラバブにすると教えてくれた。公爵未亡人はリンカンシャーの寒い気候がお気に召さず、もう一度温室を案内するようカリオペに求めた。残念ながら、温室へ向かう途中でふたりが地図の間に立ちよることはなかった。

温室にいるあいだは特に大事な話はせず、孫には大家族に囲まれてほしいという公爵未亡人の願いがふたたび話題にのぼることはなかった。代わりに、ふたりは草花や、英国原産の品種と南米原産の品種の違いについてずっとおしゃべりをした。

夕食では、公爵未亡人は席順を変えてカリオペを自分の右隣に座らせ、エヴァハートはテーブルの反対端に彼の父親と並んで腰掛けた。カリオペは不作法に見えないよう、視線がテーブルの反対側へ向かわないように気をつけた。それでも六、七回ほど——どんなに多くても一〇回は超えていない――エヴァハートのほうを見てしまった。相手の視線もそれとちょうど同じくらいの回数、カリオペのほうへ向けられた。

彼と話したかった。ふたりきりで。その機会がめぐってくることはなく、焦りが胸に広がった。公爵未亡人とのお茶がきっかけで自分の気持ちに気づいたからといって、すぐにエヴァハートへの愛を告白する気はなかった。けれど、もう一度会うことができるかを知りたい。一年後、賭けの期間が終わったあとにでも。

夕食を終えると居間に集まり、エヴァハートと彼の父親、祖母と一緒に椅子やソファに腰をおろして向かい合った。モントウッドとデンヴァーズは小さなテーブルを囲んでトランプに興じている。パメラとブライトウェルは食後は自室にさがり、アリステア・リッジウェイも同じくそうした。

エヴァハートと話す時間が少しでもあるかと期待したが、公爵未亡人は屋敷内を案内したときに話題に出た旅行記の朗読をカリオペに求めた。

「そのような探検旅行が持つ魅力をわたくしも理解したいものです」公爵未亡人が言った。

議論となるのに時間はかからず、ヒースコート公爵さえも南米に関する持論を披露した。そのあいだ、エヴァハートと視線がぶつかるたびに――それはかなり頻繁だった――相手もカリオペと変わらぬほどじりじりしているように見えた。

ふたりきりになってさよならを言う時間も、彼とのあいだになにが起きたのかはっきりさせる時間もなさそうだった。

「ミス・クロフト」ページをめくるためにカリオペが言葉を切ると、エヴァハートが出し抜けに声をかけた。「明日、出発すると耳にしたが」

いつになく真剣な彼の表情に、カリオペはごくりとつばをのんだ。「ええ、その予定よ、エヴァハート卿」彼の名前を恍惚《こうこつ》としてささやいたのは本当に今朝のことだったの？ 思い返して赤面し、誰も気づいていないよう祈った。「旅の準備にてんてこまいだったわ」

「想像はつくよ」カリオペが今朝のことを思いだしていたのも想像がつくかのように、エヴァハートはにやりと唇の端を吊りあげた。「短いあいだにも、多くの変化が起き得るものだ。きみもそう思わないかい？」

カリオペはエヴァハートの顔を探り、相手が自分と同じ気持ちである可能性はあるのだろうかと思案した。「ええ、そうね」

エヴァハートは小さくうなずき、ふたたび口を開こうとしたところで、祖母にさえぎられた。

「申し訳なかったわね、ミス・クロフト。わたくしのために夜遅くまで朗読させて」公爵未亡人が椅子から立ちあがった。部屋にいる全員がそれにならう。

「こちらこそ楽しいひとときでした」カリオペは相手に返した。

「でも、長々と読みあげさせてしまったのは、あなたのせいですよ。耳に心地よい声をお持ちなものだから。ギリシャの詩人ホメロスに詩的霊感を授けた女神カリオペと同じ名前だけのことはありますね」公爵未亡人はステッキで床をひと突きした。「わたくしたちのカリオぺは女神そのものだとあなたも思うでしょう、ゲイブリエル?」

〝わたくしたちのカリオペ〟彼女は息が詰まりそうだった。いまヒースコート公爵未亡人は、わたしを気に入ったと公に認めたの?

〝女神そのもの〟? ゲイブリエルは祖母をまじまじと眺めてから返事をした。「そうですね」

祖母はどこまで察しているんだ?

「あなたの放浪の旅《オデッセイ》もそろそろ終わりが近づいているようです」公爵未亡人の目がきらりと光る。「ずいぶん長いことわが家を離れていましたね」

老ドラゴンは間違いなくすべてを察している。ゲイブリエルは苦笑いし、身を乗りだして祖母の頬にキスをした。「おばあ様にはいまだに驚かされます」

「亀の甲より年の功です。それに、年寄りは残された時間もかぎられていることを忘れないでちょうだい」孫の頬をそっと叩く。「早起きが好きなようですから、見送りに来てくれますね。あなたの父親とわたくしも明日、朝のうちに出発します」

ゲイブリエルは祖母から父へと視線を移し、最後にカリオペを見つめた。「夜のあいだに大雪が降って、みんなでファロウ・ホールに閉じ込められるのも悪くありませんよ。猛吹雪でもぼくは大歓迎だ」

カリオペは頬を赤らめた。

「何をくだらないことを」公爵未亡人はうなるような声をあげたが、顔には微笑を浮かべている。「ミス・クロフト、わたくしたちは失礼しましょう。孫の話に釣り込まれて、わたくしたちまで雪が降るよう願う前に」

その夜遅く自室にひとりたたずみ、カリオペは窓から外を眺めて、雪が降るのを本当に願った。あいにく、ひとひらの雪さえ夜空から舞い落ちてこない。春はもうそこまで来ているから、雪もそろそろ見収めだろう。

メイドのメグには、寝支度は自分でするから今夜は先にさがるよう夕食の前に言ってあった。明日は長い一日が待っている。ベッドに入る準備をしなければならないのに、カリオペは気分が落ち着かず、書き物机へと向かった。自分の気持ちをエヴァハートに伝えずには出発できない。

最初の手紙では胸の思いの深さがうまく表せず、二番目の手紙では過剰になりすぎてしまい、三つ目はあまりに堅苦しくてぎこちなかった。ノートに紳士たちの特徴を書き込むときはすらすらとペンが進んだのに、波打つ感情の海を便箋にしたためるのはなかなかうまくいかないものだ。

カリオペはもどかしさのあまり立ちあがり、暖炉に歩みよって両手を温めた。炉棚の上の時計は一二時を指している。

地図の間でエヴァハートと交わしたキスを思いだした瞬間、手とは別の場所がじんわりと熱くなった。カリオペはくしゃくしゃに丸められて卓上に転がっている便箋の山に目をやってから、戸口へ視線を移した。屋敷はすでに寝静まっている。ロンドンにいるときとは違い、リンカンシャーではみんな早々と就寝した。だから、わたしがエヴァハートと直接話をしても、たぶん誰にも知られることはない。

カリオペの手は恥ずかしいほどさっさとドアノブをつかんでいた。

最初の夜と同様に、ドアを開けるとそこには犬のデュークがいた。今度はカリオペを無視することなくすぐに尻尾を振り、待っていたかのごとく廊下を進んで階段へと先導する。犬は階下におりたところで足を止めて振り返り、カリオペがついてきているのを確かめた。

「あなたって、まるでいたずらなキューピッドね。本当は自分が何をしているかわかってるんでしょう？」

犬がワンと返事をする。

カリオペは慌てて腰をかがめ、耳の裏をさすってやった。「しーっ……騒いではだめよ」

犬は彼女の手をなめ、勢いよく尻尾を振った。勢いがよすぎて三本脚の円テーブルにぶつかり、テーブルが大きく傾く。カリオペは危ういところを手で押さえ、卓上の銀盆もどうにか落とさなかった。だが、盆には明日の郵便に出す分の手紙の束がのっており、そちらはばさばさと床に散らばった。

カリオペは背後にすばやく目をやり、物音を聞きつけた使用人がいないのを確認してから、しゃがみ込んで手紙を拾った。そのうち二通はデュークが大きな前足で踏んでいる。しっしと追い払おうとすると、犬は口の端から舌を垂らして、なんの遊びだろうとまたも尻尾を振りはじめた。

押しても引いても犬の前足は動かない。「いい子だから」カリオペは今度は持ちあげようと試みた。「足をあげてちょうだい」ふんっと息むと、濡れた冷たい鼻面が耳に当たり、くんくんにおいを嗅がれた。彼女は息を吐きだして床に座り込み、犬に指を突きつけて振ってみせた。ようやくデュークが足をどかしたので、ひとつ、ふたつと手紙を拾う。

ほかの手紙とまとめて盆に戻そうとしたとき、見覚えのあるものが目に留まった。カリオペは宛先の住所に書かれた地名〝キンロス〟をじっと見つめた。Ｋｉｎｒｏｓｓ……。

「あの〝Ｋ〟だわ」筆跡を凝視してささやく。全体が少し傾斜していて、書きはじめは華やかにくるりと弧を描き、書き終わりは伸びやかにはねている。カリオペが何百回も、たぶん何千回も繰り返し見てきたＫの文字。

こんなＫの文字を書く人はひとりしかいない。カサノヴァはやっぱりこの屋敷にいたのだ。でも、どうしてそんなことが？　アナグラムの問題が書かれた紙片を見たときは、筆跡はどれも一致しなかった。

夢から目覚めるのを恐れるかのように、カリオペはゆっくりと手紙を裏返して封蠟を確かめた。

そして手紙を指先からすべり落とした。

19

ゲイブリエルは地図の間の中二階から、窓の外を見つめた。月明かりがあまりにまぶしく、夜空に散らばる星々はどれもかすんでいる。森影の上に浮かぶ白い月のほかは、闇がどこまでも広がっていた。

離れた部屋でモントウッドが奏でるピアノの調べが低く流れてきた。ゲイブリエルはいま、月が沈むのを待ち、夜が明けるまでの時間を数えていた。

カリオペに会う必要があった。真っ暗な廊下に出ようという衝動が彼の心を揺さぶった。話すべきことが山とある。彼女にあの手紙のことを打ち明け、そして……。

階下で地図の間のドアが閉まる音が、ゲイブリエルを物思いから引き離した。中二階へあがる前にドアは閉めたはずだが。

彼は長靴下をはいた脚で書棚のあいだを抜け、手すりへ向かった。暖炉では火が明るく燃え、がらんとした階下を照らしている。ドアはやはり閉まっていた。しかし、壁にはくっきりと人影が伸び、明かりに揺らめきながら移動していた。誰かが階段をのぼってくる。

誰だと問う前に濃いはちみつ色の髪が見え、その答えが螺旋階段の上に姿を現した。

いとおしさにゲイブリエルの胸はどくんと跳ねた。「カリオペ、ここで何をしているんだ?」

「話があるの」彼をちらりとも見ずにすれ違い、カリオペは書棚の奥へ向かった。

「ぼくもきみに話がある。だが、朝まで待ってからにしよう」ふたりきりでここにいるのは危険が大きすぎる。それはゲイブリエルにもわかった。彼の視線は、露わな肩と六つ並んだ真珠のボタンの上に飾り櫛からこぼれた巻き毛がかかるさまに吸いよせられた。カリオペは夕食のときから着替えておらず、白いレースに縁取られたバーガンディ色の夜会用ドレスをまだまとっている。

彼女は背を向けたまま、首を横に振った。「この話は待てないわ」

冷ややかな声音がゲイブリエルの警戒心を刺激した。

「あなたはわたしの両親と会ったことがないでしょう、エヴァハート」カリオペは消え入りそうな声で語りだした。「父と母は、目には見えなくても、何よりも強い絆で結ばれているわ。わたしは子どもの頃から、ふたりの姿にあこがれてきたの。両親のように理想の相手には一生めぐり会えないかもしれないとも思ったわ。わたしが心を激しく揺さぶられるのは、本を読みふけっているときだけだったから。物語の中には愛も、恐怖も、悩みも、喜びも、すべてがあった。すべて、そこにしかなかった。ある日、一通の手紙を受け取るまでは」

かさかさと紙がこすれる音に気づき、ゲイブリエルは彼女の手もとを見おろした。彼の血管を流れる血が最後の一滴まで凍りついた。

カリオペはゆっくりとこちらを振り返った。階下の火影がその目に映り、感情を読むことはできない。彼女が持ちあげた手紙は黄色く変色し、その角は見慣れた形にちぎれている。

「この手紙を」

「カリオペ、ぼくは――」

「これを読んだとき」ゲイブリエルの声が耳に入らなかったかのように続ける。「わたしの中で何かが変わったわ。生まれてはじめてわたしという本の表紙が開かれて、自分の物語がはじまるのを感じた。ひとつひとつの言葉から伝わる思いが胸に響いて、まるで自分自身の感情がそこに綴られているかのようだった。わたしと同じように、芽生えかけた情熱を胸に抱いている相手を見つけたと思った」カリオペの声が震えた。「運命の相手をついに見つけたと」

暖炉の明かりを浴びたカリオペの瞳がうるんだ。その光景にゲイブリエルは体の自由を奪われた。彼女の悲しみを目の当たりにするのは、そしてその原因が自分以外の何ものでもないのを自覚するのは、純然たる苦痛だった。後悔と苦悶《くもん》が体を八つ裂きにし、心臓を引きちぎる。「きみに打ち明けるつもりだった」

カリオペは顎を引いて、眉を吊りあげた。「あなたにとっては戯れでしかなかったと?」

ゲイブリエルは首を横に振った。動かせるのは首だけで、体のほかの部分は硬直している。

「あれは戯れではなかった」

「ほかの女性も同様の手紙をもらったことがわかったとき、わたしがどんな気持ちだったかあなたにわかる？」ゲイブリエルを見るのが耐えられないとばかりに、カリオペはつかの間目をつぶった。「もちろん、世間で噂になっているのが二番目の手紙だったことは誰も知らないわ。わたしは自分の手紙を公表しなかったんですもの。けれど、わたしは知っていた。唯一の慰めは、二番目の手紙は誰の魂も揺さぶらなかったことよ。韻を踏んだ言葉の羅列で、心は少しもこもっていなかった。少なくとも――」息を詰まらせる「わたしは自分にそう言い聞かせたわ。でもそうできたのも、別の女性のもとへ三番目の手紙が届くまでのことだった。それからまた違う女性が手紙を受け取り、全部で六人の女性が手紙をもらった。そのたびにわたしの心は少しずつ打ち砕かれていった」

ゲイブリエルは手を伸ばしたが、彼女は二歩、三歩とあとずさりした。「すまなかった、カリオペ」

彼女の頬を、きらりと光るひと粒の涙が伝い落ちる。「夢に背中を向けたときが一番みじめだった。心をぼろぼろにされてまで、愛のある結婚を夢見ることはないとあきらめたの。自分は結婚しなくていい。読書と両親の世話で満足しようと心に決めたのよ」

「もういい、やめてくれ」ゲイブリエルは懇願したが、カリオペの耳には届かなかった。

「そのあとは彼を恨むようになり、復讐の計画を練ったわ。カサノヴァの仮面を引きはがし、わたしの心をもてあそんだ仕返しに、あざ笑ってやろうと思ったの。カサノヴァの可能性があるる紳士は全員ノートに書き留めた。あなたのことを書いたページまで何枚もあったわ。ぜひ一読してちょうだい、きっとおもしろいから」

彼がもう一度かぶりを振ると、カリオペは短い笑い声をあげた。その声は暗く、うつろに響いた。

「時の流れとともに怒りは不信感に変わり、あの手紙にはなんの意味もなかったんだと自分を納得させた。だからすべて忘れるのが一番だと思ったわ。ノートは妹たちにあげ、いずれ自分の心ももとどおりになると考えた」

カリオペがゲイブリエルの表情を見据えた。そこに、彼女の心を打ち砕いた残酷さを探すかのように。「わかったのは――あなたのおかげで理解できたのは――本の背表紙は修理できても、壊れた心は二度ともとには戻らないということだった。もとの形にくっつけることはできても、次はもっと簡単に壊れてしまう。ここにあるのがその手紙よ。ずっと捨てられなかった。便箋がすり切れて文字がかすれるまで、何千回も繰り返し読んだわ。すべての言葉を、すべての文字を、すべての字の癖を覚えている」

「カリオペ、きみを傷つけるつもりは――」

「だからこれを目にしたときは凍りついたわ」彼女は片手をあげた。その手に握られた恋文の上に、封蠟で閉じられた書状が重なっている。「キンロス宛の手紙。なんでもないただの書簡よ。それでいて、目を引くところがひとつだけあった」人差し指の先で住所をなぞる。「あなたは特徴のあるKの文字を書くわね、エヴァハート卿。書きはじめはくるりと弧を描いていて、最後は大きくはねている」

ぼくはカリオペを傷つけた。彼女を失望させた。その事実はゲイブリエルにとって、あまりに耐えがたかった。これまでも彼女に告白する方法を思いつくかぎり考えて何度も打ち明けようとしたが、そのたびに踏み切ることができなかった。カリオペの前から姿を消すようグリフィン・クロフトに命じられていたことを明かせば、卑怯な言い逃れになる。彼女の兄は妹を守っただけだ。ぼくも彼女を守るべきだった。カリオペのためなら、すべてを投げ捨てるべきだった。はじめから彼女の愛に応えるべきだった。なのに、ぼくは彼女の心を壊したのだ。

いま何かを言わなければ、永遠にカリオペを失う。「きみを愛している」

カリオペはすっと目を細めた。「それが、自分がしたことに対するあなたの説明？」息を吐きだして肩を落とす。二通の手紙はひらひらと床へ落ちた。「悪いけれど、これ以上あなたの嘘を信じる気にはなれないわ」

「ずっときみを愛していた。〈オールマックス〉ではじめて出会ったあの夜からだ」ゲイブリエルは足を踏みだし、彼女が身を引く前に両手をつかんだ。「きみは自分の物語を語ってくれた。次はぼくが話をする番だ」

「本当は逃げだしたいんでしょう？　次の探検旅行の計画を立てたいんでしょう？」カリオペは乱暴に両手を振りほどいた。きつい言葉を投げつけながらも、目には疲労の色が表れている。「わたしたち、二度と会う必要はないわ」

カリオペは彼の脇を通り過ぎた。

だめだ。彼女を失うことはできない。自分が何より求めていたものを手に入れる勇気がようやく生まれたいまは。「ぼくはもう真実から逃げたくはない。きみだってそうだ、いまここで逃げる理由はないだろう」

階段をおりかけたカリオペが足を止める。ゲイブリエルは次にどうすればいいのかわからなかった。留まるよう彼女に強いることはできない。カリオペは階段のおり口から動かず、関節が白くなるほど手すりを握りしめている。

これが最後のチャンスだ。「不死鳥の羽根とドラゴンの目玉のことはもう話しただろう、そのふたつは不思議と一緒に見つかることが多いことも。ぼくたちがはじめて出会った夜もそうだった。〈オールマックス〉の会場のすぐそばで見つけたんだ。階段の隅に並んで落ちていた。見つけられるのを待っていたかのように。白い鈴飾りはまだ見つけていないことをぼくに思いださせるかのようにだ」ゲイブリエルは息を吸い込んだ。「だが、あの夜はそれも見つかった」

カリオペは背を向けたまま、いまにも階段を駆けおりそうに見えた。

彼は急いで続けた。「ぼくは羽根と小石をポケットにしまい、階段をあがった。そして舞踏会場へ足を踏み入れるなり、白い鈴飾りが目に飛び込んできたんだ。スズランの小枝だ。髪に飾られたその小さな花を見た瞬間、息ができなくなった」

ゲイブリエルは彼女に一歩近づいた。あのときのことを思い出すと感情の波がこみ上げ、不意に喉が熱くなる。「ぼくに背中を向けていたきみが顔を横に向けた。そのとき、会場中の蠟燭の明かりがきみの横顔を照らしだしたかのように感じた。ああ、この女性なんだとわかった。この女性がぼくの運命の人だと」

カリオペははっと息をのみ、手すりから手をすべり落とした。何も言わないが、彼女の中で何かが変わったのをゲイブリエルは悟った。

「自分がひと目ぼれするとは信じられなかった。何カ月も心の中で否定したよ」ゲイブリエルはさらに歩みより、カリオペのシルクのドレスが脚に触れるのを感じた。思い切って手を取ると、今度は彼女は引き抜こうとしなかった。「けれど、きみから離れていることはできなかった。ブライトウェルを通じて同じ友人の輪に入れば、きみの欠点も見えてくるだろうと考えた。一時的に目がくらんでいるだけだと自分にわからせようとしたんだ。ところがどんなにきらいになろうとしても、きみのことがますます好きになっていった。きみのウィット、明るさ、小説から飛びだしてきたような突飛な話題――そのすべてが好きになった」そしていまも変わらず大好きだ。

カリオペは首をめぐらせて彼のまなざしを探り、当惑したように眉根をよせた。「もしもわたしが、恋文をもらったほかの女性だったら？　別の女性があなたの正体を発見していたら、同じように弁明したの？」

ゲイブリエルは首を横に振った。「空疎な言葉を並べてほかの手紙を書いたのは、うしろめたさと恐怖に駆られたからだ。きみに近づくためにブライトウェルを利用したうしろめたさ、それに、きみがあれこれ聞き回って真実に近づいていく恐怖だ。ぼくの指先にインクがついていないかまで調べていただろう」

「ええ、覚えているわ」カリオペがささやいた。その表情はやわらかだが、まだ警戒心が滲んでいる。

「ぼくは発見されるのが怖かった」ゲイブリエルは息を吸い込み、心の奥底の恐怖を打ち明ける決心をした。「きみを愛するのが怖かった」

カリオペは息をのんだ。エヴァハートの告白に、そのすべてに動揺していた。

彼がわたしを愛している？　最初にそう言われたときは、またも心をもてあそばれているのだと思った。けれど、いまエヴァハートの声はひび割れて、その目はおびえている。そんな姿を見ると、彼を信じたいという、これまで感じたことがないほど強い欲求が胸にこみ上げた。

一方で、感情は当てにならないものだとカリオペは学んでいた。「あなたはわたしを傷つけたわ。自分でも認めたくないほど深く。あなたがそんなことを言うのだって、自分の罪悪感を軽くするためか、秘密をばらされないようにするためでしょう」

「ぼくの秘密と運命は、きみの手にゆだねる」エヴァハートは話しながら、ゆっくりとあとずさりしはじめた。いつでも振り払えるほど軽く彼女の手を軽く握って引き、書棚のあいだをさがってゆく。「来てくれ。ぼくにそんな権利がないのはわかっている。けれど、もう一度説明するチャンスがほしい」

立ち去ることのできない自分が腹立たしく、カリオペは憤りを相手にぶつけた。「もう一度ですって？　五年間、あなたは何もしなかったのよ」

その非難は心に突き刺さったらしく、エヴァハートは顔をしかめた。「きみに恨まれるのは当然だ」

カリオペは踵を返して、階段をおりるべきだった。だが、その前に答えが知りたい。「なぜわたしを愛するのが怖かったの？」

エヴァハートはカリオペを引きよせた。動いたか動いていないかわからないほどわずかな動作で、彼は息をついて体の向きを少しだけ変え、手にかすかに力を込めた。カリオペの指のあいだに自分の指をすべらせ、親指と人差し指のあいだの敏感な曲線を親指でなぞる。気づいたときには、ふたりの距離は半歩と離れていなかった。

「きみのすべてを愛してしまったあとに、もしもきみを失うことになれば、ぼくの人生は終わると知っていたからだ」真剣な低い声がカリオペの心をとらえた。

エヴァハートはカリオペの手を順に持ちあげて自分の肩にのせ、彼の手を彼女の腰のまわりにすべらせた。「そういうことが父の人生に起こったのを、ぼくは目にした。父が徐々に魂を失っていくのを。いまの父はただ存在しているだけだ。確かに、父は後添いのアグネスと新たな暮らしを築き、お互いを大切にしている。それでもぼくには、母を愛していたときの父の姿とは違っているのがわかるんだ。父にとって母は世界を照らす光だった——朝の空にのぼる太陽、夕の空に現れる月と星明かり。母は父のすべてだったんだ。大人になり、ぼくはそんな愛を求めるのと同じくらい、恐れるようになった」

エヴァハートがカリオペの頬をそっとなぞる。彼女はそのときはじめて、涙が頬をこぼれ落ちていることに気がついた。「そしてお父様にとって、お母様は友人でもあったのね」

「ああ」だからエヴァハートは女性の友人を持とうとしなかったのだ。

ようやく理解できた。幼い時分に愛の死を目の当たりにした体験が――それも自分自身も母の死を悲しんでいるときに――エヴァハートを変えていた。表面的には、彼はこの世に心配事などひとつもないかに見える。けれどその内側には、愛する者を失う苦しみを恐れるひとりの男が住んでいるのだ。

エヴァハートはカリオペの額に、こめかみに、鼻の上にやさしくキスをしていった。「きみをはじめて見た瞬間、自分がそんな愛とめぐり会ったことがわかった。だからこそ、必死でそれを否定しようとした」

彼の腕の中にいるのはとても自然に感じた。自分が間違っているとは思えない。いるべき場所に戻ってきた気がした。

でも、この告白に至るまでに、どうしてこれほど時間がかかったのだろう？「五年間よ、エヴァハート。五年もの長い歳月。それにバースの舞踏会でのあなたはひどく冷たかった」

「ほかの女性たち宛に六通の手紙を書いたあとで、ある……友人から、きみに対するぼくの行為は極めて恥ずべきものだとなじられ、それでわれに返ったんだ」エヴァハートは目をつぶり、額をカリオペの額に押し当てた。「あのとき、ぼくはきみの前から去ることを選択した。きみならいずれ、もっと立派な男と結婚するだろうと思った。それでもまだきみへの思いを断ち切れず、家族とともにバースへ行くと聞いて、ぼくもあとを追ったんだ。きみのそばにいたくてたまらなかった。五年経ったいまも、その気持ちは変わっていない。いいや、むしろもっと強くなっている」

急に足の下から地面が消えたみたいに感じ、カリオペは思わず彼の肩を握りしめた。「どうすればあなたを信じられるの?」

「自分の心を信じるんだ」エヴァハートの唇が彼女の唇をかすめた。

カリオペは自分の意思とは無関係に彼のうなじへと手を回し、キスを返していた。「それができれば苦労しないわ」

エヴァハートは彼女の顔を両手で包むと、誠実なまなざしで見つめて許しを求めた。「五年前にきみに正体を明かさなかったことを後悔している。きみを傷つけたことを後悔している。何よりも、はじめて出会ったあの日にきみと結婚しなかったことを後悔している」

カリオペは笑いだした。「出会ったその日に? グレトナグリーンまでの駆け落ちの旅は、少なくとも四日はかかると聞いているわよ」

「それなら、四日目までにきみと結婚しなかったことをだ」

エヴァハートは本気でそう言っている。これでは彼を信じないわけにはいかない。

「あなたがわたしの胸に刻んだ言葉を忘れるために、一体どれだけ小説を読んだかわかる?」非難しながらも、カリオペは体をぴったりと押しつけた。「大きな図書室をいっぱいにできるぐらいよ」

「きみのために図書室を作ろう、見たこともないほど大きなのを」エヴァハートはそう言って息を詰めた。どうやら彼女の返事を待っているらしい。

自分は求婚されたのだと、カリオペは不意に気がついた。「警告しておくわよ、エヴァハート、いま言ったことは必ず守らせるから」

エヴァハートはいきなり深々とキスをして、ふたりの婚約を成立させた。長いこと否定されてきた情熱がカリオペの体内を駆けめぐり、すべての疑念を洗い流して、貪欲な激しい欲求で彼女を満たす。もっと彼がほしい。舌を相手の舌へとすべらせると、ぴりっと刺激的なウイスキーの味がした。ふたりのキスが切迫したものに変わる。

息が苦しい。このキスを終わらせたくない。つま先立ち、急に張りつめた胸の痛みをなんとかしたくて、エヴァハートの背中へ両手を回し、引きよせた。次の瞬間にはドレスがゆるみ、肩にだらりとさがるのを感じた。

カリオペはあっと声をあげ、彼の目を見上げた。

エヴァハートは微笑した。巧みな両手を広げて肩甲骨のあいだの素肌に触れてから、下へとすべらせてヒップを引きよせる。腰と腰がぴったり重なると、彼が高ぶっているのが、カリオペを求めているのが、はっきりとわかった。エヴァハートは愛を交わそうとしている。いま、この場所で。「きみが言ったように、五年もの長いあいだ待たせてしまった。だから、きみの胸にひとかけらの疑念も残したくない」

「賭けはどうするの？」

エヴァハートは彼女の目を見据えた。「カリオペ、きみのためならぼくはすべてを投げ捨てる」

五年もの長い歳月の果てに、待ち続ける日々は終わった。カリオペはキスで応え、彼の下唇を味わった。エヴァハートが喉の奥でうめく。

カリオペは腰を突きだし、硬く張りつめたものにあてがった。重ねた衣服の上を、エヴァハートの両手がかすめ、まさぐり、もみしだく。こんな指使いは、彼女の豊かな想像力でさえ考えつかなかった。カリオペは彼のリネンのシャツを両手でぎゅっと握りしめ、小さな悲鳴を漏らした。半分は歓喜、半分は欲望から。小説に出てくる無垢なヒロインさえ、この欲求には抗えないだろう。

情熱に身をまかせるヒロインの気持ちが、やっとわかった。

カリオペは焦《じ》れったさに両腕を体の横にさげ、ドレスをすべり落とした。重たい錦織りの生地が床の上に折り重なるなり、エヴァハートはペチコートのボタンをはずした。彼女が次の息を吸うよりも先に、ペチコートも床に落ちていた。それからコルセット、肌着《シュミーズ》と続き、ついには長靴下と室内履きだけの姿で彼の前に立っていた。

不思議と、裸身をさらしている感じはしなかった。エヴァハートのまなざしに満ちる欲情にすっぽりとくるまれている。視線を浴びてカリオペの胸もとはぴんと張りつめ、内部の深いところで熱いものがしきりに脈を打った。

「いとしい人、きみは本物のセイレーンだ」エヴァハートは彼女を引きよせると、素肌を両手でまさぐり、愛撫し、快感のさざ波を広げた。

カリオペの体はわななき、骨はとろけた。これではじきに立っていられなくなる。エヴァハートもそう感じたらしく、少しずつさがると、橇に似た形の寝椅子に彼女を横たわらせた。顔をのぞき込んでそっとキスし、髪から飾り櫛を抜く。

「きみに告白することがもうひとつある」エヴァハートはささやいて、カリオペの顎を、喉を、そして肩の曲線を唇でたどった。「南米旅行へのあこがれをぼくの胸に植えつけたのは、これだよ」

カリオペは頭を持ちあげて見おろした。彼女の胸もとにあるピンク色のあざを、エヴァハートがなぞっている。「わたしのあざ？」

彼は頭をさげて、あざの部分の色づいた皮膚を舌先で愛撫した。「南米大陸の形だろう。そしてずっと想像していたとおり、異郷の味がする。ぼくの探検心をくすぐる味だ」

返事をする間もなく、つんと尖った胸の先端が彼の口の中に吸い込まれる。カリオペはあっと声をあげて背中を弓なりにそらした。

エヴァハートはカリオペの上体を抱えあげると、思う存分肌をむさぼれるように、背もたれの上にうなじを預けさせた。そして頭をのけぞらせる彼女の体を探検しはじめる。カリオペは豊かな短髪に指を差し入れてしっかりつかんだ。彼が胸の谷間に分け入るあいだも、舌がへその中に潜ったときも、口が秘密の溝をとらえたときも放さなかった。

カリオペは思わず唇を開いた。けれど、声を発することはできなかった。自分がどこにいるのかわからない。この旅の案内人はエヴァハートで、彼なら行き先を知っているはず。いつの間にか背中がすべり落ち、カリオペは両腕をあげて、頭上の背もたれの曲線を握った。しっかりとつかんで、体が震えだすのをこらえる。視界がかすみ、やがてまぶたを閉じた。エヴァハートは彼女の両脚のあいだに肩を割り込ませると、大きく広げさせた。彼女のヒップの下に手をすべり込ませて持ちあげ、まだ誰も味わったことのない場所を口でとらえる。カリオペの体の中で切迫感が募り、怒濤《どとう》のような激しさを増した。

エヴァハートの舌は容赦なく彼女をかき混ぜたあと、ゆっくりと上に向かい、小さな粒を見つけてくすぐった。彼が吸いあげると、カリオペの唇と喉から、吐息とあえぎ声が次々とこぼれでた。彼女は官能の波にのみ込まれて、悲鳴をあげた。体が痙攣《けいれん》してヒップは揺れ、背中がそりかえり、手脚が震える……そのあいだ中、自分のあげる歓喜の声が、どこか遠くでこだまするように聞こえた。

両脚のあいだでエヴァハートが視線をあげ、最後にもう一度カリオペをゆっくりとひとなめした。窓から射し込む月明かりが、濡れた唇と顎を光らせる。彼は微笑の浮かぶ口もとを手でぬぐってから、自分の指をなめた。「きみは異郷の果実の味がする。甘く熟していて、果汁をしたたらせている」

そんなことを言われて、顔を赤らめずにいることなんてできない。さらに次の瞬間には、赤面する理由がいよいよ増えた。彼女のカサノヴァは立ちあがってシャツを脱ぐと、腰をかがめて長靴下を自分の脚からはぎとった。そしてカリオペの前に立ち、ブリーチズのボタンをはずして、彼女の視線を自分のものへと引きよせた。

カリオペは彼の誘いに従った。

「あなたは――」美しい、神々しい、立派だ……？　「裸よ」吐息とともにつぶやく。

エヴァハートは笑みをひらめかせた。彼女の視線は見事な彫像を思わせる裸身の上をさまよい、広い両肩から、金色の胸毛へとおりていった。彼の体毛はみぞおちの辺りで細くなり、へそから下では色が濃くなって……。

カリオペはごくりとつばをのみ、堂々とそそり立つ最も男性的な箇所に目が釘づけになった。これは〝純潔を切り裂く剣〟どころか〝破壊の大剣〟だわ。

ぱっと頭に浮かんだたとえが妙におかしくて、引きつった笑いを漏らしそうになった。ああ、どうしよう！　はじめて感じる恐怖がカリオペの胸に押しよせた。自分の体を見おろすと、彼の目の前で太股を大きく開き、左右の足は座面の両脇にぶらりと垂れている。

カリオペのおびえを感じ取ったかのように、エヴァハートは両脚のあいだに膝をつくと、体をゆっくりと重ねた。彼の体温がカリオペを包み込む。胸と腹部の体毛が彼女の胸もとその下をこすり、敏感な頂を刺激して、先端が痛いほど張りつめた。

「いとしい人」エヴァハートがカリオペの唇にささやきかける。「目を開けて」

いつの間に目をつぶっていたの？　〝彼の大剣を見たときでしょう〟頭の中の声がはすっぱな笑い声をあげてからかった。

カリオペは目を開けた瞬間、エヴァハートの青緑色の瞳に心を奪われた。その瞳の中に自分がこれまで見ていたものを、彼女ははじめて本当に理解した。彼はわたしを愛している。わたしのすべてを。

カリオペはエヴァハートの顔を両手ではさみ、唇にそっとキスをして瞳をのぞき込んだ。

「告白することがあるの」

「いまかい?」

別の状況なら、ぽかんとしたエヴァハートの表情を見て笑いだしていただろう。けれど、いまはそれどころではなく、とても大切なことを言わずにはおけない。「わたしは本を読むかどうか決める前に、最後のページを必ず確認するの」

エヴァハートは彼女を見おろして微笑み、額にかかった巻き毛をそっと払った。「知っているよ。きみは先に結末を確かめておきたいんだろう。なのにいまは……ページをめくった先に、何が待っているのかわからないでいる」

「ええ」カリオペは認めた。

彼は唇を重ね合わせたまま体をずらし、こわばった熱いものをカリオペの腹部に押し当てた。「きみが望むなら、これから起きることをすべてつぶさに話そう」

彼女がうなずくと、エヴァハートは耳もとに口をよせた。温かな息が肌をくすぐる。彼は自分がこれからしようとしていることをすべて、赤裸々に描写しはじめ、やがてカリオペは彼の下で身をよじった。

「お願い」彼女は悩ましい拷問に耐えきれず、息を切らして懇願した。

寝椅子の上に重なって横たわるふたりの体を隔てるものはもう何もなかった。エヴァハートは座面の両脇に足をおろすと、カリオペの片脚を自分の腰に回させた。焼けつく熱が、湿った場所にあてがわれる。カリオペの体は、彼を待ち焦がれて脈打った。やがてエヴァハートはゆっくりと彼女を押し開き、動きを止めた。

切れぎれの吐息がカリオペの唇にかかる。「五年間、きみとこうなるのを夢見ていた」エヴァハートがもう一度動き、今度はさらに深くへ進んだ。次に動きが止まったとき、カリオペは自分の体の内側に響く、彼の小刻みな脈動に感嘆した。それはエヴァハートの心臓の鼓動と一致していた。

カリオペは胸にあふれる愛に突き動かされて、エヴァハートの顔を両手ではさみ、口づけを浴びせた。彼のうなり声が、降参のしるしのように彼女の口の中に響く。彼は腰を突きだしてカリオペを満たし、押し広げた。痛みよりも衝撃のせいで、彼女はあっとあえいだ。エヴァハートによって満たされた体の奥が熱く張りつめている。すべてを受け入れたいのに、もうこれ以上は無理だ。

すると、エヴァハートはもう一度カリオペにキスをし、甘く、やさしい愛の言葉を唇にささやきかけた。脚、ヒップ、胸を愛撫されるうち、彼女の体は少しずつ柔軟になり、エヴァハートを迎え入れることができた。

カリオペの外側で、内側で、彼が動く。エヴァハートは腰を引いてはふたたび沈めた。さっきまでとは違う、と彼女は感じた。彼がゆっくり埋もれるたびに完全に満たされ、不思議な快感が湧きおこる。ぞくりとするしびれがカリオペの全身を駆け抜けた。体に起きた変化に夢中になり、彼女は反対の脚をあげて彼の腰に巻きつけた。

エヴァハートが微笑んだ。ふた粒のオニキスのような瞳は、野生の獣を思わせる強烈さと、決意を湛えている。彼は重ねた体をずらしてカリオペの唇をむさぼりながら、さらに激しく、さらに速く動きだした。「きみはぼくのものだ、カリオペ。いつまでも」

ええ。カリオペは口を開いて、エヴァハートも自分のものだとつけ加えようとした。だが、歓びの奔流にのまれて息が詰まる。胸がぴんと張り、彼の胸毛にこすられて先端がうずいた。体は彼をきつく締めつけ、いまにも気を失いそうだ。

そう思うのと同時に、カリオペは絶頂へのぼりつめた。岩礁にぶつかってばらばらになった船のように、体が弓なりにそって砕け散りそうだ。喉から悲鳴があがった。下半身が勢いよく彼の腰にぶつかって、がくがくと震える。歓びと、愛と、快感の波がカリオペをさらっていく。エヴァハートはもう一度突き入れると、腰を痙攣させ、かすれたうめき声を魂の底からほとばしらせた。


夜明けが近づく頃、カリオペはゲイブリエルの上に崩れ落ちた。彼の肩の上に顎をのせて苦しげに息を継ぐ。「今夜ひと晩の経験で、ベッドの中での楽しみ方について、本が一冊書けそう」

体力が底を突いたゲイブリエルは、くすりと笑うのが精いっぱいだった。中二階にある間に合わせのベッドの上で、体の横に両腕を伸ばす。ぐったりと疲れていた。これほどの幸福があるとは知らなかった。奔放で知られる彼でさえ、ふたりは誰も想像したことのないさまざまな性愛術を生みだしたように感じていた。すべてが新鮮で、思いがけない。「一緒にインドへ旅することがあれば、性の経典として知られる書物がすでに存在することを見せてあげよう。それにはとてもまねできないやり方までたくさん載っている」

カリオペが顔をあげた。頬は紅潮し、目はきらきらと輝いている。「もっとあるの？」

「ぼくが教えてあげるよ。だが、体力を回復する時間を与えてくれ。少なくとも一日は必要だ」キスをして告げる。「今日の午前中は、ぼくも自分の馬車を用意して、きみの馬車を追ってスコットランドへ向かう。そこできみのお兄さんから結婚の承諾を得たら、次はバースできみのお父上からも許しをもらい、そこからスコットランドへ引き返して、グレトナグリーンで挙式だ」

ゲイブリエルの胸板の上で、カリオペは組んだ両手に顎をのせた。たっぷりとキスを浴びた唇に微笑が漂う。「わたしがカサノヴァと結婚したくないと言ったら？」

「もう手遅れだよ」ゲイブリエルは小生意気な微笑みに口づけした。「きみはすでに結婚に応じている。いろいろなやり方でぼくを燃えあがらせたじゃないか」

「うーん、どうだったかしら」カリオペは考え込むふりをして唇を結んだ。「確かに、あなたをすっかり燃えあがらせてしまった気がするわね」

「ああ、完全にね」ゲイブリエルは同意し、締まりのない笑みを浮かべた。

20

　数時間後、カリオペはファロウ・ホールに到着した日と同じ旅装に身を包んでいた。しかし彼女自身は、数週間前には決して想像できなかったほど変わっていた。体に感じる痛みが――心地よいものではあるけれど――その変化をじゅうぶんすぎるほど証明している。

　エヴァハートは本当に詩人の魂と情熱的な性格を持ち合わせていた。わたしにとって理想の男性。運命の相手。彼は、これは戯れの恋ではないと、わたしを愛していると誓った。そしてふたりはこれから結婚するのだ！

　兄は二週間離れていたあいだに妹が結婚を決めたことをどう思うだろう？　カリオペも信じられない思いだ。とはいえ、心から思える。この五年間はエヴァハートと幸せな結末を迎えるために乗り越えるべき試練にすぎなかったのだと。カリオペは頭のてっぺんからつま先まで喜びを発散しながら、いとこの寝室のドアを軽やかに叩いた。「パメラ、起きているかしら？　わたしはもうすぐ出発するの」

　驚いたことに、ドアを開けたのはいとこ本人だった。さらに驚いたのは、モーニングドレスではなくて旅行用の服をまとい、髪を結いあげて上品に整えていることだ。

「パメラ、今朝はとっても元気そうね」

鏡に映った姿を見てから、いとこが同意する。「ええ。わたしたちもそろそろファロウ・ホールを離れなければいけないでしょう。今朝、ミルトンに言われたのよ、もうすぐ事故から六週間になるって」

よく言ってくれたわ、ブライトウェル。カリオペは心の中でほっとした。彼はすでにじゅうぶん妻のわがままを聞いてやった。甘やかすにもほどがある。

「ぐずぐず長居するつもりはなかったんだけど」パメラは背を向けて部屋の反対側へ歩きながら言った。「エヴァハート卿のそばにいたかったから」

カリオペは衝撃に打たれた。全身が硬直する。エヴァハートはわたしのもの、わたしひとりのものだ。その事実をいとこに説明しなくては。「あなたがエヴァハートのそばにいたがる理由があるとは思えないわ」

「エヴァハート卿に心をよせる若い女性は大勢いるわ、結婚していようといまいとね。でも、彼と駆け落ちしようとした女性となると、ほかにはいないでしょうね」パメラはため息をつき、窓辺にたたずんで外を見つめた。

ごわごわした馬巣織りのショールのように、不安がカリオペの肩を包んで肌を刺した。言葉を発することができずに、いとこの背中を凝視する。パメラは自分が何を言っているのかわかっていないんだわ。

「駆け落ちの途中で事故が起きたのよ」パメラは続けた。「エヴァハート卿が足首を骨折したのは、わたしのせいなの。馬車の中で向かいの席に座っていた彼にキスをしようと抱きつきかけたときに、御者がちょうど角を曲がったものだから、ふたりとも転倒してしまって」

カリオペの不安が胸の中でずしりと重たい恐怖に変わった。それでもまだ、自分が誤解しているのだと考えようとした。いとこの話は意味をなさないことのほうが多い。「あなたがけがをしたとき……エヴァハートと一緒にいたの?」

これまでエヴァハートの足首の骨折とパメラの馬車の事故を結びつけたことは一度もなかった。

いとこがうっとりとした笑みを口もとに浮かべて振り返った。「エヴァハート卿って、それは熱心にわたしの話に耳を傾けてくれるのよ。わたしの家族についていろんなことを尋ねるの。ミルトンなんて、きいてくれたこともないわ。わたしの家族がきらいなんじゃないかしら。最近では、わたしにまでなんだか冷たくって。わたしが恋文を受け取ってからは特にそうよ」

恋文――パメラがファロウ・ホールに到着後、舞い込んだ手紙。すっかり忘れていた。カリオペがこの屋敷での滞在を延長したのは、もともとはそれが理由だった。最初はどうしても手紙を見つけたかったけれど、いまではその必要性を忘れていた。

エヴァハートはパメラ宛の手紙については説明しなかった。恋文といっても、ほかの手紙と同様に陳腐な言葉が並んでいるだけなのだろうか?

内容はどうあれ、手紙がいとこの心をつかんだのは確かだ。それにエヴァハートにとって意味のないものなら、彼はどうして隠そうとするの？

頭に浮かぶ答えは、どれも不安を消してはくれなかった。

カリオペはめまいを覚え、ベッドの支柱に手を伸ばして体を支えた。「あなたはエヴァハートと一緒に駆け落ちしようとしていたの？　ブライトウェルを捨てて？」不意に、公爵未亡人が話していたことが脳裏によみがえった。エヴァハートの祖母は、若者は競争心が強く、どちらが上かはっきりさせようとするものなのに、なぜ孫がブライトウェルと仲良くしていたのか不思議がっていた。まさか、そんな……。

カリオペはかぶりを振った。ゆうべの出来事がすべて偽りだったなんて、五年前にはじまったブライトウェルとの競い合いにすぎなかったなんて、絶対に信じるものですか。

「あなたが来てからは、エヴァハート卿も前ほど親しげにはしてくれなかったけれど、それは仕方がないことよね」パメラは口を尖らせた。いとこの言葉にカリオペははっと思いだした。〝エヴァハートはなぜ一緒に夕食を取るのをやめたのかしら？　わたしのいとこが来る前は、屋敷のあるじ役をいつも立派に務めていたのに〟

「恋文までどこかへ行ってしまうし、本当にやるせなかったわ」パメラは話を続けている。「ミルトンは滅多に笑顔を見せなくなっていた……でも、今朝は笑顔でわたしの部屋に入ってきたのよ。象牙の持ち手がついた小物入れが見つかって、持ってきてくれたの。結局、彼の部屋にずっとあったんですって」横のテーブルを身振りで示す。そこには小物入れが置かれ、開いた蓋の上に手紙がのっている。「信じられない幸運でしょう？　ようやく恋文が戻ってきたのよ。綴られた言葉のひとつひとつが胸に訴えかけてくるわ。ロンドンに戻って寂しさを感じたときは、この恋文に心の隙間を埋めてもらうの」

カリオペはテーブルから目を離すことができなかった。「あれがその手紙？」

「ええ、そうよ」いとこは手紙を持ちあげて胸に押し当て、ほうっとため息をついた。それから部屋を横切り、カリオペに差しだす。「読んでちょうだい。心に翼が生えて空へ舞いあがる心地をあなたも味わって」

カリオペの手が震えていた。それでもなんとか手紙を受け取ると、よく調べるふりをしてパメラに背を向けた。本当は、感情が顔に出るのが怖かったのだ。

親愛なるパメラへ
この心をとらえたセイレーンに、ぼくはいまも思いをよせている。

セイレーン？　それ以上は読めなかった。カリオペの視界はぼやけ、涙が頬を濡らした。この手紙はほかの女性たちが受け取ったもののように、甘い言葉を連ねただけのものではない。ここにしたためられた言葉は、カリオペが持っている恋文とあまりによく似ている。

ばかね。夢ばかり見ていて、何ひとつ現実が見えていなかったなんて。

ひとつの事実がカリオペの心を粉々に打ち砕いた。エヴァハートにとって、わたしは特別な存在ではなかった。彼が恋文を書いてくれたときも、橇遊びに誘ってくれたときも、ふたりがゆうべ結ばれたときでさえも……。

「ねえ、感想を聞かせて」パメラがうれしそうに声をはずませた。「こんなにロマンティックな恋文は、あなたも読んだことがないでしょう?」

カリオペはこっそり頬をぬぐうと、振り返ることなくいとこに手紙を返した。「すてきな手紙だわ。もっとゆっくり楽しみたいけれど、馬車を待たせているの」

感情を抑えきれなくなる前に、カリオペは急いで部屋を出た。廊下を走り――エヴァハートと鉢合わせた。

「危ない!」ゲイブリエルは廊下の角から飛びだしてきたカリオペの肩をつかんだ。「どうしたんだ? ぼくに会いたくて走ってきたのか?」

カリオペが顎をあげてこちらをまっすぐ見据えた瞬間はじめて、濡れた頬と赤く縁取られた目に、ゲイブリエルは気づいた。

「わたしは大勢の中のひとりだったのね?」カリオペはくすんとはなをすすり、手の甲を鼻先にすべらせた。「ゆうべあなたが話したことも全部……わ、わたしもほかの女性たちと同じ、ただの気晴らしで、戯れだったんでしょう」

ゲイブリエルは頭が混乱し、鼓動が乱れた。カリオペは彼女のいとこの部屋がある方向から走ってきた。そこでどんな話を聞かされたのかは想像するしかない。「きみはパメラの話など信じないはずだ。ゆうべのあとで信じられるわけがない……。これからのことはふたり後？　それとも数年後？」彼女は首をぶるぶる振って、一歩さがった。

「わたしが兄の屋敷に到着したあと、あなたが来るのはいつになるの？　数日後？　数週間で決めただろう、カリオペ。ぼくの馬車も用意ができているんだ」

　五年前には手紙で愛を告白し、今日の夜明け前には婚約を交わした。ふたりは結婚するのだ！　それが真実であることは揺らがない。カリオペにはわからないのか？「きみはあの手紙をまだ持っているだろう。あれはぼくの心がきみのものだという誓約書だ。きみが何を聞かされたとしても関係ない」

「手紙ね」カリオペが冷笑した。「わたしのつまらない思い込みだったのよ。自分がもらった手紙だけは特別だと思っていた。自分だけは特別なんだと――」言葉が続かず、腹立たしげに肩を引いて彼の手をどけようとした。

　ゲイブリエルは彼女から手を離し、両腕を体の脇に垂らした。おそらくパメラに宛てた手紙が発見されたのだろう。ゆうべのうちにすべての事情をカリオペに説明しておくべきだった。「ぼくにとってきみは特別だ。きみはぼくのすべてだ。きみのいとこに手紙を送ったのは、できれば彼女を――」

「できればパメラを誘惑したかったから？」カリオペが吐き捨てるように言った。「馬車の事故が起こったときは、ふたりで駆け落ちをしようとしていたそうね。手紙でもうひと押しして、わたしのいとこに夫を裏切らせようとしたんでしょう」

　とんでもない誤解だ。「ぼくがきみのいとこと駆け落ちするわけないだろう。彼女はぼくの友情を誤解したんだ」馬車の事故に遭った日も、まさにそのことをパメラ・ブライトウェルに説明しようとしていた。

「友情？」カリオペが眉を吊りあげ、口もとを引き結んだ。「女性の友人はいないと、あなたから聞いた覚えがあるけれど」

「友情というより、パメラに気を使ったというほうが正確かもしれない。ぼくが彼女とのおしゃべりに励んだのは、きみのことを聞きだすためだった。とはいえ、相手を侮辱したくはなかったから、そうはっきり説明しなかった。それで、誤解されてしまったんだろう」

カリオペなら、ゲイブリエルが人前でかぶっている仮面をはぎとり、その下にいる本当の男を見つけることができると思っていた。あの狭い小部屋で彼女はそれを証明したのではなかったか？

〝たぶん、彼の幻想に恋していただけなのよ。愛の幻想にね〟

ゲイブリエルは息が詰まった。カリオペが愛しているのはあの手紙を書いた男の幻想なのか？　それともゲイブリエル自身か？　彼女と過ごした時間をすべて思い返してみても、愛していると言われたことは一度もなかった。

誰かを心の底から愛することをずっと恐れていた。いまカリオペを失えば自分は魂の抜け殻となり、これから先の日々は人生という大海を当てもなく漂流するばかりだ。

「足首を骨折したとき、あなたはわたしのいとこと馬車にふたりきりだった。それは事実なの？」カリオペが尋ねた。

ゲイブリエルは歯を食いしばった。「そうだ」

「結婚しているわたしのいとこにキスをしたことも？」

「キスなどしていない」カリオペが信じていないのは見ればわかった。紳士らしい態度ではなかったが、ゲイブリエルは弁明した。「パメラがぼくにキスをしようとしたんだ」

「わたしは昔から夢見がちな性格だった。あまりに夢見がちすぎたのよ」涙でかすかに喉を詰まらせて息を吐く。「こうなるのはわかっていたはずなのに」

ゲイブリエルはまたも運命に抗っていた。そして負けそうになっていた。「ぼくがきみの夢を叶える。すべて叶えてみせる」ぼくは彼女を失う運命なのか？

いいや、そんな運命は信じない。だが……。

愛を強いることはできない。

カリオペは彼の横をすり抜けて足を止めた。「先に最後のページを読むことができたらよかった。そうしたら、あなたとの物語をはじめることは絶対になかったわ」

21

スコットランドに到着してからの一週間、カリオペは兄とその妻がファロウ・ホールをあとにしたときから、自分が何ひとつ変わっていないふりをした。兄嫁と一緒に散歩に出かけて村の店めぐりをし、両親とひとりひとりの妹宛に手紙をしたため、ブラナリー・ホールのすばらしさを余すところなく伝えた。一方で、リンカンシャーでの二週間については、ひとことも口にすることはなかった。

あの日々はカリオペのもの、カリオペひとりのものだ。彼女が犯した過ちだ。もしカリオペの心がどこかへさまよっているところを兄が見たとしても、いつものことだと思うことだろう。

やがてファロウ・ホールから一通の手紙が届いた。そのあとは何も変わっていないふりをし続けるのは無理だった。本当はすべてが変わってしまっていた。カリオペは砕けた心のかけらをファロウ・ホールに残したまま、あの屋敷を飛びだしたのだ。その屋敷から届いた手紙は、彼女にすべてを思いださせた。カリオペは受け取った手紙を凝視して、手を震わせた。

「気分が悪いの、カリオペ？」居心地のよい朝食室で、ディレイニーがテーブルの向かいから尋ねた。

料理が並ぶ台の前に立っていたグリフィンが首をめぐらせる。兄はすぐに心配そうに眉間にしわをよせた。「顔が真っ青だぞ」

「わたしの場合、そのほうが色白に見えていいかもしれないわね」カリオペは笑ってみせたが、その声は自分の耳にもどこか不自然に聞こえた。兄とその妻は、気づかわしげな表情でカリオペを見つめている。「本当は、ちょっぴりロンドンが恋しくなっているの。ここもすばらしい場所だけど、近くの村にフィンズベリー・スクエアの〈女神たちの神殿《テンプル・オブ・ミュージズ》〉があるわけじゃないでしょう」それはカリオペのお気に入りの書店だった。もっとも実際には、読書熱はすっかり冷めていた。ハッピーエンドはただの作り話で、心が傷つく痛みを知らない子ども向けだ。

グリフィンはうなずくと、ふたたび自分の皿に料理を取りだした。ディレイニーは温かく微笑んでいる。どうやらいまの説明がふたりの心配を取り除いたようだ。

「わたしも〈ハヴァシャムズ〉が恋しいわ」兄嫁が言った。「社交シーズンのはじまりを間近に控えて、お店に新色のリボンがずらりと並んでいる頃ですもの」

「去年のリボンはどこへ行ったのかな？」グリフィンは部屋を横切って自分の椅子へと戻る途中で、妻の頭のてっぺんにキスをした。「まさかあれは一年経つと魔法のように消えるものなのか？　衣装部屋の引き出しをいまもぱんぱんにふくらませているのではなく？」

「去年のリボンは学校の開校準備に、ミスター・ハリソンへ送ったわ。校長先生と相談して、生徒となる女の子たちに好きなリボンを選ばせることにしたの」ディレイニーは顔を輝かせた。恵まれない少女たちのための学校設立に奔走し、ようやくそれが実ったのだ。「そのこともあって、わたしもできれば週の終わりにはロンドンへ戻りたいと思っていたのよ」

「リボンのためなら、もちろん帰らないとな」グリフィンは妻にウィンクした。

「先にスコットランドでの仕事を片づけてちょうだいね」ディレイニーが言った。「あなたは黙っているけれど、この前訪ねてきた方は何か厄介な問題を持ち込んできたんでしょう」

「あれはなんでもないんだ。昔から救いようのない知人が、また墓穴を掘ったと大騒ぎしているだけだ」グリフィンは険しい顔つきになって妹に視線を向けた。「三度の食事よりも読書が好きなのは結構だが、きちんと食べることも大切だ」

「ええ、わかっているわ」カリオペは手つかずのトーストを見おろした。食欲をそそらないのは、それを皿にのせたときから変わっていない。何もかもが味気ない。具合が悪いのではなく、ただ……何も感じないだけだ。心を失うと、食欲はおろか、何も感じることができなくなるらしい。

異議あり、とカリオペが手に持った手紙が訴えた。その証拠に、彼女の心に恐怖を感じさせている。カリオペは勇気を奮い起こすと、このまま火に投げ込むべきかどうかを決めるために、手紙の裏の封蠟を確認した。驚いたことに、それはミセス・マーケルからだった。

カリオペは息を吐きだした。安堵と失望を同時に感じることができるなんて。

短い手紙は、ファロウ・ホールに奉公する者全員がカリオペを恋しがり、紳士のうちふたりも彼女がいなくなったことを残念がっていると伝えていた。三人目は、手紙を書いている時点ではすでに屋敷を離れ、いまでは自邸のブライア・ヒースに戻ったそうだ。手紙には、エヴァハート卿が去ったあと、不思議なことが起きていると追記されていた。地図の間を掃除するたびに、なぜか赤い羽根が落ちているらしい。おそらくは犬のしわざで、リンカンシャーの野鳥の生息数が半減するのを家政婦は心配していた。

カリオペが手紙を見つめていると、便箋に水がひとしずく落ちて、インクが滲んだ。

水ではないでしょう、おばかさん。

また緑の小石か。ゲイブリエルは地面に手を伸ばしてさっとつかむと、人工池に向かっていまいましげに投げた。この二週間、緑の小石をやたらと見つけてはそうしている。彼が少年の時分に、インド翡《ひ》翠《すい》とも呼ばれる緑の砂金石を父が池の底に敷いたのが、いつの間にか庭にまで散らばったらしい。

「間の悪いときに来たかな？」耳慣れた声が問いかける。

振り返ると、モントウッドがブライア・ヒースの庭園を悠然と横切っていた。

ゲイブリエルは手の汚れをズボンで払い、歩みよって友人を歓迎した。「きみが来るのに間の悪いときなどないさ」不自然に見えないよう願いつつ、練習済みの笑顔を装う。

「いやに腹立たしげに何かを投げていただろう」モントウッドの琥珀色の目はいつもながら鋭い。「声をかけるべきか迷ったよ」

ゲイブリエルは肩をすくめた。「どこを見ても小石が目につくものだから、うんざりしていただけだ」

モントウッドは視線をさげた。つま先のそばにも緑の小石を見つけ、宙に放り投げてからさっとつかむ。「それなら、長々と庭園で過ごすのをやめればいい」

「そのとおりかもな」

「ブライア・ヒースはどんな具合だ？」ふたりでそばのテラスまで引き返してきたとき、モントウッドが尋ねた。小さなテーブルの中央に、半分中身の残ったウイスキーの瓶がのっている。

ゲイブリエルは椅子のひとつに腰をおろすと、白い石造りの枠で縁取られた窓、ドア、それにレンガ積みの外壁を見上げた。反射する窓ガラスの奥に、笑い声がこだまする遠い思い出が亡霊のように透けて見える気がした。「ほとんど変わっていないよ」疲労感を覚えながら告げる。「なにしろ、ここに手を加える者は何年もいなかったわけだしな」

「まるで」モントウッドが言う。「変化を求めていたような物言いだ」

勘がよすぎる友を持つのも考えものだ。ゲイブリエルが求めていた変化は、カリオペと一緒にここで暮らしはじめることだった。女主人として彼女を迎えたかった。

「そんなことはない」それ以上詮索される前に、ゲイブリエルは話題を変えた。「ファロウ・ホールのことを聞かせてくれ。きみとデンヴァーズのもとに残されて、ヴァレンタインは新たな働き口を探しているんじゃないか？」

「ぼくとデンヴァーズも、きみがいなくなってから一週間ほどでロンドンへ移ったんだ。デンヴァーズが妹の子どもの――きみにとってはいとこの子どもだ――誕生に合わせて街にいたがってね。ラスバーンに子どもができたという知らせはいまのところ届いていないよ。そういえば、ジェントルマン・ジャクソンのボクシング・クラブでクロフトとばったり会った」

ゲイブリエルは歯を食いしばるしぐさで感情を読まれないよう、意識的に顎の力を抜いた。グリフィン・クロフトの名前を聞いただけで、スコットランドへ訪ねていったときのことが頭によみがえる。

約束したとおり、ゲイブリエルはカリオペのあとを馬車で追うと、ブラナリー・ホールの書斎で彼女の兄から結婚の承諾を得ようとした。しかし、相手は妹と同様に取りつく島もなかった。

「きみの妹と結婚させてほしい」

クロフトはゲイブリエルをじろりと見据えた。「どういうことかな。ぼくは妹からは何も聞いていない。社交界に恋文をまき散らしたカサノヴァと結婚を決めたなどという話は、妹の口からはいっさい出ていないが」

「あの手紙のことを――ほかの手紙のこともだが――ぼくが打ち明けたかどうかを尋ねているのなら、ああ、彼女に話した」そして新たな一通のせいでさらなる混乱を招いた。

「すべて打ち明けたのか？」

「すべて話した。彼女の前から去るようきみに警告された部分を除いて」ゲイブリエルは言った。「きみを言い訳に使うつもりはない。自分の選択の責任はすべて負う。ぼくの浅はかさのせいで彼女が失った歳月を、すべて埋め合わせるつもりだ」

「それを信じろと？　きみは久しぶりに妹の顔を見て昔の罪悪感がうずき、それで罪滅ぼしだなどと騒いでいるだけだろう」

「きみは五年前、自分の家名を汚すか、愛する女性の前から消えるか、どちらか選択するようぼくに迫った。ぼくが今日ここへ来たのは、いまもカリオペを愛しているときみに伝えるためだ。ずっと彼女を愛していた。ぼくを痛い目に遭わせたいなら、そうするがいい。ぼくはかまわない。彼女はぼくの妻になるんだ」

クロフトは胸の上で腕を組んだ。「ならば、ひとつ説明してくれ、エヴァハート。きみの愛とやらがそれほど確かなものなら、なぜぼくの妹の口からは、結婚の話どころか、きみの名前すら一度も出ていないんだ？」


ファロウ・ホールでのカリオペとの最後の会話を思い返してみても、彼女が兄と同様にゲイブリエルの気持ちを信じていないのが裏づけられるだけだった。

カリオペはゲイブリエルを信じず、彼に説明するチャンスも与えなかった。当然といえば当然だ。それまでの軽率な選択のつけが回ってきたのだ。彼女を力尽くで引き止めて話を聞かせることもできたが、結果は同じだっただろう。カリオペの信頼を——一度それを得たあとに——失ったせいで、ゲイブリエルは深く傷ついた。恥ずかしくて誰にも見せられないほど深く。それでも、自分の不幸の責任も、カリオペの不幸の責任もぼくにあるとわかっている。

「クロフトはあと数週間はスコットランドにいるものと思っていたよ」ゲイブリエルは無関心を装ってモントウッドに言った。

「妻と妹がロンドンに戻りたがったらしい」モントウッドは小石をもう一度宙に投げた。

「そうそう、クロフトは妹の体調を案じてもいた」

「カリオペが病気なのか？」

モントウッドはあたかも興味がなさそうに、小石を投げあげてはつかんでいる。「心配する必要はないさ。デンヴァーズと一緒にクロフト家のタウンハウスに立ちよって挨拶をしたときは、元気そうにしていた」

「彼女とはどんな話をした？」ゲイブリエルはモントウッドの小石を中空で奪い取った。

「それが妙なことに、あの賭けについてだよ」モントウッドがくすりと笑った。琥珀色の目は狡猾《こうかつ》な蛇を思わせる。「ミス・クロフトは、賭けに勝つのはきみだときっぱり断言したんだ。絶対に結婚しないというきみの決意は石のように固いから、そんな相手と賭けをしたぼくとデンヴァーズはどうかしているとね」

ゲイブリエルはののしりの言葉を嚙み殺した。賭けに負けようがかまわないとカリオペにはっきり伝えたのに。ぼくは彼女との結婚をずっと望んでいた。それはいまも変わらない。そして、彼女の愛を取り戻す方法をずっと考え続けている。だが、答えの代わりに、見つかるのはいまいましい緑の小石ばかりだ！

「いいや、どうかしていたのはぼくだ」ゲイブリエルは言った。「あんな賭けはすべきではなかった。ミス・クロフトは、ぼくを社交界の笑いものにすることができる秘密を握っている。きみとデンヴァーズが、一年後に賭けの賞金をつかむことができる秘密だ」

「その秘密というのはこれのことか？」モントウッドは上着の胸もとに手を差し入れ、見覚えのある手紙を引きだした。「きみに渡すよう彼女に頼まれた。もちろん、渡されたときは白い紙に包まれて封がされていたが、封蠟が割れて、中に入っていたこの古い手紙が勝手にぽろりと落ちたんだ」

ゲイブリエルは見慣れた手紙を凝視した。便箋がいまにもめらめらと燃えあがるかのような恐怖を感じた。嘘だ。カリオペがこの手紙を突き返すはずはない。彼女は五年間も大切に持っていてくれた。この手紙を書いた男を愛していると彼女自身が認めた。いまのゲイブリエルにとって、それは最後の頼みの綱だった。カリオペが手紙の書き手にまで愛想を尽かしたとは信じたくない。

ゲイブリエルはごくりとつばをのんだ。「中身は読んだのか？」

モントウッドが頰にえくぼを浮かべてにやりとする。

くそっ、なんてことだ！　ゲイブリエルは手紙を奪い取った。「これでぼくの秘密はわかっただろう」

モントウッドは片方の肩を無造作にすくめると、椅子によりかかって脚を組んだ。「きみがミス・クロフトに熱をあげているのは昔から知っていたよ。ブライトウェルが彼女と親しかった頃なんて、きみは売られてゆく仔牛《こうし》のように悲しげな目をして、ふたりを遠くから眺めていたじゃないか。だが、きみがこれほど情熱的な詩人だとはちっとも知らなかった」眉をひくひく動かしてからかう。「どうだい、きみは悲しい恋を詩にして、ぼくがそれに曲をつける。そしてふたりで旅芸人になり、〝さすらいのカサノヴァ〟として世界をめぐり歩くんだ」

「そういうことか」ゲイブリエルはモントウッドに小石を投げつけた。「きみは最初から知っていて賭けの話を持ちかけ、ぼくが負けるよう仕組んだな」

「実際には、〝仕組もうとしていた〟だよ。今回、幸運の女神はこちらに微笑んでくれたようでね、ぼくは何もしなくてよかった。きみたちふたりが一緒にいるとわかっているときに、ピアノでワルツを弾いただけだ。わが友よ、きみはみずから墓穴を掘ったのさ」

モントウッドは小石を拾うと、ふたたびひょいと投げあげた。だが、つかみそこねて小石を下に落とす。石張りのテラスの床を見おろし、彼は驚いた声をあげた。「ここは緑の小石だらけじゃないか。さっきまでなかった気がするんだが。そういえばファロウ・ホールでも、ぼくたちが出発する直前から、赤い羽根が何本も見つかるようになったな」

赤い羽根が？　そしてここでは緑の小石だ。最後のひとつがまだ欠けている。

ゲイブリエルは頭をぶるりと振って笑いだした。「きみの言うとおりだ、わが友よ。ぼくが唯一得意なのは、自分の墓穴を掘ることらしい。さて、それでは新たな墓穴を掘りに出かけるとしよう」

22

　アッパー・ブルック・ストリートの寝室で、カリオペはブルーの縦縞模様のデイドレスに着替えた。背中に並ぶボタンを留め終えたメグが、長々とため息をつく。メイドが首を振ると、鏡の中でキャップのフリルが波打った。

「眉毛がくっつきそうになっているわよ、メグ。何か心配事？」

　メイドはもうひとつため息をついてから、鏡の中でそろそろと目を合わせた。「お嬢様は月経帯を衣装戸棚にしまったまま、ずっとお使いになっていません」

　カリオペははっと息をのみ、鏡から視線をそらした。月のものがはじまるのはまだ先だと思っていた。けれど前回からもうひと月以上経っている……。「何日も馬車に揺られたせいで、きっと遅れているのよ」

　これまで旅行のせいで月経が遅れたことは一度もないものの、もっともらしい理由ではあった。まさかのことを考えて取り乱すよりは、そうして自分を納得させておくほうがましだ。結末を先に知っておくのが好きなカリオペにしては、珍しく焦りを感じなかった。

「遅れているんでしょうか」メグはぶつぶつと言っている。「でも、バースからお戻りになったばかりの妹様方は、いつもどおりにはじまりました。お嬢様もみなさまと一緒で、普段は新月の日と重なります。なのに今回だけというのは……」

「まだ一週間遅れているだけよ」ゲイブリエルと愛を交わしてからは三週間だ。胃がきゅっと縮み、鼓動が速くなった。やっぱり、少しだけ取り乱してしまいそう。カリオペはくるりと振り返った。「ああ、メグ。あなたのほかにも誰か気づいたかしら？　旅行の疲れが出たせいだけだとは思うけれど」

「洗濯係のミセス・ハチェットはなんにも言ってません」メグはカリオペの視線を受け止めた。「それにわかってらっしゃいますよね、わたしは口が裂けてもほかの人には言いません」

「ええ、わかっているわ」カリオペはうなずいて、ほっと胸をなでおろした。同じ屋敷に若い女性が四人も住んでいれば、誰かの月のものが遅れても気づく者はそういない。もしも月経帯がしばらく使われていないことに洗濯係のミセス・ハチェットが気づいたら、すぐにカリオペの母親に報告が行き、母は父のもとへ直行するだろう。両親が悲しむ顔だけは見たくなかった。

「これからどうされるんですか？」メグには隠しても無駄だった。年も近く、カリオペに仕えて一〇年になる。ふたりは主従関係というより、友情の絆で結ばれていた。

これまでカリオペの月経が遅れたことは一度もなかった。病気で寝込んでいたときでさえ。夢見がちで現実を直視しない女性なら、ただ遅れているだけよと自分をごまかすだろう。夢ばかり見て現実を見ない女性なら、普通、子どもを授かるまでに何カ月もかかるのだから、心配する必要はないと考えるだろう。兄嫁の場合もそうだったでしょう？　ひと晩で身ごもることなんてあり得ない。たとえそれが運命を変える一夜だったとしても。

とはいえ、カリオペは夢を見るのをやめていた。

鏡に映る姿をもう一度振り返り、飾り櫛を髪にしっかりと押し込む。わたしはもう前とは違う。それは体だけの話ではない。いまのわたしは、つまらない夢にしがみつくのは無駄なことだと知っている。人生は、幸せな結末を夢見てページを繰ることじゃない。夢物語の本は閉じ、目の前にある現実を見ることだ。

赤ん坊。わたしの子ども。男の子なら、明るい目をした冒険好きな子になるかしら？　女の子なら……やっぱり明るい目をした冒険好きな子になりそう。どちらにせよ、この新たな秘密を隠すために、これからはたくさん旅行をすることになりそうだ。

「兄に話してみるわ。兄夫妻がロンドンにいるあいだ、わたしがスコットランドの屋敷を預かりたいって」カリオペはそう言うと、ふうっと息を吐いた。それから先のことは見当もつかない。

子どもを宿しているかもしれないと思うと、エヴァハートに対する怒りがなぜかやわらいだ。あんな別れ方をしたあとでも、まだ彼を愛していた。その気持ちは変わっていない。変えたくても変えられない。ふたりが分かち合ったあの一夜、カリオペは自分が愛し、愛されていると信じた。ふたりの情熱はそれまで読んだどの小説にも負けないものだと全身で感じた。彼女がずっと求めていた愛そのものだと。

そんな愛を求めていた自分が愚かだったとしても。

先週、モントウッドとデンヴァーズが訪ねてきたとき、カサノヴァの手紙は返そうと心に決めた。恋文の主《ぬし》の正体を世間に暴露するのはやめた。エヴァハートを恨む気持ちはなかった。胸の痛みがいつの日にか消えることをカリオペは祈った。

ちょうどメグがベッドを整え終えたとき、誰かが寝室のドアをノックした。その音で物思いから覚めたカリオペは、自分がふたたび鏡の前に立ち、腹部に両手を広げていたことに気づいた。メグが部屋を横切る。カリオペは頬を赤らめて両腕を脇へおろした。

「お嬢様にお客様だそうです」

「こんな時間に？」まさか半日もぼんやり立っていたわけではないわよね。カリオペは炉棚の上の時計に目をやって確認した。やっぱり、訪問客が来るには早すぎる時間だ。クロフト家の者たちは朝食すら取っていない。「どなたかしら？」


カリオペは階段をおり、廊下を通って応接室に入った。異国風の鮮やかな色調にあふれた部屋の中央に、帽子を手にし、地味な灰色の服を着たブライトウェルが立っている。そのちぐはぐさにカリオペははじめて気がついた。ブライトウェルはわたしの世界に決してなじむことはない。これまでずっと、わたしのほうが彼に合っていないと思っていたけれど。それにしても、パメラはどこにいるのだろう？

彼は頭を傾けた。「ミス・クロフト、朝早くからお邪魔して申し訳ない」

「ええ、驚いたのは認めるわ。それに、わたしのいとこは一緒ではないようね」ブライトウェルが訪ねてきた理由をいくつも思い浮かべてみたが、どれも心にのしかかる不安を取り払ってはくれなかった。わたしのいとこはエヴァハートと駆け落ちしたのだろうか。「パメラは変わりないかしら？」

「ああ、妻は元気だ。ついでに言っておくと」彼は言葉を切ってごほんと咳払いをした。「いまもわが家でおとなしくしている」

言い換えると、ゲイブリエルと連れ立ってゆくえをくらましてはいないということだ。カリオペはほっとして、ソファの肘掛けに腰をのせた。「それを聞いて安心したわ」

ふたりはお互いに心得た顔つきで視線を交わした。

「では、妻の話も出たことだし、早速ぼくがここへ来た本題に入ろう」ブライトウェルは自分の左胸を手で押さえ、告白をはじめた。「ミス・クロフト、ぼくはきみに対して恥ずべきことをした。ある事実に気づいていながら、自分の嫉妬心に負けてそれを隠し、結果としてきみを悲しませた」

ブライトウェルが嫉妬するのは当然だ。エヴァハートは誰あろう彼の妻を誘惑していたのだから。

カリオペが返事の言葉を考えるよりも先に、ブライトウェルは続けた。「社交界を騒がせたカサノヴァの正体がエヴァハートだということも、きみが彼から手紙をもらっていたことも、ぼくは五年前から知っていた」唇が固く引き結ばれる。「それに、ぼくの妻が手紙をもらったこともだ。こちらはごく最近の話だが」

「ブライトウェル、あなたもつらかったでしょうね」

彼は首を横に振った。「違うんだ、ミス・クロフト。ぼくは同情されるような立場じゃない。告白すべきことはまだある……五年前、ぼくは求婚してもきみが応じることは絶対にないと最初から知っていたんだ」

カリオペは眉根をよせた。「そんなことがどうしてわかったの？」

ブライトウェルは咳払いし、手に持っている帽子に視線を落とした。「エヴァハートがぼくたちの友人の輪に加わってから、すぐにわかった。うまく表現できないが、彼がそばにいるとき、きみはいつだって喜びに輝いていた。きみたちふたりがダンスをするのを見れば、エヴァハートの気持ちは誰の目にも明らかだった。なのに彼がきみをきらっているふりをしていた理由は、いまも理解できないままだ。ぼくに言えるのは、エヴァハートがきみに結婚を申し込む様子がないのを見て、自分が先を越したということだ」

その結果どうなったかは、お互いに知っている。「ごめんなさい、ブライトウェル。あなたに謝らなければならないことがたくさんあるわ」そのひとつは、彼を愛せなかったことだ。ブライトウェルに心を傷つけられることはなかっただろう。でもそれは、彼に心を捧げることが永遠にないからだ。

「きみは正しい選択をした」ブライトウェルは請け合った。「嫉妬心が邪魔をしなければ、ぼくはきみに求婚するようエヴァハートを励ましていただろう。ところが、ともにインド旅行をしているあいだも、ぼくはわざと彼の罪悪感を刺激した」

「とても褒められた行為ではないわね」エヴァハートがかわいそうで、胸が締めつけられるのはなぜだろう。彼の罪悪感につけ込んだブライトウェルが憎くさえ感じる。

「そのとおりだ、ミス・クロフト。そして、ここからが本題だ。ぼくはごく最近も罪を犯したと、きみに告白しなければならない」ブライトウェルは背中に帽子を回して深々と息を吸い込んだ。「ファロウ・ホールでアナグラムをしたとき、ぼくは筆跡が異なる問題をふたつ用意し、きみがエヴァハートの秘密を暴くのを意図的に妨害した」

カリオペはぽかんとした。アナグラムの問題？　徐々に状況がのみ込めてきて、あんぐりと口を開ける。「つまりエヴァハートが書いた問題はあの中になかったのね。どうしてそんなことをしたの？」

「恥ずかしい話だよ」ブライトウェルはうつむき、絨毯の隅にのせた足をもじもじと動かした。「パメラから、手紙のことをきみにあれこれ質問されたと聞いたとき、ぼくは……プライドをずたずたにされた。ぼくがカサノヴァである可能性など、誰も考えもしなかったのだから。そのあときみは急にゲームをしようと言いだし、問題を紙に書いて出すよう求めただろう。それで、筆跡を調べるつもりだとぴんと来たんだ。ぼくはカサノヴァの正体は謎のままにしておきたかった。正体不明であれば、自分がカサノヴァ候補から完全にはずされることはないからと」

情熱的でロマンティックなカサノヴァの正体がブライトウェルのわけがないと、最初は決めつけていた。そのうしろめたさに、カリオペは赤面した。「ブライトウェル、わたし――」

相手は片手をあげてさえぎり、首を横に振った。「いいんだ、ミス・クロフト。説明する必要はない。それに謝罪しなければならないのはぼくのほうだ。この話を終えるまでに、謝るべきことがまだまだある」

ブライトウェルが羞恥心から顔を赤らめたのに気がつき、カリオペはうなずいた。彼にとって死ぬほどつらい告白なのだ。

「さらには」すべてを打ち明けて心を軽くしたいらしく、彼は続けた。「エヴァハートに好意をよせられていると、パメラが勘違いしていたのは知っていた。はじめのうちは、妻がうちの庭師にぼーっと見とれるのをやめてくれてほっとしていたんだ。少なくとも相手がエヴァハートなら、妻とふたりきりにしても過ちは起こらないとわかっていたからね。ああ、そうだよ、ミス・クロフト。ぼくはエヴァハートを信頼している」

カリオペはそれにびっくりした。「いまとなっても?」

ブライトウェルがうなずく。「エヴァハートが妻と話すのは、彼女の親戚に関することばかりだった。なんでもいいから、きみについて聞きだしたかったんだろうね。さりげなく話題をクロフト一家のことへ持っていき、きみのお父上の健康状態や、最近結婚された兄上のことを尋ねていた。しまいにはクロフト家の近隣住民の話まで持ちだしていたほどだ、ミス・クロフト」柄にもなく肩をすくめてみせる。「これだけ聞けばわかるだろう、エヴァハートにはパメラと駆け落ちする気などあるはずもなかったんだ。実を言うと、事故が起きたあの日は、ぼくが彼に頼んで、妻を彼女の母親の田舎屋敷《カントリーハウス》まで送ってもらっていた。あとから考えると、パメラはほれっぽいから用心するよう、エヴァハートに注意しておくべきだったよ」

事故の経緯とパメラが一方的に熱をあげていたことを聞かされても、カリオペはまだエヴァハートを許す気持ちになれなかった。「いまの話では、エヴァハートがパメラに恋文を書いた説明にならないわ」

「妻に恋文？」ブライトウェルは淡い色の眉をあげて、目をしばたたいた。「すまない、きみはてっきりあの手紙を読んだものと思っていた。あれはエヴァハートから妻に宛てられたものではあるが、中に綴られているのはどれほど深くきみを思っているかということだ。パメラ宛の恋文というのは勘違いだよ。彼は自分には愛する女性がほかにいると、パメラにはっきり伝えようとしたんだ」

「いいえ、そんなことはないわ」そうでしょう？　そんな勘違いをわたしがするはずない。

ブライトウェルは上着に手を差し入れると、手紙を引きだして開いた。「〝親愛なるパメラへ、この心をとらえたセイレーンに、ぼくはいまも思いをよせている。もう何年も、彼女がぼくを見つけてくれるのを待っている。ぼくを彼女の岸辺へと引きよせるたったひとつの言葉を、果てしなく待ち続けている。濃いはちみつ色の巻き毛が――」ごほごほと咳き込んでから、手紙に視線を戻す。「露わな肌にこぼれ落ちるさまをぼくは夢に見る。彼女の――」ふたたび言いよどむ。「唇がぼくの唇をかすめるときを待ち焦がれる。ぼくの両腕は幻を抱いてはその重みにしびれる。彼女なしでは、ぼくは難破した船だ。そしてブライトウェルを同じ運命の犠牲にするわけにはいかない。きみの友より……〟」

カリオペは息ができなくなりそうだった。ファロウ・ホールでは手紙を最後まで読まなかった。一行目に〝セイレーン〟と書かれているのが目に入ると、エヴァハートがその呼び名をパメラにも使っているのだと思い、その先はとても読めなかったのだ。けれど、パメラの髪は〝濃いはちみつ色の巻き毛〟ではない。トウモロコシのひげみたいな白っぽい金髪だ。

〝ぼくは難破した船だ……〟

本当にそうなの？　夢見がちな性格に振り回されて、これ以上判断を誤りたくはなかった。現実をありのままに見定めたい。カリオペは両手の指をもじもじとからめて、ソファから窓辺へと歩いて、また引き返してきた。「どう考えればいいのかわからないわ」

ブライトウェルは手紙をたたんでポケットに戻した。それから考え直して、ソファ横のテーブルにのせ、手紙をカリオペに預けた。「ぼくは今朝の『ポスト』紙を見て、きみにすべてを打ち明けるべきだと腹を決めたんだ」

「『ポスト』紙？」廊下へ出てみると、紫檀のテーブルの上に、アイロンをかけられたばかりの新聞が置かれていた。カリオペはそれを応接室の窓辺のテーブルへと持っていき、第一面に目を走らせた。それからページをめくり……第三面の真ん中まで見たところで、喉に息を詰まらせた。

〝カサノヴァがみずからを明かす〟

ぼくはかつてカサノヴァの恋文と呼ばれた一連の手紙の執筆者であり、また自分が臆病者であったことをここに告白します。

五年前、ぼくはひとりの若き淑女にひと目ぼれし、胸のうちを手紙にしたためました。ところが手紙を出す直前になって、便箋の片隅から自分の署名が書かれた部分をちぎり取ったのです。それでもぼくのセイレーンは聡明《そうめい》で、差出人の正体にあと一歩のところまで迫りました。ぼくは正体を見破られたくなくて、無関係な女性たちにも恋文をばらまき――彼女たちには謝罪しなければなりません――セイレーンがぼくを見つけるのを阻止したのです。この行為により、ぼくは愛する女性の心を打ち砕き、ほかの女性たちまで傷つけました。

大切な彼女の心が少しでも癒やされることを願い、ここに真相を告白します。いまも彼女を愛しています。その思いはこれからも変わりません。

彼女にこの心を捧げる
エヴァハート子爵ゲイブリエル・ラドロウ

カリオペはブライトウェルにくるりと向き直り、自分の唇が、頬が、目までも、すっと動いて笑みを形作るのを感じた。喜びを抑えきれずに、彼を抱擁しようと部屋を横切ったものの、相手はすかさず帽子を盾のごとく構えたのでやめておいた。

「ブライトウェル、あなたはわたしを世界で一番幸せな女性にしてくれたわ。わたしのいとこの夫でなければ、あなたにキスをしているところよ」

応接間の戸口から低いうなり声があがった。

「彼女のキスに応じると言うのなら、ブライトウェル」エヴァハートは怒りに満ちた声で続けた。「きみの人生はこの朝で終わる。いますぐ決闘だ」

23

ゲイブリエルはか細い茎を握る手に力を込めた。気がつくとスズランの花束は、彼の拳に握りしめられてぐったりと頭を垂れている。赤いリボンはゆるんで指までずり落ちていた。あいにくステッキは——帽子とコートと手袋とともに——玄関口で執事に預けてしまった。そうでなければ銀の口金がついたステッキの先端でブライトウェルの心臓をまっすぐ貫いていたのだが。

「エヴァハート、朝から何を物騒なことを言っているの」カリオペは抗議し、憤慨したように両手を腰に当てた。よし。彼女の両手がブライトウェルから離れているならそれでいい。

「それにごらんなさい、乱暴に扱うから、お花が台なしだわ。誰かにあげるつもりだったんじゃなければいいけれど」

カリオペを見据えるゲイブリエルのまなざしが鋭くなった。なんと小生意気で楽しげな口ぶりだ！　こちらは彼女と離れているあいだ、ただひたすらみじめさを噛みしめていたというのに！

カリオペはいきいきと目を輝かせて頬を紅潮させ……ほんの一瞬前にはブライトウェルの

胸に飛び込もうとしていた。灰色のトップハットのつばから手を離さないだけの分別を持ち合わせていたことは、ブライトウェルにとって幸いだった。帽子のおかげで彼は命拾いをしたが、スズランのほうはそれほど幸運ではなかった。

ゲイブリエルはしおれたスズランを見おろし、置く場所を探した。そのときはじめて、室内がスズランで満ちあふれていることに気づいた。小ぶりの鉢や色鮮やかな花瓶がすべてのテーブルを飾り、応接室は小さな白い鈴で埋め尽くされていた。

カリオペとゲイブリエルが視線を交えたとき、ふたりが分かち合った思い出がそれぞれの心をよぎった。

「驚いたでしょう」カリオペがそっと告げる。「先週、庭でスズランがいっせいに開花したの。庭師もこんなのは見たことがないそうよ」

彼女はソファの横を通り、敷居の外側に立っているゲイブリエルの真正面で足を止めた。ためらいながら彼と目を合わせたあと、花束へと手を伸ばし、いとおしむような手つきで受け取る。カリオペの指先が彼の指をゆっくりとかすめていった。

「まだ何本かは救うことができるだろうか?」ゲイブリエルはカリオペを思うあまりしゃがれた声で、彼女にだけ聞こえるように尋ねた。最後に彼女と会ってから三週間が経っている。最後にカリオペを抱いてから、結末を知っていたら、ゲイブリエルとの物語をはじめることは絶対になかったと告げられてから三週間だ。

カリオペは伏せていた目をあげた。その表情は謎めいて見える。「できるといいけれど」

「さて、ぼくは朝食もまだなんだ」ブライトウェルはそう告げて、帽子を頭にのせた。「エヴァハート、どうしても今朝のうちに決闘したいのなら、ぼくは自宅にいる。だが、人生を終える前にせめて朝の紅茶ぐらいゆっくりと楽しませてくれ」

「いいだろう」ゲイブリエルは小さくうなずいた。だが、決闘が本当に不要かはまだ判断しかねていた。「われわれはお互いに紳士だ」

ブライトウェルは玄関広間で立ち止まった。「いまのきみの口ぶりときたら……驚くほどお父上にそっくりじゃないか。自分で気づいているのかい？」笑い声をあげ、帽子を傾けて辞去する。

友人のからかいの言葉もいまは気にならず、ゲイブリエルは玄関扉が閉まると全神経をカリオペに向けた。「ブライトウェルはこんなに朝早くからよく訪ねてくるのか？」

「それは〝よく訪ねてくる〟というのがどれぐらいの頻度を指しているのかによるわね」彼女は含み笑いを浮かべて窓辺のテーブルに歩みより、『ポスト』紙の隣に花束を置いた。

開かれた紙面にはカサノヴァの告白が掲載されている。ゲイブリエルは室内に足を踏み入れて辺りを見回した。鮮やかな色合いを組み合わせた異国風のしつらえは旅を思わせ、スズランの花はわが家を思わせる。

わが家。その思いに導かれて、ゲイブリエルはカリオペへと近づいた。彼女はスズランのリボンをほどいて、茎をきれいに伸ばしている。

ゲイブリエルは彼女の横で身を乗りだし、新聞に手を置いた。何気ないしぐさで、紙面に並ぶ言葉を人差し指でたどる。「何かおもしろい記事はあったか?」

カリオペは作業を続け、興味がなさそうに肩をすくめてみせた。「博物館で新しい展覧会が開かれるそうよ」

「ほう……ほかには?」ふたりの顔はほんの少し離れているだけだ。朝の光がカリオペの肌を愛撫する。彼女はまさに輝きをまとっていた。きれいだ、目を奪われるほどに。

カリオペは視線をあげ、ゲイブリエルではなく紙面を見た。白い小花のまわりで手をせわしなく動かし、折れた茎をちぎり取る。「興味を引かれるものがひとつあったわ。とある告白よ。執筆者のご家族はどう思われたでしょうね。なにせ子爵が紙上で告白したんですもの」

ゲイブリエルは想像してみた——祖母は大笑いすることだろう。もちろん、人目のないところで。社交の場においては、孫の愚行をひとことでも口にする者がいようものなら、にらみつけて瞬時に黙らせるはずだ。その名も高きヒースコート公爵のほうは、共感を抱いてくれるのではないかと期待していた。父自身、かつては情熱家だったのだから。

もっとも、ぼくにとってはすべて些細なことだ。「想像するに、執筆者は家族の反応は気にしていないんだろう」ゲイブリエルは言った。「気にしているのは、相手の女性の感想だけだ」

「そうかもしれないわね」カリオペは唇をすぼめた。「だけど、この告白はとんでもない間違いだわ」

「間違い？」ゲイブリエルは紙面を引きよせ、言葉を慎重に目でたどった。一度読んでもおかしなところは見つからず、再度読み直す。やはり、告白文は彼が依頼したとおりに間違いなく掲載されている。

「本当に、どうするつもりなのかしらね」カリオペは小さく舌打ちした。「全部の恋文を書いたと認めたんですもの、彼は受取手の女性たちから、結婚して償うよう求められるはずよ」

ゲイブリエルはカリオペの横顔に視線を戻した。彼女の眉間にはうっすらとしわが刻まれている。からかっているような口調とは裏腹に、カリオペは彼がほかの誰かと結婚させられるのではないかと本気で心配しているのだ。「真剣な手紙は一通だけだったと聞いている」

「証拠がなければ、確かめようがないでしょう」彼女は肩をこわばらせた。「いまや彼は正体を明かしたんですもの。恋文を受け取った女性でまだ未婚の人は、責任を取るよう要求する権利があるわ」

「だが書き手が手紙で求婚しているのはひとりだけだ」

カリオペはふっと息を吐き、口もとに笑みを浮かべた。「だけど噂によると、その手紙には署名がなかったそうよ」

「ふむ……」ゲイブリエルはポケットに手を入れると、くだんの手紙を取りだして開いた。スズランをそっと横にどけて、テーブルの上に置く。

カリオペは彼の指を指先でかすめ、破り取られた片隅を示した。「ほら、署名がないわ」

ゲイブリエルはもう一度ポケットへ手をやり、革の小袋を出した。いまやカリオペはこちらを一心に見つめている。彼は小袋の中に指をすべり込ませ、若干まばらになった赤い羽根を最初に取りだし、卓上に置いた。次に緑の小石を出して、羽根の横に並べる。最後は、三日月形にちぎられた小さな紙片を慎重に取りだした。それはパズルのピースのように、破り取られた片隅にぴったりはまり、手紙は署名が入って完全な形となった。

カリオペははっと手で口を押さえた。目を大きく見開いて手紙を見つめ、彼に視線を移す。

「ずっと持っていたの?」

ゲイブリエルはうなずいた。「それにこの小石と羽根は〈オールマックス〉の段の上で見つけたものだ」それ以上は一秒も待てず、彼女を胸に引きよせる。「これが証拠だ。ぼくの心を手に入れる権利がある女性はほかにいない。きみだけだ。最初からずっと、ぼくにはきみしかいなかったんだ」

「わたしも、返事は手紙で書くべきよね」

ゲイブリエルはカリオペをさらに抱きよせた。「そしてぼくを待たせるのか? いいや、それは絶対にだめだ」

「それなら、手紙の内容は口頭で伝えることにするわ」カリオペはつま先立って彼の首に両手を回し、キスをした。「親愛なるゲイブリエルへ、あなたを愛しています、言葉ではとうてい表せないほどに。あの美しい手紙をいただく前から、あなたに心惹かれていました。ふたりのあいだを隔てる海はもういりません。岩礁もすべてなくなってしまえばいい——緑の小石なら歓迎するけれど。わたしの胸に錨をおろして、いつまでもそばにいてください。あなたのセイレーン、カリオペより」

喜びをこらえることができずに、ゲイブリエルは彼女を抱きすくめてくるりと回した。

「ぼくの愚かさのせいでふたりが失った歳月の一日一日を、これから埋め合わせていこう。きみにはぼくからの求愛をたっぷり楽しむ権利がある」

「それが、あまりぐずぐずはしていられないみたいなの」カリオペは目をきらめかせて笑ったあと、彼の耳にささやいた……。

数時間後、ゲイブリエルはアッパー・ブルック・ストリートのタウンハウスを再度訪問していた。

カンタベリー大主教から特別結婚許可証を発行してもらうのは、想像していたより簡単だった。ヒースコート公爵の口添えが大きく作用したのは言うまでもない。父は、カサノヴァの恋文の秘密を息子が新聞で告白したことや、挙式を急ぐ必要があることにいい顔はしなかったものの、驚いている様子もなかった。

父に話をするのが一番大変だろうと思っていたが、いまこうしてクロフト家の書斎に立つと、かのヒースコート公爵も、威圧感においては、カリオペの父親と兄の足もとにもおよばないことを痛感した。

「もちろん、ご家族から祝福をいただけるよう願っています」ゲイブリエルはごくりとつばをのみ込んだ。「ですが、結婚式は明日の午前中に執り行います」

「特別結婚許可証だと?」グリフィン・クロフトはロンドン市内のすみずみまで響きわたりそうな大声を張りあげた。

グリフィンに一発お見舞いされるとばかりに、ゲイブリエルはすかさず片手をあげて身構えた。暴力沙汰にならないことを願っていたが、状況を考慮すれば無理のない反応だ。「ボクシング・クラブできみに尻餅をつかせたときのことを覚えているか? きみはあれは借りにしておくと言っただろう?」

グリフィンはためらい、しぶしぶ拳をさげた。「だがいいか、エヴァハート、カリオペはぼくの妹なんだぞ」

「そしてわたしの娘だ」ジョージ・クロフトの硬い拳がゲイブリエルの顎を殴りつけた。

ゲイブリエルは床の上にひっくり返った。目を開けると、ジョージ・クロフトが頭の上に立って見おろしている。初老の紳士はほんの一瞬前まで、足もとすらおぼつかない様子で椅子に身を沈めていた。ところがいまは堂々とそびえるかのようだ。

ゲイブリエルは体を起こして、頭をぶるりと振った。あいにく、クロフト親子はふたりそろって強烈なパンチの持ち主で、まだくらくらする。ゲイブリエルは膝を折ってほおづえをつき、顎をかくかくと動かした。当然の報いなのはわかっている。いきなり男がやってきて、〝あなたの娘さんと結婚するための特別許可証を持ってきました〟などと言いだしたら、誰だってただではすまさない。

自分の娘がそんなことをされたらと思うと……。すでにカリオペのお腹にはゲイブリエルの子どもがいるかもしれないのだ。

幸福感が満ちあふれ、痛みがすっと消えた。「申し訳ありません、閣下。お嬢様が一生幸せでいられるよう全力を尽くします」

ジョージ・クロフトは力強くうなずくと、片手を差し伸べてゲイブリエルを床から立ちあがらせた。「きみをわが家族の一員として歓迎する」

エピローグ

翌朝、教会の鐘が高らかに鳴り響く中、カリオペとゲイブリエルは馬車に乗り込んだ。彼女の髪にはスズランが飾られている。赤い羽根と緑の小石はゲイブリエルのポケットの中だ。わたしの夫。カリオペは笑顔を輝かせた。いまこの瞬間以上に幸せを感じることがあるかしら。

御者が馬車を出発させると、ゲイブリエルは彼女を引きよせて口づけした。「これでようやくきみはぼくのものだ、セイレーン」

「それには異議を申し立てるわ。あなたがわたしのものになったのよ」カリオペはからかった。「けれど、わたしのせいであなたが大損をしたのは認めるわ。賭けに負けてしまったでしょう。デンヴァーズとモントウッドの悦に入った笑みといったらなかったわ」

ゲイブリエルは彼女のこぼれ落ちた巻き毛をもてあそんだ。「それにこそ反論するね。ぼくは負けるどころか、自分が欲するただひとつのものを勝ち取ったんだ」

「そう言ってくれるあなたが大好きだけど――」カリオペはゲイブリエルの心臓の上に手を置き、唇を彼の唇に押し当てた。「あなたのご友人たちは手放しで祝福してはくれないでしょうね。いずれ賭け金の支払いを求めてくるわ」

「あのふたりが勝ったと誰が言ったんだい？　一年が経つまでに、まだ何カ月も残っている。そして、ぼくにはきみという心強い味方もできた」ゲイブリエルは新婦の腰を両手でつかむと、彼女を持ちあげて膝にのせた。

カリオペは笑い声をあげて彼の首に両腕を回した。「あのふたりを罠にはめるのはなしよ。でも、お似合いの相手を探すのなら、いくらでも協力するわ」

「お望みのままに、いとしい人」ゲイブリエルがもう一度キスをする。その唇は彼女の顎の下へと向かい、喉もとを通過して、淡い金色のドレスの胸もとを絞るリボンにたどり着いた。

「幌《ほろ》付きの馬車にしておいて正解だったな」

カリオペは彼がもっと近づけるよう頭をそらした。「でも、もう二、三分もすれば披露宴の会場に到着よ」

「その前に公園を一周するよう御者に頼んでおいた。きみがすぐに披露宴会場へ向かいたいのなら別だが」ゲイブリエルはドレスの片方の袖を肩から引きおろし……。

カリオペは小さく息をのんだ。「いいえ、あなたの言うとおりにしましょう。ふたりにとって完璧なはじまりだわ」

訳者あとがき

とある大きな屋敷に同居する三人の紳士たちが、一年間結婚・婚約・交際をしないという条件で賭けをするこのシリーズ。皮切りとなる本作品ではエヴァハート子爵ことゲイブリエル・ラドロウを主人公に、彼がしたためた手紙、〝カサノヴァの恋文〟をめぐる騒動が描かれます。

五年前、ロンドンの社交界でデビューを飾った女性たちのもとへ次々と恋文が届き、差出人不明の一連の手紙は〝カサノヴァの恋文〟と呼ばれてあちこちの客間で披露され、世間をにぎわせます。しかし、一番最初に恋文を受け取ったカリオペ・クロフトだけは、手紙のことは兄以外の誰にも教えず、ずっと秘密にしていました。というのも、彼女はこの手紙に心を奪われ、差出人は本気で自分のことを愛してくれていると一時は信じたからなのでした。ところがほかの女性たちのもとへも手紙が届くようになり、深く傷ついたカリオペは、恋愛も結婚もあきらめてしまいます。

さて、この〝カサノヴァの恋文〟の筆者は、探検旅行好きの放蕩者として知られるエヴァハート卿ことゲイブリエルなのですが、彼はカリオペにひと目ぼれし、思いの丈を綴った恋文を送りながらも、そのあと臆病風に吹かれてみずから墓穴を掘ってしまい、彼女の前から姿を消すことを強いられます。

そして五年後、足首を骨折して、リンカンシャーの屋敷にこもっていたゲイブリエルは、友人に言葉巧みに誘われて、女性と恋愛がらみの関係を持つことを一年間禁じる賭けに、旅行資金ほしさにのってしまいます。一年間おとなしくしていれば一万ポンドが手に入ると安易に考えていたわけですが、なんと賭けに応じた翌日にカリオペが屋敷を訪れ、あろうことかそのまましばらく滞在することになってしまいます。

新たな〝カサノヴァの恋文〟まで出現し、ゲイブリエルがカリオペを愛することを恐れる理由や、彼の骨折にまつわる秘密など、さまざまな謎をからめながら、夢見がちで空想家のカリオペと、放蕩者のふりをしながらも実は誠実なゲイブリエルの恋のゆくえが、いきいきとした楽しい筆致で描かれます。

作者のヴィヴィアン・ロレットは、二〇一二年にクリスマス短編集〝*Five Golden Rings*〟中の一作でデビューを飾ると、"Wallflower Wedding" シリーズ、本シリーズ、"Season's Original" シリーズと、一九世紀英国を舞台にした作品を次々に発表し、『USAトゥデイ』のベストセラー・リストに入る人気作家となりました。作品を書き終えたあとも、「わたしの中で登場人物たちは生きていて、毎日ベッドから起きて紅茶を飲み（ホットチョコレートやコーヒーのこともあるわね）、妻や夫にキスをして、〝いつまでも幸せに暮らしました〟の部分を過ごしているから、彼らにお別れをして次の作品に移るのが大変なときもあるの」と語っているほど、作者自身が登場人物たちへ深い愛情を抱いているところが、ロレットの作品が高い支持を得ている理由のひとつに挙げられるのではないかと思います。

本シリーズはゲイブリエルの同居人、レイフ・デンヴァーズとルーカン・モントウッド卿の話へと続きますが、これとは別に、"Wallflower Wedding" シリーズでゲイブリエルのいとこラスバーン子爵が偽りの婚約をする話のほうも近々ご紹介できそうです。どうぞお楽しみにお待ちください。

最後に。作品中でゲイブリエルがカリオペの瞳の色を〝濡れた砂浜のような茶色〟と表現しています。最初、どういう感じの色なのかぴんとこなかったのですが、Amazon.com の Vivienne Lorret のページに掲載されている作者の写真を見ると、ロレットの瞳の色がまさにそういう茶色でした。透明感と温かみのある、わずかに黄色がかった茶色、という感じで、とてもすてきな色です。ご興味のある方はどうぞごらんくださいませ。

二〇一七年四月

ライムブックス

秘密《ひみつ》の恋文《こいぶみ》は春風《はるかぜ》と

著　者　ヴィヴィアン・ロレット
訳　者　岸川由美《きしかわゆみ》

2017年5月20日　初版第一刷発行

発行人　成瀬雅人
発行所　株式会社原書房
〒160-0022東京都新宿区新宿1-25-13
電話・代表03-3354-0685　http://www.harashobo.co.jp
振替・00150-6-151594
カバーデザイン　松山はるみ
印刷所　図書印刷株式会社

落丁・乱丁本はお取替えいたします。
定価は、カバーに表示してあります。
 ISBN978-4-562-04497-9 Printed in Japan